帝国

辛易 / 著

图书在版编目（CIP）数据

帝国/辛易著.—石家庄:花山文艺出版社,2016.7（2021.1重印）
ISBN 978-7-5511-2885-8

Ⅰ.①帝… Ⅱ.①辛… Ⅲ.①中篇小说－小说集－中国－当代 Ⅳ.①I247.5

中国版本图书馆CIP数据核字（2016）第156406号

书　　名：	帝国
著　　者：	辛易
责任编辑：	梁　瑛
责任校对：	齐　欣
美术编辑：	胡彤亮
出版发行：	花山文艺出版社（邮政编码：050061）
	（河北省石家庄市友谊北大街330号）
销售热线：	0311-88643221/29/31/32/26
传　　真：	0311-88643225
印　　刷：	三河市华东印刷有限公司
经　　销：	新华书店
开　　本：	650×940　1/16
印　　张：	17.25
字　　数：	250千字
版　　次：	2018年1月第1版
	2021年1月第2次印刷
书　　号：	ISBN 978-7-5511-2885-8
定　　价：	52.00元

（版权所有　翻印必究·印装有误　负责调换）

目 录

提　拔 / 001

长　子 / 022

帝　国 / 073

小鱼锅贴 / 118

七道弯 / 161

瘦马草虾图 / 184

老根的柳树湾 / 204

担　当 / 216

提　拔

秦白揉揉发涩的眼睛，站起来伸了个懒腰，然后目光就投向窗外。

是个阴天，有一些淅淅沥沥的雨点子落下，在昏黄的灯光下，一闪一闪。秦白喜欢这样的天气，每遇此景他都要走到窗口向远处眺望一会儿。但今天秦白很快就将目光转向门口，凝神细听走廊里的脚步声。

已经下班了，平常这个时候局里的同志早走光了。怎么回事呢？秦白不免就有点纳闷。这时门吱呀一声，老关推门进来了。老关跟秦白同在一个处室，比秦白大几岁，副处长，是秦白的助手。老关平时屁股坐不住，哪天都是没到下班时间就早早开溜的。听处里的另一个女同志小钱说，老关与人合伙搞了一个叫"花之林"的酒吧，心思不在局里。老关居然没有走，你说这是不是鬼使神差了。

秦白望着走近的老关问："老关，还没走呀？"

"还没走。"老关说着已经走近秦白的办公桌，勾着头看了看桌上的材料，"秦处长忙哪？"

"嗯哪，刚忙完。"秦白说。

老关轻轻摇头："唉，秦处长，你也真是的，都什么时候了还在加班？"

加班对于秦白来说是家常便饭，秦白就觉得这个老关问得有点奇怪了。秦白说："老关，我们做统计分析的，领导说什么时候要材料你就得什么时候拿出来，不加班不行呀，这不，今天下午一上班，聂局长就过来交代，说明天市长要看全市工业经济运行数据，你说能不加班吗？"

老关也不在乎秦白说话的语气。老关说："秦处长呀，你真是人民的孺子牛呀，只知埋头干活，好同志！不过，这个聂局长嘛，"老关鼻子里哼了一声，"就晓得累了别人幸福自己。"

聂局长做过秦白他们工业处的处长，前年提拔副局长后一直分管工业处。秦白知道老关对聂局长有情绪，但对自己还是尊重的。所以老关调侃自己，也没往心里去。秦白瞥一眼窗外，淅淅沥沥的小雨还在下着，就问："老关，你到现在还没走，是不是没带伞？"

老关说："今天不用伞的，晚上有一个饭局，现在他们正说事，一会儿一起打车走。"

他们都是谁，老关没说。老关望望秦白，秦白也没有问的意思。老关就叹口气说："秦处长你忙吧，我去看他们说好了没有。"然后就转身出门去了。

秦白收拾桌上的材料准备下班回家，门吱呀一声，小钱一猫腰进来了。

小钱比秦白小八九岁，去年刚任命的副处长。对于小钱的提拔，老关有点酸溜溜的，听说小钱跟一把手黄局长关系不错。秦白对机关里的这些破事不感兴趣，但秦白不认为小钱就是靠黄局长的关系才被提拔的。现在机关里官多兵少，他们工业处一正两副，缺一个副处长，聂局长提拔后，工业处自然就会有两个人受益。处里一共只有三个人，秦白当时就由副转正接了处长的班，而小钱呢，不是考虑小钱当时太年轻，而且又刚生了小孩，怕小钱早就提拔了。不过，小钱的心思也不在局里。小钱的丈夫是个远在千里之外的军人，小孩刚上幼儿园，小钱每天走得比老关还早。

秦白放下手中的材料，看着小钱问："这么晚了还没走，这不耽误接小孩了？"

"不碍事的，小孩爷爷去接。"

"有事吗？"秦白问。

"有事呀，明天市委组织部来搞民主推荐，秦处长你不晓得？"

听小钱这么一说，秦白就记起来了。下午办公室的杨主任上门说过这事，还破天荒地跟他聊了几句，说："秦处长，你真是我们局里的老黄牛，什么事情都自己亲自做。"看看老关小钱他们不在办公室，又叹气说，"现在业务真是断层了，我们这些老同志还得多吃点苦呀。"弄得秦白都有点激动，说："杨主任你也真不容易，一个通知都自己跑上跑下的。"杨主任说："这事不比一般，让他们通知漏人了怎么办？不放心呀。"

明天组织部来民主推荐，这跟今晚又有什么关系？秦白问小钱是不是要做什么准备工作。小钱一笑就把声音压低了说："晚上夏处长请我们喝晚茶。"

秦白就想起老关来，问是不是跟老关一起的。小钱说："她跟老关不是一伙子的。"说完就问秦白，"秦处长你呢？"

秦白奇怪："我？还不是老饭店？回家。"

这时走廊上有人喊："小钱，小钱快点呀。"

秦白说："快去吧，不要让人家老夏等你们小年轻的。"

小钱望一眼秦白，轻轻叹了口气说："秦处长，那我就走了。"

记得老关刚才临走时也叹了气的，秦白不禁摇头笑笑。

第二天早上，组织部的一个副部长带着两个同志到局里搞推荐。大会议室里坐满了全局的几十个同志，填写推荐表前，那个副部长作了动员讲话。副部长说："这次推荐考察活动有别于以往，采取的是差额推荐考察，也就是推荐两个，再从两个中差额考察出一个人选来。"副部长强调,这在全市还是第一次,所以搞好这次推荐考察活动就非常重要,希望同志们本着对党对事业对干部本人负责的态度,认真对待这次推荐考察活动。

听了副部长的讲话,秦白心里就有了一种使命感,皱着眉头一遍一遍地认真比较起处长主任们。可只过了一会儿,同志们就填写好了推荐表,已经一个一个投票了。投完了票,同志们就往外走,有的还回过头来看会议室里形影相吊的秦白。秦白瞥一眼站在一边的组织部的同志,不好意思地笑了一下,匆匆地在推荐表上写上杨主任和夏处长两个人的名字,赶紧跑过去投进票箱,然后逃也似的离开了会议室。

快下班时,杨主任过来通知,说下午不要离开局里,组织部下午过来找人谈话。走的时候,杨主任拍拍秦白的膀子,又冲老关、小钱他们笑笑。

"他这回是板上钉钉了。"老关看着杨主任离去的背影说。秦白望着老关不解,问老关:"你怎么就这样肯定?"老关说:"这次我们局要提拔一个副局长,黄局长事先到组织部都推荐过杨主任了。"秦白问:"你怎么知道的?"老关说:"昨晚杨主任请我们喝酒时透露的。"

秦白就愣了一下。想想真没意思,那个副部长讲得跟真的一样,还不是走走形式。

秦白就不想了,反正是他们的提拔,想提谁提谁去。

下午,秦白按时到了班上。平时静静的走廊上已经有人走动,秦白打着招呼向办公室走去。他边走边感到诧异,别人看他时怎么都有点怪怪的样子?走进办公室,老关、小钱正头挨头说话,见秦白进来就戛然而止。老关小钱居然也提前到班上了,而且还这么鬼鬼祟祟的,秦白就问:"你俩今天来得可早?说什么新闻呀?"

小钱望着秦白说:"下午组织部不是找人谈话吗?"

秦白说:"对对,早上杨主任通知过的。"

小钱说:"秦处长呀,你真能沉得住气,大智慧呀!"

"什么大智慧?小钱你别跟我装神弄鬼的。"

小钱说:"还装呢,走廊报栏里的考察公示都出来了。"

不提这事还好,一提秦白心里就不痛快。

小钱见秦白不吱声,就把话说破了:"秦处长,你没见着你的大名已经公示了吗?"

"公示了?"秦白问,"公示什么了?"

"公示你秦白同志是副局长考察人选呗。"

秦白跑到报栏跟前一看,报栏上果然贴着组织部的考察公示,考察人选除了夏处长,另一个居然就是他秦白。这不阴差阳错了?秦白又仔细看了一遍,白纸黑字,还盖着组织部的大印呢。

"秦处长,怎么样?"秦白一回到办公室,小钱就问。

秦白嘀咕:"怎么出现这种情况呢?"

小钱说:"民意呗。"

"还民意呢,"一直没有吱声的老关这时说,"拉倒吧,秦处长你这是陪衬。"

小钱说:"老关你就晓得长他人威风灭自己志气,我们秦处长就不能提拔了?"

两个人正斗着嘴,办公室一个办事员就过来喊秦白了。

秦白被带进一间小会议室,里面坐着两个组织部的同志,一个谈话一个记录。跟他谈话的同志给秦白倒了一杯水,让秦白说说夏处长的有关情况。秦白问什么有关情况,谈话的同志说就是优缺点。秦白就一条一条说了夏处长的优点。缺点或者不足呢?他就摇头说还没发现。他真的说不出夏处长有什么不好,夏处长平时见谁都是客客气气的,这总不能算是缺点吧。

谈话的同志见秦白谈不出什么来了,就问还有什么话要说。这其实是句结束语，但秦白却问可不可以说说别的同志。

谈话的同志愣了一下，说可以。

秦白就又说起杨主任来。说了一大堆杨主任的优点后，秦白说："夏处长、杨主任都是我们局的优秀干部，提拔哪一个都不错。"

"那你自己呢？"

"我？不行，不行，跟他们比我差得远了。"

谈话的同志就欣赏地看着秦白，不停地点头，说秦白同志不争这个副局长，这样好。

个别访谈结束后，好几天同志们都在议论。大多数同志都说，这次提拔肯定是夏处长了。

一个月后，市里文件下来了，提拔的居然是秦白。

这不仅让很多人大跌眼镜，秦白自己更是懵懂。他不相信这是真的，迟迟不肯离开工业处，直到一把手黄局长把他找去谈了话，他才搬进了局长办公室。

秦白有了自己的单人办公室，局里就有一些同志过来说一些祝贺的话。这一天，老关也悄悄走进秦白办公室，关好门后先是祝贺一番，然后小声问："秦局长，你是哪条线上的，能不能透露一点点。"

"线？"秦白皱眉问，"什么线呀？"

老关笑道："秦局长果真是真人不露相。不说也好，不说也好。"

秦白被说糊涂了："老关，不是我不说，我不知道该说什么好。"

老关问："就没有哪位领导跟你说过什么？"

秦白想想说："这个呀，葛部长找我说过。"

老关眼睛一亮："市委组织部的葛部长？"

秦白说："是啊，任命文件发下来之前葛部长找我说过。"

葛部长是市委常委，平时秦白只在电视上见过，印象中是个很严肃的领导。那天葛部长把秦白找到办公室谈话，却一直笑容可掬。葛部长说："秦白同志，你是我市差额考察的第一批受益者，可喜可贺呀。这几年，我市总有一些干部跑官要官，有的还跑省进京，弄得市委领导有时很被动。市委早就想煞一煞跑官要官这股风气了，这次在市直几个单位搞试点，把提拔的权力交给广大干部群众，跑官要官就失去了生存的土壤和条件，应该说差额推荐考察这个办法是成功的，基本上制止了跑官要官现象。秦白同志，你在这次推荐活动中得票很高，在你们局列第一位，考察组的同志通过严格认真的访谈比较后，认为你是最合适的副局长人选。市委也尊重考察组的意见，充分相信考察结果，决定提拔你担任副局长。秦白同志呀，组织上信任你，希望你更加严格要求自己，谦虚谨慎，戒骄戒躁，做一个优秀的领导干部。"

葛部长说话虽然面带笑容，秦白却越听越觉出这其中的严肃，就不停地望着葛部长点头。现在老关问起这事，秦白就把葛部长的话对老关说了。

老关挠着头发，突然双手一拍脑门，连连咂嘴说："秦白呀秦白，你这副局长是拾来的！"

秦白笑道："我这是差额推荐考察的受益者。"

老关说："别自欺欺人了。"

秦白问："这怎么叫自欺欺人？"

老关就说："我开始说你是陪衬并没错，出错的是组织部来考察的人。"老关看着一脸疑问的秦白，就给秦白分析了，"局里的处长主任有哪个不想提拔？恐怕只有你秦白没想过。处长主任们从一开始就上下活动，特别是杨主任、夏处长，他俩更是志在必得。杨主任是我们局的老后备干部，夏处长是我们局的业务尖子，你不要见外，这两个人哪一方面都不比你差。更有优势的是，他们还都有自己的小圈子。"可是，老关说到这里，笑着摇了摇头，"优势过头了反倒成了劣势。他们互相防备着，我不投你票，你不投我票，可又必须推荐两个人，少一个就算作废，所以两个人选中就有很多人不约而同投了你秦白同志的票。"

听老关这么一分析，还真像是那么回事。

不过，秦白说："提拔也不完全是看得票的，组织部的人不是又找局里的同志个别谈话考察了吗？"

老关笑道："找人谈话了又能怎么样？秦局长你想想，杨主任能心甘情愿看着自己的对手就这么提拔了？他圈子里的人能说夏处长的好话？"

老关这个人真的很聪明，但秦白听了他的分析心里却阵阵发梗。这不明摆着的嘛，自己在局里其实是个无关紧要的角色，谁又把你秦白真正放在眼里呢？

秦白一提拔，处长位置就腾出来了。谁来补这个缺呢？

这是大事，秦白知道这是要上局党组会研究的，所以见着老关就说，还没开党组会呢。秦白已经参加过一次党组会，那次党组会上黄局长就秦白的分工问题让大家议一议，议一议其实就是议一议从哪一位领导的口袋中拿出一块让秦白分管，这谁又愿意呢？所以大家就都不吭声。不得已，黄局长就让秦白先协助他工作，过一段时间再具体分工。秦白知道自己的分工是件难事，这涉及其他领导的利益，而补工业处处长这个缺额就容易得多。当年聂局长提拔后，不就是让秦白补了这个缺额的吗？

可事情并非如秦白想象的那样。

这一天局党组开会，黄局长终于把由谁做工业处处长这事提出来了。

聂局长分管工业处，聂局长首先就发言了。聂局长提出的人选居然不是老关，而是农林处的一个副处长。聂局长提出人选后，黄局长的目光就转向秦白。黄局长问："各位看一看，聂局长的意见怎么样？"

黄局长问大家，其实就是问秦白。秦白是前任处长，他跟聂局长一样，也是有发言权的。但秦白自从做了副局长，就一直保持低调，这不仅因为老关曾经给他分析过，而且这也是他一贯的作风和习惯。再说他名义上协助黄局长工作，其实就是一个大办事员，权没有什么，事情倒是很多。不具体分工，又什么都要做，这给了同志们更多的与他接触的机会。同志们发现，这个平时不善交往的秦白还真是个不错的同志，都做副局长了，还像老黄牛一样，吭哧吭哧只顾埋头干活。而且秦白同志居然还骑着那辆破自行车，把局里配给他的红旗轿留作办公室打机动，说是同志们外出办个事情方便。秦白平时不与别人争个什么，可这一次聂局长的意见实在让他意外，怎么能提拔农林处的人到工业处做处长呢，这不有点欺侮人的味道了吗。所以黄局长一问，本来还有点犹豫的秦白就把自己的想法提出来了。

秦白非常诚恳地说："聂局长呀，你是我们的老领导了，又一直分管我们工业处，刚才聂局长提出的人选，人的素质那是没有问题的，可工业处的老关也不孬呀。聂局长对老关也是了解的。老关身上虽然存在不足，但老关脑子聪明，做副处长也有七八年了，业务上肯定没得话说。我刚才比较了一下，好像老关更合适一些。因为农林处跟工业处的业务有所不同，农林处也是聂局长分管的，这一点聂局长比我清楚。如果用了农林处的同志，业务上不仅一时半会儿适应不了，还会挫伤工业处同志的积极性，这对工业处开展工作就很不利了。"

聂局长没想到刚提拔起来的秦白会提出不同意见，竟一时被说得怔住。黄局长听着秦白的话，一边轻轻点头，一边去看其他领导。领导们回避着黄局长的目光，有的端杯子喝水，有的点上一支香烟吸着，有的翻弄面前的笔记本，似乎在说一件与他们无关的事情。

大家都不表态，这就要看黄局长的了。黄局长就微微地笑了，拿起一支铅笔轻轻敲击桌面，用为难的语气说："这个嘛，聂局秦局说得都有道理，两个人选也都不错，还真难取舍呢，这样好不好，这件事还是以后再议吧。"

一把手不拿决定，这事就搁在了一边。

这事不知怎么就被老关知道了，硬要拽秦白去喝酒。秦白理解老关的心情，也想找个机会安慰安慰老关，就跟着他去了"花之林"。进了一个包间，老关要了几个菜，什么话也没说，站着连敬秦白三杯酒，然后双手抱拳说："秦局长，谢谢你哪！"秦白知道老关的意思，忙回敬三杯，然后伸过手去拍拍老关的肩膀，说："你的事我说是说了，可分量不够啊，不过，只要人选还没定下来，机会就还有。"

酒一喝开头，说得又对路子，这酒就收不住了。借着酒劲，老关开始奚落起聂局长。老关说："聂局长这个人呀，你不晓得，他是个过河拆桥的角色。你知道他是怎么当上副局长的吗？"

"还能不是组织部推荐考察的？"秦白撇了一下嘴说，"当年你还让我投聂局长的票呢，对不对？"

老关说："是呀，我何止让你投他的票？不是自我瞎吹，当年要没有我关某私底下帮他活动，他怕就没那么容易当上副局长。秦局长，你也是局里的老人员，你说说，杨主任、夏处长他们哪个资格又比他差？可是，我为他提拔上蹿下跳的，他却不敢站出来为我说句话。不瞒你说，当初你做了处长后，我心里是不痛快的，可我对你说不出什么来，要怪只能怪我认错人了。"

说到这里，老关自己喝了一杯，说是自罚，然后又站起来敬了一杯，说："秦局长你就完全不一样，我既没有推荐你做副局长，更没请你帮我的忙，可你却不怕得罪人，硬是帮我说话了。这一比较，秦局长你的人品就出来了。"

听了老关的话，秦白心里很受用，加上酒精的作用，不禁就有点亢奋："老关，我是工业处前任处长，以后党组会上处长人选不议便罢，如果议到我还是坚持你来做。"

但是一直到年底，黄局长像是忘了，再也没有提出议一议这事。

岁末年初，组织部对局领导进行履职测评，秦白的优秀率很高，远远超过其他领导。葛部长给一把手黄局长反馈时说，新进班子的领导能有这么高的优秀率，说明差额推荐考察是成功的，要黄局长好好培养秦白。黄局长听了，说那当然，组织部对秦白同志这样重视，就是对我们局的重视。

黄局长专门开了党组会，把葛部长的意思说给了班子成员，大家听了都不吱声。黄局长就对秦白说："秦局长呀，你这个副局长当得不是很好吗，开始还谦虚呢，我听办公室讲，你车子都不坐，这是对自己要求严格呀，不过，今后该坐就坐，太谦虚了不好。"

其他领导听黄局长这么说，马上就跟着说："黄局长说得是，秦局长不要太谦虚，做过了就让人觉得假了。"

这是表扬呢还是批评？秦白被大家说得糊涂了，就常看着某一个地方发愣。

秦白的变化被老关看在了眼里，问秦白是不是党组会上又议处长人选了。秦白说没有。老关就肯定地说："你这两天有什么心事，能不能说给关某听听，让关某跟你一起分忧。"

秦白也正有一吐胸中郁闷的愿望，就把党组会上的事情说给了老关。

老关想了想，说："秦局呀，你现在是在走钢丝呀。"

"走钢丝？"

"是呀走钢丝，走好了前途光明，走不好就有掉进陷阱的危险。"

秦白就奇怪了:"老关,这话怎么讲?"

老关说:"光明的一面是你进了组织培养的盘子,你测评结果好,证明组织部门用你用得正确,你今后的仕途就有了竞争力,就有更上一层楼的希望;危险的一面是你后来居上,那是要遭人嫉妒的,一举一动都会被人注意,比如你不用小车,他们就说你太谦虚了,太谦虚了就是作假。"

秦白听了老关的分析,叹气道:"这官有什么干头?组织部还以为搞搞测评推荐就解决问题了,真是搞笑。"

"现在什么事情不搞笑?"老关摇着头说,"前些日子,省里开乡镇工业经济会议,我们市往上报的乡镇工业园的规模企业个数增幅最高,在会议上得到了省里的表扬和肯定。可时间不长,国土资源厅就来查了,说那么多的工业用地谁批给你们市的?结果又弄了个通报批评,你说搞笑不搞笑。"

秦白笑了起来。不管这是老关杜撰的还是真有这么回事,老关这么一说,秦白就轻松了许多。

老关把话题收住,然后认真地说:"秦局长,要想其他领导的眼睛不总盯着你,我建议你,车子该坐还得坐,不坐白不坐。"

秦白听了老关的话,上下班也坐小车了。

翻过年,局里调整领导分管工作。秦白只分管工业处,在几个领导中分工最少,就这秦白还得感谢黄局长,不是黄局长做聂局长的工作,怕这一点实实在在的分工都没有。这样一来,秦白名义上是分管副局长,实际上就在做处长的事情。

虽然只做处长的事情,但还是与原来不一样,县里和市直一些单位找他谈事的、请他吃饭的人渐渐多起来。秦白有点纳闷,过去怎么没有多少人找他呢。老关告诉他,过去人家都去找聂局长了。秦白就想,难怪呢,自己这一块分工还要黄局长去做聂局长的工作。

开始秦白有点不习惯，经常辞了一些饭局。老关知道了说，这样不行呢，别人会说你有官架子，不好请。秦白觉得老关提醒的有道理，就去参加一些饭局，时间一长也就习惯起来。

每次饭局只要是请秦白一个局领导，秦白都要喊上老关和小钱。小钱一般都因为有事不去参加，但有几次县里的领导在市里请秦白跟黄局长一起吃饭，小钱却是跟着去的。小钱不仅跟去了喝酒，还应邀去了歌舞厅陪唱陪跳，每次都弄到夜里十一二点。秦白就有点怜悯起小钱，问："这么晚了，小孩怎么办？"小钱说："小孩爷爷奶奶带呗。"秦白以为小钱无奈，说："这些人也是的，让你来干吗？"小钱就笑，反倒问秦白："人家请你，你知道为什么？"秦白说："我陪黄局长。"小钱说："我也陪黄局长。"秦白奇怪："你陪？"小钱眼睛就眯成一条线："你没见县里的领导都拼命跟我喝酒吗？我小钱可是局里的品牌呢。"秦白从来没有听小钱用这种口吻说话，听得心里怪怪的痒痒的。小钱见秦白发怔，又说："秦局长呀，人家请你为什么，是因为你分管工业这块。工业强市，秦局长你这一块出的数据书记市长重视呢。"

这一说秦白就懂了。书记市长重视，县里领导重视就不足为怪了，谁不想要政绩呢？可自己既不能帮县里生产GDP，也不能帮县里增加利润，更没有本事帮县里招商引资，这些县官是不是拍错了马屁？

小钱看出了秦白眼睛里的疑问，小钱心里就感慨，像秦白这样的男人现在真是少见了。小钱想了想，就问秦白："人是不是都要脸面？"秦白说："那是。"小钱说："数据就是脸面哪。"秦白问："怎么数据就是脸面呢？"小钱说："为什么书记市长要看数据，因为通过数据就知道各个县工业经济状况。"秦白说："这个我知道。"秦白搞了这么多年的工业经济统计分析，能不知道这个？小钱说："这个就是政绩呢，市里隔一个月开一次经济形势分析例会，哪个县数字要是下来了，不挨书记市长批评？你说挨批评的县长书记还有脸面吗？"秦白一想，是这么回事，可这与自己又有什么关系？想帮也帮不上呀。小钱见秦白不吭声，笑着说："秦局长，你是我们局里的业务权威，人家县里不就是想请你秦局长指导指导吗？"

噢，原来如此。秦白再喝酒时就拍胸脯了："各位领导，贵县如有需要，我保证保质保量提供数据分析。"

拍胸脯子的话，秦白说到做到，一一兑现。工业经济数字掉下去的县，他一是一二是二，帮着分析得头头是道，说得县里的领导频频点头。可秦白的分析并没帮上什么忙，数字该下去的还是下去，该被书记市长批评的还被批评。县里的领导就再来找秦白，秦白就更认真地帮着分析原因。一来二去，县里找秦白的领导越来越少，秦白也不像开始那样整天要忙着应付饭局。可有一天，秦白参加一个同学聚会，却在酒店里看到一个县里的领导引着黄局长和小钱往豪包去。秦白望着黄局长和小钱进豪包的背影，心里就有一种不好的感觉。

第二天，秦白忍不住地问了小钱。秦白问："小钱哪，最近县里的领导找我们越来越少，你跟他们也是很熟的，你说说看，这都是什么原因造成的？"小钱说："秦局长饭局少了吧？是不是有点不习惯？秦局长，我早就想跟你说这个事了，可一想你是领导，我说了你一不高兴，会不会给我穿小鞋？"秦白说："你看你小钱，你把我当外人了，我是那种人吗？"小钱笑了："这倒也是的。"小钱说："秦局长呀，你知道什么原因吗？人家县里领导找你是想听你分析原因的吗？不是的。就算你把原因找到了又能怎样？一时也不能让数字上去。所以呀，县里领导请我们吃饭找我们分析，那是醉翁之意不在酒，是想让我们对县里报上来的数字，能通融就通融过去，反正市长书记也不会下去一个一个核实的，就是下去核实，县里也有办法对付。"

这不是弄虚作假吗？秦白被说蒙了。上面一个文件接着一个文件强调严禁弄虚作假，小钱不是不晓得的，可小钱为什么还要这样说？不过，秦白从小钱眼神里看出，小钱无论如何都是关心他的，就在心里又替小钱辩白：小钱这是帮着我分析原因的，就像我帮着县里分析数字为什么掉下来一样。小钱说县里想怎么弄我们就得怎么弄了吗？小钱没说。想到这些，秦白说："小钱，谢谢你的提醒。"

秦白虽然谢了小钱，但一到具体问题上还是犯傻。眼看就到年底，这就让局里很多同志着急了。因为市里就要开始搞机关服务基层年终评比，这个评比县里的投票所占比例很大，如果秦白和工业处再这么下去，评比结果局里的位次可能就要往下掉，如果掉下来就要影响到同志们的年终奖。这么火烧眉毛的事情其实解决起来很容易，只要调整一下局长分工就行了，过去聂局长分管工业处的时候，不是很顺畅的吗？能说这个话的只有一把手黄局长，但黄局长却只字不提这事。

黄局长不提这事，不等于黄局长心里不惦记着这事。有一天，黄局长终于开党组会了。黄局长很不客气地对工业处的服务意识提出了批评。但黄局长只字没提秦白，说主要责任还在自己，都半年下来了，工业处处长人选还拖而不决，工作怎么能做得好呢？所以当务之急是赶紧把处长人选定下来。

几个局长互相看，然后都点头说："当务之急，当务之急。"

黄局长见大家都点头，就把眼睛看向聂局长和秦白。聂局长说了自己的意见，仍然坚持用农业处的那个副处长。黄局长问秦白："你的意见呢？"秦白当然坚持用工业处的老关。两个人各持己见，都摆自己的理由。黄局长说："再这么争论下去，还是不能解决问题，我看你们俩说的各有道理，大家看这样好不好，两个人都暂且不用，我提一个人大家议一议？"大家就看黄局长，等他说出那个人选。黄局长咳了一声，清清嗓子说："你们看小钱怎么样？"

小钱？秦白差点叫出声来。聂局长虽然愣了一下，但很快就没事人一样，低头摆弄起桌上的茶杯。其他局长相互看着，也都一声不吭。

黄局长见大家不说话，继续说："我提小钱也是有考虑的，一是上面一直要求加大培养女干部的力度，小钱是女同志，也是业务骨干；二是小钱虽然年轻，可也有三十岁了，去年已经明确了副处长，资历上是符合提拔标准的，不违反组织部的规定；三是我提的人选也是一个折中的办法，聂局长和秦局长都不会反对的，我想老关他们不至于跟一个女同志计较吧。"

秦白睃了眼聂局长，聂局长也只是嘴巴动了动，聂局长不坚持了，秦白还好说什么呢？秦白再看大家，虽然都没吭声，但脸上都起了一层看不懂的笑意。黄局长见没人反对就调侃道："现在坊间不都说'无知少女'提拔得快吗？这也是没办法的事情，组织上就得关心弱势群体嘛。"

黄局长这么一说，领导们就笑出声来了。

秦白笑不出来，心里想：批评工业处反倒批出了处长，怎么回事嘛。

老关彻底黄了，秦白觉得对不住老关，翌日就把党组会上的决定告诉了老关。老关先是不吱声，后来嘴里就蹦出了一句："姜还是老的辣呀！"

秦白知道老关指的是黄局长，可又觉得黄局长也有点冤枉。黄局长能怎么办？处长位置总是空着也不是个事。秦白回忆着党组会上的情景，突然想起黄局长说的"无知少女"来，就问老关是个什么意思。老关笑了，问："你怎么想起来问这个？"秦白说："你知不知道？知道就不要卖关子。"老关就说："'无知少女'就是无党派、知识分子、少数民族加上女同志。"秦白哦了一声，自语道：

"是这样子呀，老关你要不是党员就好了。"

老关听了纳闷，问："怎么我不是党员就好了呢？"

秦白说："小钱就是'无知少女'嘛，你老关要是无党派，就轮不上小钱了。"

老关这就知道秦白问"无知少女"的原因了。老关说："原来是这么回事啊。秦局长，我老关就是无党派，也不会轮上我的啰。"

秦白问："为什么？"

老关就给秦白分析："要是我关某是无党派，提拔小钱的理由就会变了。小钱是党员，又年轻，在党素质还比不上非党？还有一个理由，从培养年轻干部这个角度看，也要提拔小钱。市委不是一再强调要大力培养选拔年轻干部吗？"

怎么会是这样？秦白还想说点什么。老关苦笑着摆摆手："秦局长，这事你也不要上心，我告诉你，这一切都因为小钱是黄局长的人。看你跟小钱走得也近，我劝你以后得注意着点，跟小钱走得太近了，黄局长不会没有看法。"

看来只有这个理由了。如果小钱不是黄局长的人，事情会是这样吗？

秦白是个脸上不会藏奸的人，变化自然被小钱看出来了。小钱问秦白是不是对她做处长有看法。秦白说没有看法。小钱听秦白说得有点机械，更觉得出了什么问题，就缠上秦白非要问个究竟。秦白看小钱也是误解了自己，情急之下就说："小钱，我是怕黄局长有看法。"

小钱一愣，盯住秦白的眼睛问："秦局长，是不是有谁跟你说了什么？"

秦白吃不住小钱的目光，说这是老关让他这样的。小钱鼻子哼了一声："这个老关，我哪一点对不住他了？我在黄局长面前不知为他说了多少好话。"

秦白就奇怪了，心想你说好话，把自己都说上了处长。

小钱见秦白不吭声，知道秦白不太信她的话，就很认真地对秦白说："秦局长，你是我尊敬的领导之一，我就实话实说，老关没当上处长那是他自己的责任。"秦白问："为什么？"小钱就告诉秦白："老关自己没看准线，站错了队。前几年局里提拔一个副局长，黄局长的意思是提拔杨主任，可不知聂局长从上面找谁说了话，组织部就拿不准了，拿不准就要看最终推荐的票数。就是这个老关，上蹿下跳搞串联，玩命地给聂局长拉票，结果还就让聂局长的票数最多。秦局长，你说黄局长能咽下这口气吗？所以黄局长就不让老关接处长这个班，结果秦局长你就拣了个便宜。"

小钱说到这里，发现秦白的脸色变得有点阴沉，知道自己把话说过头了，忙说："秦局长，你比老关早一年当的副处长，本来处长也该由你当。"秦白咬着嘴唇，过了一会儿才冷着脸说："照这么说，老关处长没当上，不是聂局长的过错，可他为什么对聂局长有意见呢？"

小钱知道秦白还是不怎么相信她的话，就说："这就涉及聂局长的为人了，聂局长知道自己做上副局长已经很不容易，再为老关的事情去得罪黄局长，就得不偿失了。所以聂局长在研究处长人选时压根儿就没开口。"

秦白问："这次呢，这次聂局长为什么也不提老关？"

小钱说："这就是老关自己的责任了。自从没当上处长，他就跟聂局长疏远了，还到处说聂局长这个不好那个不好，这不就得罪聂局长了，聂局长还能帮他的忙？"

秦白听着小钱的话，觉得不是没有道理，对老关的认识也有了一些变化。为什么一次误了又误了一次，这说明老关的聪明也有聪明过头的时候，比如这次，小钱当上处长了，就说小钱是黄局长的人，难道就没有别的原因了？照这么说，我秦白当上副局长，那我还是市长的人呢。

小钱做了处长,班上就更不易见着老关了。小钱成了工业处事实上的光杆司令,可小钱还是原来的小钱,工业处的工作却被小钱抓得井井有条,好多事情都不要秦白过问了。年底大家都忙,秦白却无所事事。过去忙惯了的秦白,突然停下来,就觉得有点无聊。他想找小钱吧,小钱整天忙又是女同志,不管怎么说都不方便。找老关吧,老关整天不见踪影,再说上次跟小钱的一番谈话后,秦白对老关已经有点感觉,没事也不想找他。秦白做处长时经常加班,提拔后又经常有饭局,晚回家是常事,现在每天早早就回家老婆都感到奇怪,问秦白是不是有什么事情。秦白被这么一问,心里怪别扭的,下班后就想着不管怎么也要找个人喝一杯,或者随便在什么地方喝杯茶聊一会儿天。可秦白脑子里怎么也找不到一个合适的人来,心里不免发出感慨,我秦白这四十年怎么活的,连信得过的朋友都没有一个。

秦白让局里的红旗轿车把他丢在一个街口,等红旗轿车一离开就拦了一辆出租车。出租车司机问去哪。秦白脱口而出"花之林"。秦白说了不免苦笑,"花之林"就"花之林"吧。

出租车在"花之林"停下,秦白下车犹豫了一下还是走了进去。老关在大堂里坐着,突然见着秦白进来,先是一愣怔,然后就匆匆地迎上去,"哎呀,是秦局长啊,真是太阳从西边出来了,怎么有空到我这里溜达了?"也不等秦白说话,就忙着把秦白领进了包间。

要了几个菜,温了一壶酒,暖暖的灯下听着轻轻的音乐,人就有了飘起来的感觉。秦白不说话,只管一杯一杯喝酒。老关看着秦白,就晓得局里又有什么事情了。自从小钱当了处长,老关彻底死心了,局里的大小事情一概不问了。但不知为什么,现在看到秦白这个样子,就觉得秦白怪可怜的,就想把事情弄个明白。

老关先是陪着秦白喝闷酒,后来就有一句没一句地跟秦白唠叨。一壶酒下去，秦白的心事也清楚了。清楚了，老关就憋不住了，说："秦局长呀你傻吧，你以为人家钱处长认真了？人家钱处长认真了，就是不想让你再去认真。"秦白摇头，"老关呀，难道小钱认真不好吗？"老关打了一个嗝，吐着酒气说："不好！"秦白问："怎么不好？"老关说："因为你的认真就是较真儿，小钱是不想让你较真儿。"秦白说："不会吧，我较真儿的数字都是有明显问题的，遇到这些数字小钱会不跟我说？"老关就笑："拉倒吧，我不是跟你说过，你这个副局长是拾来的，小钱心里能没这个数？人家小钱是黄局长的人，小钱不让你过问，这肯定是黄局长的意思。"

老关望着秦白发怔的眼睛，说："秦局长你就认了吧，你这个性格又不太可能随波逐流的，不让问正好，以后闲着就到我这'花之林'坐坐，喝点小酒，听听音乐，烦恼全无，神仙过的日子啊。"

这一晚，秦白喝飘了，真的跟神仙一样。

年底各种评比接踵而来，局里还算不错，包括服务基层这个项目，位次均靠前，奖金是跑不了的了，全局同志皆大欢喜。

组织部按照惯例，也对局里的领导干部进行年度考核，结果让组织部大吃一惊：去年测评列第一的秦白居然落到了末位。

组织部葛部长听了汇报，让去考核的同志再作进一步了解，看看到底是什么原因。通过找同志们个别访谈，情况就基本清楚了。归纳起来原因大体有三：一是秦白同志刚走上领导岗位还是比较注意的，上下班小车都不坐，所以前一年的测评还是不错的，可后来就变化了，不仅上下班坐小车，其他场合也公车私用了，同志们对此非常有意见，秦白毕竟是刚提拔起来的干部嘛；二是过去不喝酒的秦白，后来也经常喝酒，喝酒也就罢了，还经常喝多，喝多也就罢了，还去歌舞厅，作为新提拔的秦白同志，怎么能这样不注意自身形象呢？三是服务基层不热情，工作不讲领导艺术，上上下下不和谐，现在不是讲构建和谐社会吗？他却弄得大家不和谐。以上三条是大多数同志的意见，大多数同志都对秦白有这种看法，秦白今年的测评能好吗？

秦白不久就接到组织部的通知，让他去省委党校脱产学习半年。

走的那一天，局里为秦白设宴送行。天上虽然飘起了雪花，但全局几十个同志都来了。大家喝得开心，平时不怎么喝酒的一把手黄局长都开怀畅饮，表现出了空前的和谐。喝了一圈子后，黄局长带头敬秦白酒。黄局长一敬完，同志们就一个个接着敬，祝愿秦局长这个祝愿秦局长那个。秦白笑着脸陪着一个个喝。他看到老关也过来敬酒，可老关什么喜话没说，把一杯酒往嘴里一倒就离开了。后来他又看到了小钱，小钱喝酒时好像还淌了眼泪，到底淌没淌他又没看清楚。一个一个敬完了酒，他一捋袖子又去一个一个地找人敬酒。

有人说，秦局长喝多了，醉了。

"哪……个说我……醉了？我现在，比……什么时候都……清醒。"说这话的时候，秦白眼前的嘴脸都是虚幻的。

秦白推开扶他的人，揉着眼睛走向窗口。雪花在他的眼里变成了淅淅沥沥的雨点子，真是奇怪呀，这雨点子怎么又大又飘呢，飘呀飘，窗外的景物都飘白了。

长 子

1

盛玉柱在电话里叮嘱父亲,他哪一天回村不要告诉上面。

父亲叫盛康明,是柳树湾村的支书。盛玉柱说的上面就是乡和县。乡叫三堡乡,县叫楚梁县。父亲听了儿子的叮嘱,就冲电话说,现在领导下乡都要交代这个,老大放心,我不跟上面说就是了。

柳树湾这个地方,长子称老大,有出息的,更是不分长幼,张嘴就是"我们家老大",既是自豪,也是炫耀。盛玉柱是北江市最大的国有企业宏业集团的董事长、总裁,下属公司十多家,都是赫赫有名的大中型企业。有一次市里开经济工作大会,市委书记说,你盛玉柱的宏业集团就是我们北江市的长子,长子在北江做老大不算本事,你要走出北江,领先全省,跨进全国百强。市长也说,你的资产一百亿,名副其实的北江长子,你要一百亿生出二百亿,二百亿生出四百亿,为北江经济建设做出更大贡献。盛玉柱的"长子"就这么叫开了。这与他在家里的长子身份百分百吻合。在他的概念中,长子就是任劳任怨,就是大家的榜样,就是不属于自己,为别人活着。一出生他就是盛家长子,四十多年过去,他又成了北江长子,现在的他里外都是长子,什么事情都要过问。

市里开展"企业与村居一帮一"活动，简称"一帮一"。"一帮一"当然少不了长子盛玉柱。文件刚发下去，老家的父亲就打电话来了。父亲说，老大，你得帮我们柳树湾。父亲热爱柳树湾，自从担任了村支书，就常跟他说村里的事，修路、造桥、建养猪场，哪一样都伸手要钱。这些都是小钱，少则几万，多则几十万，他签个字就行。但他不签，伸手要钱的太多，他不能只想到家乡。每次都是父亲说了几次，开始瞪眼了，他才设法请与宏业集团有业务联系的企业掏钱支持。每一笔钱都是人情，可父亲还是不满意。不是父亲不满意，是父亲的上面不满意。上面也要修路、造桥，上面也要投资办厂。但上面的路不是乡村沥青路，上面的桥不是小河小汊上的便民桥，上面的厂不是几十万就能建起来的养猪场。

但这次不一样了，这次是市里开展的活动。父亲也知道这一点，所以话说得不容置辩。父亲说，老大，这回你不能再找借口了，"一帮一"柳树湾，于公于私都应该。父亲说得是，如果真能与柳树湾"一帮一"，他就可以名正言顺地为家乡做贡献了。家乡得实惠，父亲脸上也有光。他让秘书联系"一帮一"办公室。办公室的人说，像这种事，一般都是要回避的，何况"一帮一"名单早就列好了。他叹口气。怎么跟父亲说呢？一想到父亲，他就感觉到柳树湾乡亲们眼巴巴的目光，只得硬着头皮找市委陆书记。没想到陆书记倒很爽快。陆书记说，谁叫你是长子呢，长子提出这么个要求不算过分。

盛玉柱松了一口气，马上打电话告诉父亲。父亲笑了，说上面早就说了，你盛家老大是我们北江的长子，只要他想办到的事情，一定没有问题。一听父亲提到上面，盛玉柱的神经本能地抽搐一下，这才千嘱咐万叮咛，他何时回去不要让上面知道。

可是，他的车刚进入楚梁县境内，几辆跳着灯的轿车已在路边等着了。

司机小田停下车，回头说："老板，是肖书记。"

宏业的人都把盛玉柱称作老板，喊老板就是喊他。盛玉柱闭目养神，听小田喊，就睁眼摇下车窗。果然是县委书记肖劲方。这个肖劲方去年底还是市委副秘书长，给市委陆书记拎包，书记的大秘。陆书记是四年前市委换届时从省城下来的，明年又到换届了，都传陆书记是副省长人选。陆书记临走前让肖劲方下来，也是对肖劲方的一个交代。肖劲方刚过四十，九个县区最年轻的书记，又有陆书记罩着，前途不可限量。

盛玉柱没有怠慢，推开车门下来。

"欢迎欢迎！"肖劲方快步迎上，"盛总来我们这里'一帮一'，这是楚梁一百万人民的荣幸呀！"

"我是跟着肖书记的。"盛玉柱马上笑着说，"秘书长一到楚梁做县太爷，我就跟来了！"

肖劲方也笑了："谦虚，谦虚。走，我们上车去柳树湾。"

盛玉柱客气地说："肖书记事情多，时间金贵，柳树湾就不用去了吧。"

肖劲方连忙摆手："去，一定要去。今天我最大的事就是陪盛总去柳树湾。"

二人分别上车，一路往柳树湾方向而去。

下了高速，车就颠簸起来，小田嘀咕："老板，楚梁也真是的，这路还是20世纪90年代县乡公路黑色化时修的，这么多年下来了也不改造，这叫什么路？受罪路！每次回来，老板都得受一回罪！"

盛玉柱没有吭声，他正想着儿子小亮的事情。小亮中考，北江中学分数线差一分，老婆唐钰一直唠叨，叫他抓紧活动找人，无论如何也要让小亮进北江中学。小田从后视镜瞥见盛玉柱闭目想心事，就不再说话打扰了，尽量把车开得稳一点儿。跑了近两个小时，盛玉柱感觉到车速慢了一下，睁开眼时又正常了，就问小田还有多远。小田说快了。盛玉柱转向车窗外，路边的房屋渐渐多起来，草屋不见了，取而代之的是砖屋、小楼，但村落、田、路都基本保持着原来的格局。他记不清上次回来的时间了，既熟悉又陌生。

车队跑了十几分钟来到一个柳树林边。过了柳树林，就望见柳树湾的村部。盛玉柱见前后车里的人都下来了，也跟着下了车。正纳闷着，肖劲方走过来说："盛总，市里要求轻车简从，盛总是北江的长子，这么多车辆进村万一被好事的人弄到网上，无端地惹出事来多冤枉。盛总，我上前面那辆商务，你跟在我后面，其他车就不进村了，你看好不好？"

盛玉柱佩服肖劲方的周到，笑着说："到了肖书记的地盘，全凭肖书记安排。"

"那好，我前面带路了。"

商务车里已经塞了五六个人，肖劲方居然也钻了进去。盛玉柱觉得不妥，刚要喊肖劲方跟自己同乘一车，商务车已经蹿了出去。两辆车很快就到了村部，车未停稳，村里的几大员就噼里啪啦地鼓掌。盛玉柱的父亲盛康明迎上前去，搓着手冲刚下车的肖劲方激动地说："肖书记来啦！"

肖劲方抬手指指正从后面一辆车下来的盛玉柱："盛老，我来了充其量只给你增加一点精神动力。你家老大来了，那就不一样了，他给你带来的可是物质动力。这年头，没有精神可以，没有物质不行！盛老，还不过去欢迎你家老大？"

盛康明点着头，居然走上前去向儿子伸出手来。盛玉柱愣了一下，父子二人的手就握在了一起。这是哪跟哪呀？盛玉柱握着父亲的手，心里不免感到滑稽，手一松开，就笑着对肖劲方说："肖书记，不要弄得跟接待外宾似的，还是随意一点儿。"

肖劲方嘿嘿地笑了："对对，你们是父子。"又转向盛康明，"盛老，老大说得对，随意一点儿，老子对儿子不必客气，等会儿该说什么尽管说。"

走进村部会议室，众人坐下。肖劲方给盛玉柱一一作了介绍后，就叫盛康明代表柳树湾向盛玉柱汇报。父亲向儿子汇报工作，盛玉柱浑身不自在。本来他不想让上面知道，就是怕惹出这些麻烦，父子两个在聊天中说一说村子里的事情，那该多好！现在弄得父子二人上下级一样，活像演戏。肖劲方看出盛玉柱的不自在，笑道："盛老，刚才你家老大说过了，随意一点儿，你就不要太正规了。"

盛康明应声"嗯啦"，咳了一声，清清嗓子，展开桌上的纸念道："尊敬的盛、盛总，我代表柳、柳树湾三、三千名村民向、向您表示衷心的感、感谢！"

这哪还是随意？盛玉柱替父亲着急起来。父亲平时对他说话都是居高临下的，现在却像一个胆小的学生，磕磕绊绊，怎么听怎么别扭，直到父亲有点颤动的嘴唇不动弹了，他才一个激灵恢复了正常。

肖劲方这时说话了："刚才盛老汇报了柳树湾的情况，下面请盛总作重要讲话，大家欢迎！"

所谓重要讲话，其实就是叫他表态，可父亲说的什么又听得稀里糊涂，等噼里啪啦的掌声停下来，他含糊其辞地说："肖书记，你百忙之中来柳树湾，可见对我家乡关心的程度！你怎么指示，只要能办得到的，我只管照办就是。"

肖劲方说："好，盛总那我就说了。刚才盛老代表柳树湾汇报的发展思路，与县委的思路非常吻合。楚梁离省城近，号称省城后花园，可要实现市委提出的全面达小康目标，东南片的几个乡镇拖了后腿。县委认为，这几个乡镇虽然工业基础薄弱，但有一个绿色生态环境。绿色生态现在是稀缺资源，县委对这几个乡镇提出大力发展绿色项目，刚才盛老汇报准备上一个现代化万只草鸡项目，就是这个思路。现在草鸡在城里一只卖到三四十块钱，这个项目上了后，柳树湾就彻底翻身了。"肖劲方说到这里，望着盛玉柱，"盛总，你刚才要我说指示，指示不敢当，我建议上这个项目，能不能上，就看盛总'一帮一'的力度了！"

众人的目光向盛玉柱聚焦。

盛玉柱望一眼父亲，父亲也是十分的期盼，就问道："需要投多少钱？"

肖劲方说："大概三百万吧。"

盛玉柱怔了一下："三百万？"

"这是总投资，只要盛总一百万。"

一百万对宏业集团不算什么，书记、市长从他的集团划走过亿都是常事。但送给一个村这么多资金却是头一次，何况这个村是柳树湾，是他的家乡。盛玉柱就有点为难："肖书记，我不是不想拿这个一百万。作为捐助资金，超过一百万的，宏业集团只在汶川地震时才有过。"

肖劲方笑了："盛总的意思我懂。盛总不差钱，不要说一百万，一千万都是小菜一碟，只是一百万无偿地给柳树湾办企业，盛总有点担心别人说闲话。"

"还是肖书记能理解我。"

"长子有长子的难处，这个我肖劲方还是清楚的。盛总，要是一百万用于惠民项目，又是'一帮一'，就不会有人说闲话了吧？"

"不知肖书记说的是什么惠民项目？"

"修路。"

"修路？"

"对，修路。要想富先修路，这句老话现在仍管用。现在都是高铁时代了，柳树湾出去的路竟还是一条破路。刚才大家都走过，扪心自问，来一趟柳树湾，下次哪个还想再来？"

盛玉柱嘘了口气，终于明白了肖劲方的意图。那还叫路吗？受罪路，司机小田抱怨的一点儿没错。一条受罪路挡住了柳树湾多少财路？没有外来投资，柳树湾要想加快发展，简直就是痴人说梦。他望了一眼肖劲方，突然觉得肖劲方可爱起来。肖劲方到楚梁才半年时间，对一个村的发展瓶颈都了如指掌，楚梁有希望。想到这里，他表态说："肖书记，一百万什么时候需要，我什么时候掏给你。"

肖劲方说："不是掏给我，是掏给柳树湾。"

盛玉柱说："对，掏给柳树湾。"

肖劲方冲着众人说："鼓掌！鼓掌！"

掌声过后，肖劲方却沉吟不语了。

盛玉柱有点纳闷地问："肖书记，还有什么指示？"

肖劲方有点犹豫地说："刚才盛老代表柳树湾汇报情况时，说要建设一个万只草鸡项目是吧？"

"对，不过刚才肖书记说过了，这个不需要我们出钱。"

"那是那是。我刚才的意思是，盛总不能像修路一样把这个一百万捐给柳树湾。"

"肖书记这是？"盛玉柱警惕起来。

"柳树湾上的这个万只草鸡项目，总投资不大，但靠柳树湾一家不行。他们三堡乡是这样考虑的，柳树湾用土地作资六十万，县、乡各出资七十万，缺口一百万。这个一百万想请盛总出。盛总放心，这不是无偿捐献，是作为投资。盛总的宏业集团每年都要投资几个亿，投资一百万应该不成问题吧？何况这是'一帮一'，又不是随便投的。"

先敲定修路，再杀一个回马枪。听了肖劲方这番话，盛玉柱不得不佩服肖劲方的精明。一百万的投资对他们宏业集团确实是一个微不足道的小项目，但草鸡项目与宏业集团八竿子打不到边，投这样的项目还不曾有过。

父亲盛康明见儿子不吭声，忍不住说话了："修路是好事，可路修好了没有项目进来有什么用！我宁愿不修路，也要上草鸡项目。"

父亲说话的口吻完全变回来了，就像平时跟儿子说话一样。

"爸，也不能这样说吧，路修好了，自然就有人来柳树湾投资。"

"狗屁！你都不愿来投，还能指望别人？"

盛玉柱一时语塞。肖劲方马上插话："盛总，盛老说的不是没有道理。柳树湾是你的家乡，你都不来投资，哪个还来投资？反过来，你来投资了，别人就会跟风投资，这叫葡萄串效应。"

盛玉柱说："我也没说不投。不过，宏业集团的主业是工业，草鸡这个农字头项目我不懂，要上总不能凭空说吧？总要有一个调研论证过程吧？"

肖劲方笑了："对对，上项目不调研论证肯定不行。哎，你们三堡乡那个报告呢？还不拿出来请盛总过目把关。"

三堡乡书记从包里掏出报告，屁颠颠地走到盛玉柱跟前弯腰递上："请盛总把关！"

本来盛玉柱想先搪塞一下，投不投草鸡项目等回去再说。没想到县乡早就准备好了报告，翻看几页就知道报告是精心准备的，想搪塞都张不了口。为难之际，他摆在桌子上的手机突然响起。一看来电显示，他忙拿起手机："您好，陆书记！"

听说是陆书记，众人屏息凝神。盛玉柱不时地说着"好，好""是，是"。十几分钟过去，盛玉柱放下手机："肖书记，各位，市委陆书记要我赶回北江，看来我得马上走了。"

肖劲方说："什么事陆书记这么急？"

盛玉柱说："一个项目要我拿方案。"

"到底是北江长子呀！不过，现在都十一点了，盛总总得吃饭吧。"肖劲方转向三堡乡书记，"你那个食堂淮扬菜听说做得不错，就你请客了。"

"好嘞，我这就去安排。"三堡乡书记嘴里应着，却没动身，一看就知早就安排好了。

盛玉柱知道这饭不吃是走不了的,就笑着说:"肖书记盛情难却,不过酒就不喝了,不然下午赶回北江,就不好见陆书记了。"

肖劲方说:"不难为盛总,不喝白的,我带了两瓶拉菲。你我拉菲,其他同志白酒。"

拉菲一瓶七八千,基层很少见到,这无疑是专门为盛玉柱准备的。越是如此,盛玉柱心理负担越重。刚才陆书记的电话,并没有叫他下午一定去市委,却歪打正着地给他解了围,他可以暂不表态。可这酒一喝起来,时间越长说话越容易没边,喝酒时间还是短一点儿好。想到这里,他对肖劲方说:"肖书记,我回一趟柳树湾也不容易,老屋总要看看的。要不这样,我先跟我父亲回去,十二点赶到三堡乡,保证不耽误吃饭。"

肖劲方点头说:"盛总到底是个长子,再忙也没忘掉老家。好,一言为定,盛总去老屋,我们外人不便打扰。盛老,十二点,你、老嫂子也一起到乡里,吃一个团圆饭!"

2

老屋不老,就是在老地方砌的屋子。屋子是三层小楼,这在城里就叫别墅。五年前盛家老三盛玉华考到北江师范时,盛玉柱就想把父母接到北江生活,可父亲做着柳树湾的书记。父亲来不了,母亲不肯来,盛玉柱就出资推倒老屋,新砌了三层小楼,也算是一份孝心。

父子二人肩并肩在村街上走着,小田的车慢慢跟在后面,偶尔短促地按一声喇叭,提醒跑前跑后瞅热闹的村民。来到盛家小楼前,母亲早已等着了。

盛玉柱丢下父亲,紧走几步上前,喊:"妈!"

母亲应声:"哎——"

盛玉柱扶住母亲的膀臂走进小楼。在客厅的沙发上，母子二人挨着坐下。父亲坐在侧面，抬头望了望墙上的挂钟说："孩他妈，十二点还要赶到乡里，没用的话不要跟老大唠叨。"

母亲不满地说："家里的事你什么时候关心过？我不跟老大唠叨，跟哪个唠叨？"

父亲冲儿子笑笑说："也难为你妈，心眼针尖儿大，开口闭口就记着自家，大家小家扯不清。"

母亲说："就你扯得清？你看你都多大岁数了，前几年就该退下来的，还死皮赖脸，蹲着茅坑不拉屎。"

父亲不高兴了："哪个蹲着茅坑不拉屎了？乡里书记不让退，我一个老党员还能不服从组织？再说了，柳树湾能有今天这个样子，我盛康明是做出贡献的！"

母亲扑哧笑了起来："你的贡献？还不都是我们家老大的贡献？"

父亲霎时噎住。母亲不去看他，拉着儿子手说："老大呀，我们家都亏你了。你妹玉兰家里的事情要不是你，哪能办妥？上天，他两口子来柳树湾看我还说到你的好呢。"

母亲说的是妹妹、妹婿的工作问题。妹妹玉兰中专毕业后，一直在北江液压件厂当技术员，妹婿是这个厂的副厂长，虽是国有企业，但效益一直不好，前些年改制时，卖给了浙江一个老板。老板腾笼换鸟，在北江开发区弄了一块地，原厂退二进三，开发房地产。开发区新厂还未建设，旧厂就开始拆了。厂里一把手被市国资委调走，其他人员均待岗，说是等新厂建好后再重新聘用。一等就等了两年，一个漂亮的小区都竖起来了，新厂区却只是一个围墙。几百号人上访，得到的答复是，你们都转换了身份，拿了钱，早不是国有企业的人了，老板用不用，老板说了算。上访的人说，当初老板承诺，我们虽然转换了身份，也拿了转换身份的钱，但百分之九十以上的员工都能继续聘用。接待的人说，现在经济形势瞬息万变，就是国有企业也存在下岗问题，何况你们新厂到现在也没建好，老板即使兑现承诺，也要等到新厂建好。上访的人无语，但哪里又等得起？转换身份的钱也就够两年的工资。也就是说，一次性拿了两年工资，国有企业的身份就变了，工作就没了，就成为社会上的自由职业者了。可没有工作，两年的工资怎么过生活？

为了玉兰两口子的工作，母亲专门到北江找盛玉柱。盛玉柱告诉母亲，现在的老板哪个还用玉兰他们这个年龄的人，说是建新厂，其实是圈地。一来土地越来越金贵，一年一个价；二来拖延时间，时间一长，液压件厂的职工就得自谋职业。再过几年厂建起来了，新招的员工就全是年轻人了。玉兰听不懂，说厂一天不建起来，一天就不能生产，老板亏得起？盛玉柱说，老板亏什么？新开发的那个小区早就让他赚了个够！玉兰丈夫说，真是资本家，太抠门了。盛玉柱说，是抠门，不过从他的角度看，不用你们也是上策。你想呀，你们长期在国有企业工作，会听他老板的话？而且你们岁数也不小了，他不如用没有国有企业背景的年轻人了。母亲这时说，老大，我听不懂你的话，玉兰两口子不好意思开口，我替他们开口，你得想办法给他俩一个上班的地方。盛玉柱知道母亲会说这事，他也不能看着玉兰两口子就这么在家待着，就找了与宏业集团产品有联系的两家上游企业，都在二线科室，一个搞技术，一个搞管理。

这是前两年的事了。母亲此时提起，怕是又有事情要说。果然，母亲夸了他几句后说："玉柱呀，哪个叫你是我们盛家的老大呢，有一点儿事都要找你。"

盛玉柱望着母亲满是皱褶的脸："妈，有什么事你说。"

母亲就说："老三玉华不是在县中教书吗？"

盛玉柱点头："是呀。"

"老三最近谈了一个对象，那姑娘在实小教书。"

"这不是很般配吗？"

"老三很中意，带给我望过，我看也不孬。"

"那就定下。"

"定不下来，人家姑娘说要分手，不谈了。"

"为什么？"

"老三不在编。"母亲想了想，怕老大盛玉柱听不明白，又说，"老三在县中不是正式教师，端的是泥饭碗。"

盛玉柱当然懂什么叫不在编了。现在不少学校都用合同制教师，没有正式编制。学校编制就那么多，要想进编，只有等老教师退下来，可不在编教师很多，空出来的编制又少，竞争难免激烈。

母亲见儿子不吭声，脸上的笑容渐渐敛起来："你爸的事情你就那么热心，家里的事情能推就推。"

父亲听了这话，不高兴地说："这叫什么话？我那是为公家说话，老大是公家人，当然为公家着想了。"

盛玉柱忙说："爸、妈，你们的话我都听。"

父亲问："草鸡项目你同意了？"

盛玉柱一时噎住，想了想说："爸，草鸡项目还要研究，我一个人也说了不算。"

父亲斥道："拉倒吧，你是一把手，跟你爸也耍起了官腔。"

"我真的不能一个人说了算。"

"这个项目不上，我这个书记也就当到头了。"

"你就舍不得你那个书记！"母亲不屑地插话。

"爸，上不上项目跟你当不当书记有什么关系？"盛玉柱诧异地问。

"我给肖书记立了军令状！"

"爸，我不是早跟你说了吗，不要叫上面知道。"盛玉柱眉头就皱起来。

"不是我汇报给上面的,是乡里的书记带着肖书记找上门来的。"

父亲堵了这句话,盛玉柱就不好再埋怨。父亲占了理,加重语气说:"老大,草鸡这个项目,你帮也得帮,不帮也得帮。"

盛玉柱不吭声。父亲的手就猛地一摆:"这事就这么说定了!"

父亲说得很霸气,盛玉柱仍然没吭声。母亲见父子俩唇枪舌剑说到这里,竟互不相望,生气地说:"公家的事情你们爷俩不要拿到家里说,烦不烦人?老大,他的事情我不管,老三的事情你可不要忘掉了。老大,就算是妈求你的了。"

盛玉柱说:"妈的话我什么时候没听,只是老三的事情难度很大。要进编制,都要参加统一考试,这你叫我怎么办?"

母亲说:"你说的这个我知道,老三跟我说过。老三说,他也不想走你这个后门,凭自己本事考进去。可老三说,统一考试也不是每年都有的,还要看县里有没有这个需要,有时候要两三年甚至四五年才组织考一次。老三说,他等不起呀。"

盛玉柱理解母亲的心情,但这也不是他想办就能办到的。他想了想说:"妈,平白无故地进编只是偶尔有之,是特殊情况,而且必须肖书记同意。"

母亲一听乐了:"我知道老三的事要肖书记同意才行。老大,只要你跟肖书记说,肖书记准同意!"

盛玉柱不知母亲何故说出此话,问:"妈,我又不是书记、市长,肖书记未必就听我的吧?"

"听,肯定听!上天肖书记来柳树湾,还专门到我们家坐了老长时间呢!"母亲望一眼父亲,"肖书记对我们家老大那是老佩服了,还一个劲儿地问我,有什么需要他服务的尽管说给他。肖书记这么大领导,哪有给我们小老百姓服务的?后来一咂摸,还不是因为有我们家老大!"

父亲笑起来:"说你是家庭妇女,你还生气,现在领导都讲服务。服务是领导的一种谦虚，毛主席还说过为人民服务呢！你以为肖书记说一句服务，你就顺着竿子往上爬，不把你摔死才怪。"

母亲也笑了："不瞒你说，那天临走时，肖书记拉着我手又说起服务的事，我惦记着老三，一不留神，就把老三的事给说了。"

父亲一听，急忙问道："我怎么不知道？"

"你？屁颠屁颠地，忙着张罗饭去了。"母亲白了一眼父亲，拉着儿子的手说，"老大，你听肖书记怎么说？他说这事他记着了，说等你家老大回来，他再征求老大意见。"母亲说到这里，又望了望父亲，"还说我不懂，我知道肖书记不是冲着我，是冲着我们家老大！"

盛玉柱不知说什么才好："妈，你还看不出来吗？肖书记征求我的意见，就是要我修路、上项目。"

父亲说："那不就是了，这多好，你已经答应为柳树湾修路了，再答应上一个草鸡项目有什么难的？老大，你答应这两件事，老三的进编也顺便解决了。一举多赢。好！好！"

盛玉柱说："哪是为柳树湾修路、上项目？那是为楚梁县修路、上项目。"

"你看你，钻牛角尖了吧？"父亲见儿子不满，知道这事差不多拿下了，"老大，不管为谁修路、上项目，都是以柳树湾的名义，柳树湾受益也最大。"

父亲说得一点儿不错，盛玉柱说："爸到底做了这么多年的书记，儿子说不过你。"

母亲接过话来："老大，我看你爸说得有理。你修路都答应了，不如干脆一点，就答应上了这个草鸡项目。这叫一举多什么来着？"

父亲说："一举多赢！"

母亲说："对，一举多赢！"

没想到父母很快就形成了统一战线，盛玉柱暗叹一口气，说：

"我尽力吧！"

父母一听全乐了，只要老大表了这个态，事情就八九不离十。

又聊了一会儿家长里短，父亲手机响了。一听电话，说话又磕磕绊绊起来："是，是肖书记呀，你看，你看，都过了十二点。什，什么？噢，这个，这个好了，我们家老大答应了，真的好了！好，好，这就过去。"

盛玉柱问："肖书记催了？"

父亲说："没催，他说不着急，要是没说好，叫我们继续说，他们不急。老大，我跟你妈该说的话都说了，不能叫人家肖书记等是吧？走，我们去乡里。"

母亲坐着没动："老头子，我一个女人家，上不了桌面，我就不去了？"

父亲说："这不都说好了的？前些天你当着肖书记的面都应允下来的，现在不去，你不想老三的事情了？"

吃饭的事情也是早就定下的？好厉害的肖劲方，不愧跟着陆书记服务了多年。盛玉柱知道母亲不喜欢上桌，笑着说："妈，你不想去就不去，那种场合坐着也难受。"

父亲不同意儿子的说法："老大，你妈不去就驳了人家肖书记的面子！"

盛玉柱说："爸，肖书记请我们吃饭为什么？还不是要我一句话。这句话你已经替我对肖书记说了。"

"我什么时候替你说的。"

"就刚才，你在电话里不是说我答应了吗？"

"老大你说尽力，那不就是答应了！"父亲嘿嘿一笑。

"肖书记要的就是这个，都答应了，肖书记还会不高兴？"

"说得也是。"

盛玉柱又转向母亲："好不容易回来一趟，不是市里陆书记有事,晚上我就不走了,在老屋消消停停地陪妈吃晚饭。"

母亲说:"不走也吃不成。听你爸说,你下午不走,肖书记就请你去县城吃晚饭。老大,妈也老想跟你好好吃顿饭,可妈不懂你们公家事,请我那是冲着你。吃不吃饭不碍事,把老三事情办妥,妈就高兴!"

父亲在一旁说:"不去就算了,赶紧说。"

母亲知道这是嫌她嘴碎,却不气恼,笑着说:"不说了,不说了。你就赶紧带老大去吧。"

3

从柳树湾回到宏业大厦天幕已落下了。

一走进办公室,盛玉柱浑身突然像散了架子,疲惫地往沙发上一躺。眼睛闭上了,脑袋却不消停,陆书记电话里交代他办的事情又满脑子飞舞起来。

陆书记让他近期收购一家制药企业。这家企业叫帝康药业,是一个大企业,收购不是一句话那么简单,要花一大笔钱。帝康药业是前年陆书记从浙江引进的一家民营企业,老板叫耿德发,项目一期就号称投资五个亿。开工仪式省长都来了,场面很大。但仪式搞过后,却迟迟不见施工队伍进场。书记急,大家急。盛玉柱不急,甚至暗暗希望帝康项目最好流产。书记与帝康集团洽谈药业项目时,他就比较关心。因为宏业旗下有一家叫宏业药业的大型医药企业,所以他也多次陪同陆书记参加洽谈。宏业药业与帝康药业同行同质,规模大小差不多,很容易引起恶性竞争,属重复投资。但这是书记的项目,全市上下欢欣鼓舞,他作为北江长子,怎能不举双手赞成?书记对他说,你有想法,言不由衷。他说我没呀。书记说,帝康与宏业竞争,你的成本增加,效益下降,做出了牺牲,你能没有想法？可话说回来，人家帝康也一样。帝康投到无此产业的地区，就能避免同业竞争，凭什么非要投你北江？还不是我跑断了腿、说破了嘴，精诚所至。只要帝康药业投下去了，北江医药产业就做大了，总量就上去了，税收就增加了，这么好的事情，你能不干吗？听书记这么一说，倒像是帝康老板耿德发犯了傻。不过，现在哪有傻人？你要以为别人傻，你就真是傻子了。帝康开工不施工，打个围墙，把地圈起来。不是没钱，是帝康老板耿德发看中了市区的一块地皮，想拿到手投资开发房地产。

　　作为抓紧施工建设药业项目的条件，北江市政府将那块地给了耿德发。那块地位于黄金地段，这两年边开发边出售，赚了两三个亿。这两三个亿加上书记协调的银行贷款，就是投资帝康药业的资金。耿德发等于一分未掏，空手套白狼，多好的买卖！去年初，帝康药业总算竣工投产，运行到年底，竟提出要兼并宏业药业。书记把耿德发的想法告诉盛玉柱。盛玉柱脑子轰地一响，没有兜住火，说这不是开国际玩笑？书记说，你这长子风度哪去了。盛玉柱说，我兼并他还差不多！为什么？盛玉柱就向书记汇报：宏业药业年开票收入五十多亿，规模在国内同行业虽不是老大，但效益却是数一数二的，正做着上市的准备。而耿德发的帝康集团没有投过药业，刚涉足，无论生产管理还是销售经营，都无法与宏业相提并论。尤其是没有营销网络，想维持企业正常运营，短时间是不可能的。这种情况下，帝康兼并宏业，就是蛇吞大象，目的是拿下宏业的营销网络。书记听了，笑着说，我只是说说而已，我还能胳膊肘儿往外拐？

　　没想到早上陆书记电话里说，耿德发又倒过来了，提出了宏业收购帝康的要求。陆书记说，他记得盛玉柱说过宏业兼并帝康还差不多的话，就答应了耿德发。盛玉柱暗自叫苦，当时那是发牢骚，是气话，哪知陆书记记得如此清楚。既然书记定下了，不但得办，还得抓紧。想到这里，盛玉柱就打了电话，请分管资金、项目的副总裁老黄和资金处长小吕晚上到办公室，说有事商量。

小田提着一只小篾篮推门进来。盛玉柱在办公室常误了吃饭，都是小田用这只小篾篮送来的。盛玉柱揭开篾篮盖子，篮子里放着一块烧饼、两根油条和一碗鸡丝汤。这些都是他爱吃的，就拿起烧饼从中间掰开，夹了一根油条，说："小田辛苦了，你去歇一会儿，走时喊你。"

小田转身离去，他咬了一口夹着油条的烧饼，又琢磨起收购帝康的事来。去年底，耿德发提出帝康兼并宏业，现在却要求宏业收购帝康。兼并与收购看似差不多，但收购是出钱全部买下，而兼并只是控股即可，资产构成有很大差别。陆书记早上电话里说，帝康集团投资分布太广，投资额过大，资金链出现了问题，而且过去没有涉足过医药行业，所以才提出宏业收购帝康的要求，实属无奈。盛玉柱暗笑，活该，那个叫耿德发的贪得无厌，空手套白狼，三四年时间就在北江净赚了一个帝康药业。宏业此时收购帝康，成本一定最小化。可是这个念头在脑子里刚闪过，陆书记就在电话里说了，不许趁火打劫呀，人家是我招商过来的，按市场价收购，该多少钱出多少钱。

快到七点半时，老黄、小吕都来了。小吕是女同志，跟领导在一起不怯场，她笑眯眯地问盛玉柱，是不是急需用钱。盛玉柱说，被你小吕猜着了，还就是急需用钱。老黄做事比较认真，马上就问急需多少钱。盛玉柱想了想，说了一个数字："四五个亿吧。"

"四五个亿！"老黄吃惊不小，"老板，这不是小数字呀！"

盛玉柱说："数字是不小。陆书记早上打电话给我，要我们宏业收购帝康药业。"

难怪要四个亿呢。老黄对帝康药业比较熟悉，心里打着小九九，四五个亿收购帝康物有所值，但转念一想，不禁又生出气来：

"当初市里上这个项目时,我就持不同意见。怎么样?现在玩不转了,就让我们宏业为它解套!"

盛玉柱说:"老黄,这个牢骚不可随便乱发。你不是不知道,帝康药业是陆书记招商引资在我们北江落户的大项目。"

老黄不吭声了。

盛玉柱说:"老黄,筹措这笔钱有困难?"

老黄说:"我们手上只有不到两个亿的资金。就这些,也都不是闲钱,大多数是流动资金,顶多挤出三四千万。"

盛玉柱问:"只有这点小钱?"

"钱有,都存在人家口袋里。"

"说说看。"

"开发区三个亿,江南开发两个亿,北江机械五千万,三楚公路一亿二,会展中心八千万,国茂置业六千万,财政借两个亿。这些老板都知道。"

这些盛玉柱确实都知道。早上在柳树湾接到陆书记电话时,他就想到了这些欠款。这些债主除了江南开发,基本上都是书记、市长张的嘴,想讨回来不是一件容易的事。虽然这些叫人头痛,但一想到这些钱加起来有近十个亿,盛玉柱眉头还是舒展开来,说:"这不都有了?讨回三分之一,帝康就是我们宏业的了。"

老黄说:"老板,欠债的都是大爷,何况他们?哪一家不是难啃的骨头!"

盛玉柱说:"看你说的怪骇人,你想没想过,这回与往日不同,这回是陆书记要办事,哪个还敢充大爷?我们正好借此东风,一鼓作气,争取把债都清回来!"

老黄眼睛一亮:"对呀,明天我就组织人清债。"

盛玉柱摆手:"不急,等我明天从陆书记那里讨到尚方宝剑后再组织不迟。"

老黄不解："什么尚方宝剑？"

盛玉柱笑而不答。

小吕知道盛玉柱有了清债良策，高兴地说："这下好了，我们讨债也不用看那些大爷脸色了！"

扯了几句闲话，老黄站起来准备告辞，小吕却未动，望着盛玉柱说："老板今天去柳树湾，'一帮一'要多少钱？"

盛玉柱笑着说："不是小吕提醒，这事差点忘了。老黄，这次到柳树湾，他们肖书记很重视，全程陪同，提出从柳树湾修一条通往高速的连接线，需要一百万；另外还提出在柳树湾跟他合资上一个草鸡项目，也要一百万。"

老黄对修路能接受，投草鸡项目却不理解，皱着眉头坐下来："老板，草鸡这是农字头项目，我们宏业从没涉足过，这与耿德发当初投资药业并无不同，前车之鉴呀。"

盛玉柱说："你考虑得对。不过这个项目投资数不大，由他们经营，我们只管投资分红。"

老黄还想说什么，小吕接过话来："现在的帮扶，送钱送物，都是输血，像老板这样造血的不多，这是从根本上帮助柳树湾，我觉得这是一种创新，不仅要做好，还应该好好总结宣传。"

小吕说得还蛮在理，老黄就笑道："小吕说话就是好听。老板，明天我让项目处抓紧起草项目报告。"

"县里早就弄好了。"盛玉柱从包里掏出那份报告，"我看他们这个报告弄得不错。"

老黄接过报告，认真地看了一遍说："甭说，他们弄得还真有点样子。"

盛玉柱笑笑，抬腕看了看手表说："时间不早了，你们晚上还得辛苦一下，加班把收购方案弄出来，同时向市里打一个收购报告，做好明天一早开办公会的准备。"

4

第二天早会后,盛玉柱就来到陆书记办公室。

陆书记坐在办公桌前看材料,盛玉柱一进门,就丢下材料走向沙发:"是盛总呀。来,来,这边坐。"

陆书记的办公桌对面放着两张椅子,在办公室与人谈话,陆书记一般坐着不动,来人就坐在对面,隔着一张办公桌。这一隔就隔出身份来。现在,陆书记与盛玉柱围着茶几相邻而坐,说话就显得亲密无间。盛玉柱清楚,这是陆书记对他的特殊待遇。

"怎么样?钱够吗?"陆书记老朋友一样地问道。

"没问题。"盛玉柱递过收购方案,"请陆书记审阅。"

陆书记接过方案,随手翻了几页:"好,到底是你盛玉柱,雷厉风行。一个月能不能办好?"

盛玉柱故意犹豫了一下:"就怕有些环节我做不了主,影响进度。"

陆书记说:"作风建设抓了几年,哪个敢拖延你盛玉柱的事,我看他是不要干了。"

盛玉柱连连摆手:"书记莫生气,也许人家也有难处。"

陆书记抬手往下一劈:"再难也要把这件事办好!"

"谢谢书记支持。不过,陆书记这话他们听不到,我要说这是陆书记说的,他们也不一定相信。"

"你说怎么办才相信?"

"我想请陆书记做一个批示。有了批示,我就有了尚方宝剑。"

陆书记笑笑,说:"你点子多。好吧,批什么?"

盛玉柱从包里掏出一张纸。陆书记接过,是写给市委市府的收购帝康药业的报告。看完报告，陆书记满意地点点头："言简意赅，好，好。"

陆书记连说几个好字，就拿起笔望着盛玉柱。这是征求批示内容，盛玉柱有点紧张，小心地说道："陆书记，你看这样批行不行？就批这样一段话——宏业集团急需资金收购帝康药业，请相关单位以做大北江医药产业这个大局为重，抓紧还清所欠款项。"

陆书记愣了一下，问："你是让我给你批示这个？"

"是，收购帝康需要钱。"

"都是哪些单位欠你们的钱？"

盛玉柱就把欠债的单位一个一个说了出来。陆书记眉头虽然皱了一下，但还是下了决心，说："我看这样，批示我照给你批，不过要注意方法，先易后难，不要一动就扛着我的牌子。"

盛玉柱提到嗓子眼儿的心放下了，挺胸说道："谢谢陆书记，我们就按陆书记说的办，不扛牌子，先易后难。"

收好陆书记批示过的报告，盛玉柱起身告辞："陆书记，隔壁接待室不少领导等着见你，我再不走，他们就要骂我了。"

陆书记笑笑："你抓紧给我把事办了，不要到时候叫我骂你。"

盛玉柱嘿嘿笑着出去了。回到宏业大厦，他把陆书记的要求向老黄一一作了交代后，说："建三楚公路楚梁欠的一亿二，你们就不要跑了，肖劲方是陆书记的大秘出身，不太好对付，我正好还要到楚梁签投资草鸡项目合同，就由我去跟肖劲方说。"

老黄问："老板讨的尚方宝剑呢？"

盛玉柱从包里掏出陆书记批示过的报告："这个你拿去复印，每个清债小组拿一份，注意，态度要好，话要说硬。"

老黄接过报告，认真看了一遍批示后如获至宝："老板，有它一定马到成功！"

老黄刚走，一串手机铃声响起。盛玉柱拿起桌子上的手机，是老婆唐钰打来的，心不禁悬了起来。

唐钰不满地问："半小时前怎么不接电话？"

"跟陆书记汇报事情，手机调振动上了。"

"昨晚跟你说的事情，办得怎么样？"

"正想着这事，还没联系上。"

"你编吧。别的事我也不找你，小亮的事你不能不问吧。"

昨天晚上，老婆唐钰又跟他唠叨小亮的事情。小亮是亏，就差一分，但他平时与北江中学没有什么联系，与校长也仅是认识而已。他把这个意思说给唐钰。唐钰说，你不是北江长子吗？噢，平时牛皮哄哄的，现在就变成缩头乌龟了？他说不是那个意思。唐钰说那你什么意思？他说明天我就找校长说。唐钰说，这是你说的哟，小亮这事我就不管了。老婆说话凶，不怪老婆。平时家就是宾馆，除了睡觉，几乎都在外面瞎忙。老婆能跟他说话就已经开恩了，还指望给他好脸色？不过，老婆是刀子嘴豆腐心，说不问小亮，这才几个小时，不还是问了。

脑子里闪过这些，他就对着手机说："唐钰，你放心，一定让我们的小亮进北中。"

唐钰口气温柔了一些："那我挂了，你马上找葛校长呀。"

"好，马上就打葛校长电话！"

盛玉柱挂了电话，从内部电话本上查到葛校长手机号，立即就打了出去。打了几遍，都是来电短信传呼，处在关机状态。都难呀，葛校长也怕人找呀。盛玉柱望着手机屏苦笑，下意识地翻着电话本，盯着那些有用的名字一个一个往下看。他越来越感到，儿子的事情比老三玉华进学校编制不知要重要多少倍。现在考上大学不难，关键是能不能考上"985""211"这样的重点大学。儿子就差一分，不能因为一分之差就耽误了儿子的前途。

手机响起来了。他烦躁地看了一眼，号码似曾相识。又看了一眼。倏地，他的心"突突"地猛跳。

"你好，请问哪位？"盛玉柱努力稳住自己，保持着平时的风格。

"打扰，请问是盛总吗？"一个中年男人的声音。

"是，我是盛玉柱，请问您是？"

"葛志文。"

"葛志文？"

"就是北江中学的葛志文。"

果真就是葛校长。"你好，你好，葛校长！"盛玉柱欣喜若狂，连连说道。

葛志文说："不好意思，最近手机一直关机，找的人多，应付不过来，让盛总着急了。"

盛玉柱说："理解理解，哪个家长不想小孩进北江中学？葛校长能给我回电，我已经非常感动了！"

葛志文说："不瞒盛总，重要领导的名字，我都储存在手机里了。每天中午开机半小时回重要领导的电话。"

盛玉柱谦恭地说："我哪是什么重要领导，也让葛校长记着？耽误葛校长吃饭了。"

葛志文说："盛总，你是我们北江的长子，书记、市长总是挂在嘴边的人，哪个不知？"

"惭愧，惭愧。"盛玉柱嘴上这么说着，受人尊重的长子心态却悄然而生。刚才还在琢磨找哪位领导说话，现在看来，他这个长子还是管用的，哪个也不用找。葛校长都主动回电话了，儿子的事情还不八九不离十？

果然葛志文说："盛总，你家盛亮初中就在我们学校，我们一直都在关注。这次中考，盛亮上我们学校就差一分。盛总放心，对像你这样领导的子女，我们不会坐视不管，盛亮的事情我们会处理好的。"

听了葛志文的话,盛玉柱心就彻底放下,说话的口气也发生了变化:"葛校长,我家小孩的事情就感谢你了。往后有什么要我帮忙的,葛校长不必客气,尽管说出来。"

葛志文说:"不瞒盛总,我还真的有事请盛总帮忙。"

"什么事情?请讲。"

"这个事情,盛总,我还是不好意思开口。"

"这就是你的不是了,没什么不好意思的,只要我盛玉柱能帮的,放心,一定帮。"

"既然盛总这么说,我就斗胆说了。"

"不客气,请说。"

"盛总,是这样的,我们学校不是正在建设一个新校区吗?新校区得到北江各界的关心支持,盛总是我们北江的长子,能不能也关心支持一下?"

"关心支持一下?"

"盛总的宏业集团是我们北江最大的企业,能不能在资金上支持一点儿?"

盛玉柱倏地愣住了。

5

办公楼里的人大部分都下班了。盛玉柱走在静悄悄的走廊里,孤独感油然而生。儿子上北江中学差一分,这一分的差距,就可能影响儿子今后的前途。想到这一点,他不禁想到自己走过的路。三十六岁那年,县区政府班子换届,需要充实一些年轻干部改善班子结构。他那时在市里一家机械厂做副厂长,相当于正科职,有幸被市委列入考察对象,就在大家都以为他从此就要走上仕途时,省里一道杠子下来，年轻干部的年龄为三十五岁。一晃十年过去，去年市里换届，省委组织部来北江搞推荐，又因为一岁之差，将他挡在新一届政府副市长人选之外。一届五年，即使干得再好，最后顶多到人大、政协安慰一下。两次都差一岁，看来这辈子与从政无缘了。

盛玉柱边走边苦笑着来到一楼大厅。还没有走出厅门，老婆唐钰的电话就打过来了。

"老盛，回不回来吃饭呀？"

唐钰问得比较温柔，盛玉柱的心却提了起来。老婆很少主动问他回不回去吃饭。他应酬多，要回去一般都是他打电话，好叫老婆有所准备。这一次唐钰主动问他，一定是想知道小亮事情的进展情况。

"我正陪客人，中午就不回去了。"盛玉柱找了一个理由。

"那晚上呢？"

"晚上？晚上说不上来。要是回去，我打电话给你。"

"看来你还忙得不轻。"

"没办法，哪个叫我做这个破老总，就是一个忙碌命。"

"你甭乱扯，小亮的事情怎么样？"唐钰终于忍不住了。

"找过葛校长了，没问题。"盛玉柱有思想准备，话说得很干脆。

"算你还有责任心。"唐钰给了一句赞扬，声音又变得温柔起来，"老盛，你也四十好几了，不要跟人家拼酒。"

挂了电话，盛玉柱更加忐忑不安。长嘘了口气，就往大厅外走去。车早已在门外廊厅里等候，小田望见盛玉柱出来，马上拉开车门让盛玉柱坐进去。车开出去了，小田不见盛玉柱说话，问："老板，回去？"

盛玉柱说："不回，找一家饭店。"

小田问："唐姨带小亮出去了？"

盛玉柱含糊地哼了一声，算是回答了小田。小田听出了老板心里有事，也就不再去问。到了一家饭店，默默吃完饭，已经过了两点钟。两个人上了车，盛玉柱仍然一声不吭，小田不得不问："老板，我们去哪？"

盛玉柱心情烦躁，不想在办公室发呆。柳树湾的两件事早会上已经走过程序，不如就去一趟楚梁，把该办的事情都办了，也顺便跟肖劲方提一提楚梁的欠款问题。想到这里，他就拿起手机拨了肖劲方的电话。

"肖书记，按你的指示，修路和投资草鸡项目的事定下来了。"

"谢谢！谢谢！"肖劲方连声感谢，"盛总，你家老三的事情已经盼咐过编办了。"

盛玉柱说："那就感谢肖书记了！"

肖劲方说："小事小事，为盛总服务是我们的荣幸。盛总，我们楚城有两年没来了吧？昨天你急着回去，也没能到楚城看一看，什么时候有时间过来指导呀？"

盛玉柱说："下午打算过去，把投资草鸡项目的协议签了，不知肖书记有没有时间？"

"这个——"肖劲方犹豫了一下，"盛总，下午我接待一个客商。我给接待办交代一下，你到了先歇着，我接待过客商再聚如何？"

这与昨天判若两人，盛玉柱微皱眉头说："肖书记日理万机。好吧，就这样。"

三楚公路双向六车道，很好跑，一个半小时，小田就把车开到了楚梁县城所在地楚城。肖劲方不在办公室，秘书告诉盛玉柱，肖书记在迎宾馆有重要活动。看来肖劲方说的是实话。盛玉柱就叫小田去迎宾馆，他要看一看肖劲方接待的究竟是何方神仙。可是当他走进贵宾楼的大厅时不禁怔住了。大厅正面的电子屏幕上，不停地滚动着一行大字：热烈欢迎帝康集团耿德发总裁来我县指导工作！

肖劲方接待的客人难道是帝康集团的耿德发？

小田从服务台小姐嘴里打听到，肖劲方在楼上接待客人，晚餐就在一楼。盛玉柱哪里也不去，就坐在大厅里等。快到五点钟，肖劲方陪几个人从楼上下来了。盛玉柱果然看到了帝康集团的耿德发。刚要走过去，又站住了。他看肖劲方一直殷勤地跟一个中年女人说着话，突然意识到，这个女人才是肖劲方真正的客人。仔细打量，这个女人长得很有气质，穿着一件浅灰色风衣，不瘦不胖，看上去干练利索。

盛玉柱迎着他们走过去。

肖劲方见到，怔道："盛总？"

耿德发也认出了盛玉柱："这不是盛老板吗？有缘有缘！"

盛玉柱暗自哼了一声，说："耿老板这是要在楚梁投资？"

耿德发没有应话，眼睛望着中年女人。

"你看，光顾着说话，忘介绍了。"肖劲方已经缓过神来，冲中年女人笑笑，就对盛玉柱说，"盛总，这位是省城来的女企业家，冯蓓冯总。"接着就给中年女人介绍，"冯总，他就是北江经济界的长子，盛玉柱盛总。"

叫冯蓓的中年女人矜持地向盛玉柱伸出手："你好，早就听说盛总的大名了。"

盛玉柱轻轻握了一下冯蓓的手："徒有虚名。"

冯蓓抬腕瞄一眼手表，肖劲方就笑着对盛玉柱说："盛总，冯总耿总都是早就约好的，现在我还要陪他们看一个地块，就怠慢盛总你了。盛总，你在这里先休息一下怎么样？"

盛玉柱没有吭声。肖劲方脸上的笑容就有点僵硬，眼睛望向冯蓓，好像要冯蓓说话。冯蓓果然说："肖书记，我头一回来楚梁就遇上盛总，看来我与盛总有缘，晚宴就放在一起。"

肖劲方马上就说："好，这样好。"

冯蓓说:"盛总,那我们就等一会儿再见了。"说完,也不管盛玉柱有什么反应,自顾自地往门口走去。

众人都往门口走。肖劲方冲盛玉柱丢下一句"晚上见",也急匆匆地紧跟上去。

人都没了踪影,盛玉柱还盯着门口望。小田走过来说:"老板,要不我陪你出去散散心?"

盛玉柱回头,小田正望着他。从小田的眼神里,他看出自己情绪的波动,马上故作疲惫地说:"小田,这两天累惨了,正好现在得空,弄一个房间歇一会儿,晚上也好养足精神跟肖劲方喝酒。"

宾馆已经接到电话,为他们准备了八楼的一个套间和一个标准间。盛玉柱真的疲惫了,坐在沙发上看了一会儿电视就发出了鼾声。睡梦里,生活中的人物走马灯地出现在眼前,一个一个竟然都拿着协议要他签字。正当他窒息得喘不过气时,手机响起来了。他一个激灵睁开眼,想到刚才的梦,一边轻轻摇头,一边长长嘘了口气。

"盛总,你人在哪呢?我们已经回来了。"是肖劲方打来的电话。

"我在房间。"

"抱歉抱歉,天已经黑了,让盛总久等,我现在上去接你。"

"自家兄弟,不必客气,你把客人接待好,我这就下去。"

"那我就在楚梁厅恭候盛总了。"

盛玉柱叫上小田,一起来到一楼。盛玉柱走进楚梁厅,肖劲方正坐在沙发上和县里的几个领导说话。望见盛玉柱,肖劲方笑着站起来,快步迎上:"盛总你好!"几个县领导也走过来与盛玉柱握手,然后都悄无声息地走出门去。

肖劲方望一眼门口:"习惯了,他们这是把空间留给你我。"

盛玉柱见餐厅里只有肖劲方和他,笑着说:"难怪坊间都说,县委书记就是一个县的皇帝。"

肖劲方叹气说:"还皇帝呢,现在发展任务这么重,即使是皇帝也是一个受罪的皇帝。"

盛玉柱调侃说:"今天来得不巧,让你这个皇帝分心了。"

肖劲方马上拱手:"肖某得罪了,这样好不好,喝酒的时候,我多推几壶谢罪。"

盛玉柱说:"你我哪天不能喝酒?你把客人陪好就是了。"

肖劲方说:"哪能怠慢你长子呢。盛总,说起来他们也不能算是客人。耿老板你认识的,市里有他的一个药厂,他在北江有四五年了,我跟他喝酒也不是一次两次。冯总嘛,冯总就更不是外人了。"

盛玉柱问:"还能是我们北江人?"

肖劲方望着盛玉柱:"盛总真的不知道?"

盛玉柱说:"这个冯女士不是省城来的企业家吗?"

肖劲方犹豫了一下,然后就笑了起来:"对,对,是省城来的企业家。盛总你也是企业家,不管省里的还是市里的,企业家都是一家人,盛总你说是不是?"

偷换概念,肖劲方这是不想说了,既然这样,盛玉柱也就不再去问。

肖劲方见盛玉柱不吭声,就把话说到了"一帮一":"修路、上项目我们昨天才提出,今天盛总就亲自过来签协议了,盛总对家乡的这份情谊,楚梁人民不会忘记!盛总呀,家乡人民欢迎你。不仅柳树湾,还有整个楚梁,都是盛总的家乡,还望盛总给家乡更大的支持,投资更大的项目。"

这不是得寸进尺吗?盛玉柱故意说:"楚梁是省城后花园,想来你楚梁投资的太多了,土地指标又很紧张,我们何必再往楚梁挤呢?"

肖劲方说:"哪里谈得上多?来楚梁投资大项目的是有一点儿,但工业大项目很少,像宏业这样有实力的企业集团,来投资工业大项目的就更少了。"

盛玉柱说:"肖书记说笑了吧?你看,省城的企业家冯蓓女士不是来你楚梁了吗?耿老板最近准备从市里撤资,原来也是看中你楚梁了。耿老板有钱,一出手就是几个亿,冯女士一看就在耿老板之上,绝对是大手笔,只会比耿老板强。我说得不错吧?"

肖劲方瞥了一眼门口说:"他们都是大手笔。"

盛玉柱感到肖劲方有点言不由衷,就想探一个究竟,说:"都是大手笔,肖书记还愁没有大项目?"

肖劲方愣了一下,说:"来投资的大多数是商业地产项目,都是一锤子买卖,可我们楚梁不缺这个,缺的是工业实体,只有工业实体才能支撑楚梁经济持续发展。"

肖劲方虽没有直接回答,盛玉柱也听明白了。

两个人都不说话,显得有点尴尬。好在不一会儿,县里的几个领导随着冯蓓、耿德发都进来了。众人入席,肖劲方一一介绍。盛玉柱这才知道女企业家冯蓓是省城的一个叫作邦力投资集团股份公司的董事长。这个投资公司他没听说过。看来省城真是一个藏龙卧虎的地方,不知什么时候就冒出一个让人敬畏的公司来。

肖劲方介绍完,端起酒杯说:"喝酒前,我说三句话,第一句是感谢冯总、耿总来楚梁投资,我们将不遗余力地做好服务工作;第二句是感谢盛总支持家乡,这一次盛总在柳树湾与我们合作,才是小试牛刀,大投入大项目还在后面;第三句是欢迎各位来楚梁置业,楚梁是省城的后花园,高档别墅区在全省都是一流的,我们保证给予各位最优惠的价格。"

一阵掌声后,肖劲方带头举杯,一口喝完杯中酒。门前杯喝完,桌子上的主与客就开始捉对喝酒。酒过三巡,酒就喝到高潮。肖劲方端着酒壶走到盛玉柱跟前,要喝感情加深酒。盛玉柱本来酒量不小,但这两天身累脑累,几杯酒下肚,头就有点眩晕的感觉。他有点恍惚地看着肖劲方仰起脖子一口喝完壶中酒。肖劲方这是与他推酒呢。肖劲方先干为敬,他就不得不端起酒壶,仰起脖子也一口将酒喝了。

推了一壶酒,肖劲方又端着酒壶去敬冯蓓。肖劲方一壶下去,冯蓓也只是象征性地抿一口,眼睛还瞥着盛玉柱。肖劲方又斟满酒,冯蓓已经端着酒杯去敬盛玉柱了。

"盛总,我早就听说你了,你的宏业被称为北江的长子,往后我们在北江就仰仗盛总了。"冯蓓举杯对盛玉柱说。

盛玉柱也举起酒杯:"仰仗我?冯总抬举了,不怕冯总笑话,我今天还求人了呢。"

冯蓓说:"盛总说笑了。"

盛玉柱说:"的确,我儿子上学分数不够,我能不求人家校长?"

冯蓓笑了:"这也叫求人?小孩不够分数,不找校长找谁?"

盛玉柱说:"找了也没用,学校张口就要钱。"

冯蓓说:"这个正常,分数不够,当然要缴择校费了。"

盛玉柱说:"我听说,也不是都要缴的。"

肖劲方支棱着耳朵,听到盛玉柱这话,就端着酒杯走过来,瞥了一眼冯蓓说:"那就要看谁说话了。"

盛玉柱说:"所以,我盛玉柱在北江也不是什么事都能办到的。"

冯蓓想了想说:"盛总这事为什么不找市里领导出面呢?"

盛玉柱叹一口气说:"这时候再找领导出面,学校不就恼我舍不得钱,掉进钱眼里了嘛。"

肖劲方说:"那人家还是给盛总你面子的,好多人想缴都没地方缴。"

盛玉柱哼了一声:"我儿子就差一分,可学校一张口就要五十万,也太多了。"

肖劲方笑了起来:"这叫吃大户,谁叫你是盛玉柱呢!"

盛玉柱说:"都把我当成大老板了,我年薪不过也就五十万。"

肖劲方问:"这钱你自己掏腰包?"

盛玉柱说:"这是我家里的事情,我不掏谁掏?"

肖劲方瞥了一眼冯蓓,说:"盛总就是廉洁自律。不过,五十万自己掏确实也是多了一点儿。"

冯蓓望着肖劲方,欲言又止。

盛玉柱举杯一口喝了:"不说这些烦心事了,五十万就五十万,顶多被老婆奚落一番。冯总,还是你们做民营的好,赚的钱都是自己的。我敬你!"

冯蓓举杯抿了一口,说:"不能这样说,国有企业是体制内的,企业做得不好,伤及不到个人,顶多换一个位置,做好了还能提拔重用。可民营的就不一样了,企业做不好,跳楼的都有!"

这话说得一针见血,盛玉柱不禁认真地看了一眼冯蓓。

冯蓓笑笑,招呼正跟县里其他领导喝酒的耿德发:"耿总,过来过来。"

耿德发端着酒杯走过来,冯蓓说:"耿总,你在北江发展了四五年,也不敬敬盛总。"

"对对,这几年承蒙盛总关照,我就借肖书记的酒,敬盛总三杯!"耿德发说完,真的就连喝三杯。

喝到后来,这酒就喝得越发高,众人多数舌头打哆了。

冯蓓没喝白酒,头脑清醒,说:"肖书记,晚上我还要回去,我看酒就喝到这里吧。"

肖劲方的酒有点多,说话舌头打哆嗦:"冯……冯总,晚上我看就……就不走了。陆书记还不知道你……你来呢,要不,明天我陪你去市里……"

冯蓓打断肖劲方:"肖书记,你这个人怎么了,明天跟盛总签协议你这么快就忘了?"

肖劲方听出了冯蓓的不高兴,酒突然醒了一样,马上点头说:"对对,冯总提……提醒得及时,晚上……不,明天跟盛总签……签协议。"

盛玉柱酒也喝得不少,但心里还是有数的,他看得出冯蓓在肖劲方心里的分量。

喝完满堂红,晚宴就结束了。大家众星捧月般地送走冯蓓和耿德发,肖劲方就拉上盛玉柱去一个茶吧。

包间里装潢得古色古香,墙上挂着的字画都与茶有关,摆设、桌椅都是红木的,档次很高。肖劲方酒劲还没过,扯着盛玉柱坐下:"这家茶……吧,是我们从武夷山招……招引过来的,金骏眉正宗,口感不……错,来……一壶?"

北江最近正流行喝金骏眉,盛玉柱平时也喜欢喝,就客气地说:"客随主便,就来一壶金骏眉。"

一个茶姑娘将茶泡好了。肖劲方说我们自己来,茶姑娘就退出了包间。两个人相视着连喝了几盅茶,盛玉柱说:"肖书记,有句话不知该不该问?"

肖劲方喝了几盅茶,酒醒了不少,说话也利索多了:"盛总还有什么不能问的?我肖劲方知道的,有问必答。"

盛玉柱问:"那个耿老板来你楚梁准备投什么项目?"

肖劲方一愣,又吞吞吐吐起来:"这个,这个,具体的还没有谈妥。"

盛玉柱说:"肖书记,耿老板在市里投资的帝康药业经营不下去了,我们宏业正准备收购。我是想提醒肖书记,他投资的项目你一定要谨慎,他哪一天转不起来了,还不是要你书记兜着?"

肖劲方惊讶地问:"帝康可是陆书记亲自引进的,好像去年刚投产,这就经营不下去了?"

盛玉柱说:"没有药业企业管理经验,更没有药业产品销售网络，从开始投资就是盲目的。不过，人家耿老板就敢冒这个险，因为有陆书记。陆书记引进的企业，就不会见死不救。所以，帝康药业快死了，陆书记就叫我收购，为耿德发解这个套。"说到这里，盛玉柱叹了口气，"陆书记也不容易，独自一人，几年了，好像就没有假期，心思都用在我们北江的发展上了。"

肖劲方不说话了，一个劲儿地喝茶。

盛玉柱继续说："耿德发知道各级领导最想要的是工业项目，他跟陆书记开始也是谈的工业项目，可接下来提出条件了。我怕他投你所好，故伎重演，以投资工业项目为筹码，跟你要一个好地段开发房地产。"

肖劲方重重地丢下茶盅："要有这个筹码也就算了，这个耿老板到楚城，就是来拿楚城广场这个项目的。"

楚城广场盛玉柱听说过。陆书记在一次县域经济会上放下稿子，眼睛望着台下第一排坐着的肖劲方说，楚城是省城后花园，也是北江的南大门。楚城广场的建筑还是20世纪的，这与楚城日新月异的变化实在不相符，你肖劲方就看得下去。这个楚城广场要建成一个高规格的商业娱乐圈，这不仅是提升北江的南大门形象，也是为你楚梁招商引资打造环境。当时盛玉柱就坐在肖劲方的后面，陆书记这话给他的印象很深。

盛玉柱有点不解地说："这是一个商业地产大项目，他要拿，你就给他？"

"给他？"肖劲方阴着脸，"也不是给他，是给他跟别人合资的一家房地产公司。"

盛玉柱问："跟谁合资？"

肖劲方犹豫了一下，说："跟冯蓓。"

6

回到市里已经是第二天傍晚了。

早上盛玉柱起得比较迟，好在签字仪式用时不多。三堡乡的书记、父亲盛康明都赶到楚城参加了仪式。父亲这回挣足了面子，不仅亲自握笔签名，成为摄像机、照相机的主角，而且中午吃饭时，肖劲方还敬了他两杯酒。盛玉柱敬酒时，父亲红光满面地告诉儿子，老三玉华的编制已经办了，叫儿子多敬肖书记几杯。父亲又有了一个炫耀的话题，而母亲也了却了一块心病。盛玉柱本想提一提楚梁欠款的事情，望着都很高兴的众人，几次话到嘴边又咽了回去。

回到家里，黑灯瞎火的。盛玉柱往沙发上一躺，不想动弹一下。刚才在回来的路上，他又接到北江中学葛校长的电话了。葛校长这次没有提五十万的事，只是告诉他还有几天新生就要报到了，小亮被分在高一（1）班，叫他抓紧为小亮做好入学报到准备。葛校长的话再明显不过，是催他缴五十万择校费了。躲得了初一，躲不过十五，钱在老婆手上管着，再不说看来不行了。

但是老婆却不在家里。他嘘了一口气，略微有了一些轻松，至少不会马上听到老婆的奚落。他仰面躺在沙发上，望着天花板，这两天的事情一幕一幕地在眼前浮现。在柳树湾修路、投资，为帝康药业解套，以及父亲的脸面和母亲的心愿，这些都在一一实现或正在实现。他在这中间都扮演了重要的角色，但这些角色都是"被角色"，而儿子上学这个与自己关系最为密切的事情，他却无能为力。一分之差就要五十万。用肖劲方的话，就这还是人家给了面子。

盛玉柱眼皮子越发地沉重，眼睛刚闭上就鼾声大作。生活中的人物出现了，竟然一个一个又是拿着协议书，又是排着队要他签字。

他记得自己碰到过这种情形，所以就变得镇定了许多。那些拿着协议的人似乎不满意他的神情，一起愤怒了，一起向他扑来。

啊！他惊叫一声，从沙发上蹦了起来。

"老盛，你这是怎么了？"

睁开眼，是老婆唐钰。他望着一脸惊愕的唐钰，努力回忆梦中的那些人，想看看老婆梦中的模样，但一回到现实，梦就变得模糊不清，怎么也还原不了。他揉揉眼睛，想了想，就用调侃的口吻说："梦见跟人吵架了。"

"哪个这么凶，能把你骂得蹦起来？"

"这几天公司需要资金，大家都出去讨债，我在梦中跟欠债的吵了一架。哪知那人无赖，说要钱没有要命一条，拿着一把菜刀就跟我拼命。"

一半真一半假，说得又是梦中的事情，唐钰就信了，有点心疼地说："你又何必呢？又不是你自己的企业。"

盛玉柱说："这不是做梦嘛。"

唐钰说："日有所思，夜有所梦。老盛，你对企业心重我不反对，但平时多想一想家里，那也是你做丈夫和父亲的义务。"

老婆这是要往儿子身上扯了，盛玉柱说："老婆说得是，这次小亮上学，我就想炸了脑袋瓜子。"

唐钰说："你就吹吧，还想炸脑袋瓜子！不过你总算为家里办了一件事，听说不够分数线的学生要想进北江中学，那是要比拼父母的关系呢。这回看来，你到底是什么……长子，人家还是给你面子的。"

看着唐钰少有的陶醉，盛玉柱就没有把五十万择校费说出来。他嘿嘿地笑着，努力掩饰内心的纠结。唐钰望着墙上挂钟，说："忘问了，平时你晚上应酬回来都要九点往后，现在才八点多一点儿，怎么就回来了？"

"从楚城直接赶回来的，没吃晚饭。"

"不错，晓得往家里跑了。"唐钰像是在表扬，"你等着，我去下一碗面给你。"

"你和小亮呢？"

"晚上我带小亮到万达广场买衣服，顺便在外面吃过了。"

唐钰去了厨房，盛玉柱就去敲小亮的房门。盛玉柱在家时间少，小亮上学也是早出晚归，难得在一起说说话。房间的门开了，电脑屏亮着，盛玉柱伸头望了一眼，小亮有点不耐烦地问："爸，有事？"

"这不……"小亮这么问话，盛玉柱不知说什么是好。

小亮反倒奇怪了，眨着眼睛说："没事？没事我关门了。"

门"砰"的一声关上了。盛玉柱惊愕的目光还没收回，门又开了。小亮手扶门把，勾着头说："对了，忘掉谢谢老爸了。"

盛玉柱问："谢我什么？"

"老爸就是厉害。"小亮的不耐烦变成了佩服，"妈都告诉我了，老爸一句话，我就进了北江中学。"

盛玉柱不知道怎么跟小亮说这个事，正愕着，门又被小亮关上了。盛玉柱苦笑着摇摇头，走回沙发，颓然坐下。老婆儿子都认为他一句话的事，那五十万又怎么说呢？

唐钰面条做好，端过来放在他的面前："老盛，不知合不合你口味，好长时间没给你做了。"

盛玉柱低头望了一眼，是他喜欢吃的肉丝面。唐钰笑眯眯地望着。虽然此时一点儿胃口没有，但他还是端起碗来，大口地往嘴里扒起面条。

唐钰问："怎么样，还好吧？"

盛玉柱嚼着面条，嘴里含混不清地说："嗯，好，好。"

吃完面条，唐钰接过碗筷去了厨房。盛玉柱很少回来这么早，不知道下面该做什么。厨房里的唐钰说："老盛，我看你也是累了，洗洗上床歇着去吧。"

唐钰说得柔情，盛玉柱心里的五十万就更沉重。草草冲完澡，上床躺下，想着如何说这个五十万，但脑子里乱糟糟的，直到唐钰穿着粉红色的睡衣进来，也没理出一个头绪。

唐钰身上的睡衣薄如蝉翼，丰满的乳房忽隐忽现。盛玉柱知道唐钰的心思，但情绪一点儿也提不起来。唐钰挨着床边坐下，一只手在盛玉柱胸脯上轻轻摩挲，过了一会儿，又拽过盛玉柱的手，按在自己的小腹上，说："老盛，我这里没有赘肉吧。"

盛玉柱没有吭声，他还在想着五十万。

唐钰脱下睡衣，一丝不挂地躺到盛玉柱身边。盛玉柱鼓足勇气，说："唐钰，我想跟你说说小亮的事情。"

"小亮的事情我知道了。"唐钰有点不高兴了，"你就是想说，等等再说不行？"

"知道了？什么时候知道的？"盛玉柱一个激灵，坐了起来。

"下午知道的。小亮在高一（1）班，这个班配备的老师是最好的，都是你的功劳，行了吧？"

唐钰用的是嗔怪的口吻，但盛玉柱的心却放下了。是呀，我盛玉柱年薪就是五十万，不就是我一年的年薪吗？老婆再抠门，看来也有想通的时候。他有点不认识地盯着唐钰看。一丝不挂的唐钰被看得脸上发热，倏地一个翻身就趴到盛玉柱的怀里。她几把扯开盛玉柱的睡衣，水蛇一样在盛玉柱身上来回游动。

盛玉柱的身体调动起来了，猛地扳过唐钰，重重地压在身下。唐钰浑身颤动，幸福得哼唧起来，盛玉柱却突然疲软了。不知为什么，五十万又蹦出来了。盛玉柱突然觉得老婆并不知道五十万这事。老婆的秉性他再清楚不过了，老婆把钱看得很重。盛玉柱喜欢字画，去年到北京出差，在琉璃厂一家字画店里看中了一幅黄胄的

"酒仙"，花了两万买下。老婆问多少钱。他说北京朋友帮忙，只花了六千。这一点儿大的画，要六千呀！老婆拿着"酒仙"请人鉴定，觉得大赚了，才停止了唠叨。这么多年来，家里的钱一直都是老婆掌管的，他每用一分钱，老婆都要问出个子丑寅卯，现在一下子要拿出五十万，即使是为了儿子小亮，也不可能连一句牢骚话都没有，而且还有心情如此情意绵绵。

唐钰突然感觉不对劲，睁开眯着的眼睛，望见盛玉柱正侧脸看墙上的那幅"酒仙"，脸色骤变，一把将盛玉柱推开："你怎么回事？"

盛玉柱收回眼光，嘴张了张，愣怔地望着唐钰。

唐钰坐起来，审视着盛玉柱："你昨天真的去了楚梁？"

"嗯，去了楚梁。"盛玉柱如实说。

"你不是说陪客人的吗？怎么又去了楚梁？"

"下午客人走了，我就去了楚梁。"盛玉柱哪敢说是躲老婆，有点心虚。

"公司谁跟你去的？"唐钰追问。

"谁也没跟，就小田。"

"就小田？"唐钰不信，"你一个人去楚梁？回老家看父母？"

"没回老家，我去的是楚城。"

"这就怪了，楚城有你的企业？"

盛玉柱有点忍不住了，回了一句："没有企业就不能去了？"

唐钰蹦起来："哟，你还来劲了！你倒要说说清楚，去楚城做什么去了？"

盛玉柱瞥了一眼房门，抬手往下摆了摆："你声音能不能小一点。唐钰，今天这事，我是对不住，可你也不能审犯人一样跟我说话吧？"

唐钰说："既然你也晓得对不住，我想知道原因就不行了？"

盛玉柱低头想了想，就想把五十万的事情说出来，但抬起头来望见唐钰阴沉的脸，话到嘴边又咽了回去。

"你不好讲了吧？"唐钰加重了语气，"盛玉柱同志，这种事情你想掩饰是掩饰不过去的，我不逼你，你凭良心说吧，你今天什么原因？"

"唐钰，这事是怪我，不知为什么，我，我突然就想到……"盛玉柱嗫嚅起来，望着瞪着他的老婆，还是没有把五十万说出来。

唐钰打了胜仗一样，哼了一声，揶揄说："我替你说，是不是想到那个说话好听的小美女了？"

盛玉柱愣了愣，就明白了老婆说的是小吕。他是喜欢小吕，但也就是喜欢而已，不是老婆想象的那样。年头岁尾，宏业总部联欢，小吕请盛玉柱跳舞，唐钰就坐在旁边。盛玉柱又不善跳舞，就摆手推辞。但小吕硬是拽着唐玉柱的手下了舞池，还嫣然一笑地对发愣的唐钰说，嫂子，老板不好意思，今天难得联欢，我就借用一会儿了。小吕胆子是大了一点儿，但众目睽睽之下，也不至于就能做出什么来吧？老婆唐钰当时没有什么，但不知哪根筋搭错了，自那以后，一不高兴，嘴里就会蹦出小吕的名字。身正不怕影子歪，盛玉柱一直处之泰然，可是今天，他却像做了亏心事，一到关键时候，就吞吞吐吐，想说的话就是说不出来。

"不吭声了？"望着一脸空白的盛玉柱，唐钰有点愤怒了，"装呆，装呆就想蒙混过关？你怎么不说话了？你倒是说话呀！"

"好吧，我说！"盛玉柱望着脸都扭曲得变了形的老婆，知道今天没有一个说法，老婆是不会善罢甘休的。他这回真的下了决心。

"说！我看你怎么说！"唐钰冷笑。

盛玉柱说："唐钰，你问来问去，不就想知道两件事？一是我去楚城干什么？二是今晚怎么会突然不行了？对不对？"

"对不对？"盛玉柱的从容不迫，反让气势正盛的唐钰蒙了。她嘴里重复着，过了一会儿，才像明白过来，说："对，你心里清楚我想问这两件事，为什么还转弯抹角就是不说？"

"好，唐钰，我就告诉你。第一件，我去楚城，是跟楚梁签一个投资项目。这个项目总投资三百万，我们宏业一百万。第二件，是……"

"等一等。"唐钰打断，"一件件说。盛玉柱，你什么时候投资过这么小的项目？编也要编圆了是不是？"

"投资的是草鸡项目，这是农字头的项目，三百万不小了。"

唐钰哼了一声："宏业投草鸡项目？越编越离谱了！"

"信不信由你，这个项目是投在柳树湾的。"

"好，这个算你说的是真话。那第二件事呢？"

"小亮上学，不是没有条件的，要缴择校费。"

"多少？"

"五十万。"

唐钰惊异地脱口而出："五十万？"

盛玉柱倒是轻松起来："五十万。唐钰，我突然想到的就是这个。"

唐钰怔住，背靠床头长长地喘粗气。过了一会儿，突然想起了什么，倏地坐直了身子，说："盛玉柱，你就编吧！"

盛玉柱说："这事我能随便编？"

唐钰说："我们同事家的小孩也差一分，家里没有什么背景，人家也上了北江中学，昨天人家告诉我，择校费才两万。盛玉柱，小亮只差一分，你大小是官，与葛校长也认识，择校费怎么会比人家高出二十多倍？"

盛玉柱说："信不信由你。反正我该说的都说了，说的都是真话！"说完如释重负地打了一个哈欠。

唐钰哪里肯信，还想再问，盛玉柱已经酣然入睡。

7

眼睛睁开的瞬间,一片白光袭来。

盛玉柱揉揉眼睛,望着窗外白晃晃的阳光,伸手从床头柜上拿过手表,居然已经过了九点,就赶紧起床,草草洗漱,倒了一杯牛奶。老婆早已上班走了。他边喝牛奶边想着昨晚的事情。他不记得老婆是否相信小亮上学要掏五十万,反正自己解脱了,剩下的就是老婆的事情。喝完牛奶,他踮着脚去儿子房间。小亮侧卧在床上,发出轻微的鼾声,昨晚也不知道电脑玩到几点。他望了一眼儿子,拎包轻松地走出门去。

还没到宏业大厦,盛玉柱就接到老黄的电话。老黄话说得很急,但大概意思还是听明白了,就是小吕到江南开发清债时被人打伤,已经送到市第一医院骨科了。

挂了电话,盛玉柱叫小田拐向市第一医院。

在医院门口,老黄接住盛玉柱,边走边简单地做了汇报。这两天,老黄安排人马出去清债,考虑小吕是女同志,就安排了最没有背景的江南开发。小吕不高兴,想挑重担,但拗不过老黄,只好去了江南开发。哪知她与江南开发老板只见了一面,老板就玩起了失踪。今天一早,小吕早早来到江南开发,在门口蹲守,没想到老板没等到,却被一帮不知身份的人劈头盖脸地打了一顿。

还会出这种事?盛玉柱问报案了没有。

老黄说:"报了,我接到电话赶到时,两个警察正在询问情况。我看警察不疼不痒地问了几句就要走,被我拦住,问下面怎么办。一个警察说,这种案子哪天都有,又没有线索,你问我们怎么办,我们问谁去。你们是大企业,钞票有的是,赶快把人弄到医院处理伤口，花不了几个钱。"

"没有线索？光天化日的，他们居然说没有线索？"盛玉柱忍不住打断老黄。

老黄说："这两个警察是附近派出所的，听围观的群众议论，派出所不少人在江南开发买了房子。"

盛玉柱说："这事不能就这么算了，不然以后还怎么讨债？先去看小吕，回头我找他们上面的领导。"

小吕的小腿骨裂，已经打上了石膏。望着腿被吊在半空的小吕，盛玉柱安慰了几句就走出病房，对跟着出来的老黄说："跌打损伤一百天，小吕就安心养伤吧。我现在就去找分局，请他们局长管一管。"

老黄说："这事扳不过来，对清债工作会有很大影响。"

盛玉柱说："放心，过两天江南开发老板会主动找你的。"

老黄一脸疑惑，盛玉柱没时间解释，上了轿车就叫小田去公安分局。路上，盛玉柱打了一个电话给分局的局长，问有没有空接待一下。去年公安分局盖大楼，资金不足，局长在辖区内一家一家化缘，盛玉柱支持一百万。盛玉柱很少找他，突然问他有没有空接待，他就有点受宠若惊，说："你长子来，没空也有空。"

见到分局的局长，盛玉柱拿出长子的样子，也不做铺垫，直截了当地把小吕被打伤的事情说了。局长听了，搓着双手，面露难色："听说探头坏了，这事有点棘手。"

"事情很清楚，这是江南开发有意为之。"

"是这么回事，可没有证据呀。"

"这事要不是因为陆书记有话，我们也不会急着到江南开发清债。"盛玉柱掏出一张纸，用手点点陆书记那段龙飞凤舞的批示。

局长脖子够过去，看了一个大概，但陆书记的名字看得清清楚楚，这是关键。

盛玉柱收起批示:"最近市里要做大医药产业,要我们宏业收购帝康,需要一大笔资金,陆书记批示,叫我们全力追缴欠债,要求欠债单位抓紧还款。"

局长"噢"了一声,说:"为这,你们那个吕处长才去江南开发的?"

盛玉柱说:"没错。但没想到事情会弄成这样,我从医院出来,陆书记还打电话问我情况呢。"

局长忙问:"陆书记知道这事了?"

盛玉柱说:"陆书记是问清债情况,我还能把这种事情跟陆书记说?要是那样,不仅陆书记说我们办事不力,我们和江南开发也就等于撕破脸皮了。"

局长笑着说:"到底是长子,想得就是周到。陆书记知道了,最后还是要交到我们分局手里。江南开发也太不把我们北江人放在眼里了。欠债还钱,历来如此,我不相信他能赖了!"

盛玉柱说:"清债是我们的事情,请你办的是查清打人凶手跟江南开发是什么关系。查清了,下面就好办了。"

局长想了想,明白过来,会意地冲盛玉柱笑笑:"盛老板,我看查不查出凶手不是目的,这事就交给我了,过天我叫江南开发的老板设宴赔罪。"

"谢局长了。"

"不用谢,我们该做的。"局长眼珠子转了一下,说,"不过盛老板,你知道我们办案缺经费,能不能从清欠回来的款项里抽一点儿给我们?"

盛玉柱笑了笑,市局评先进,创收是硬任务,所以也没有犹豫,说:"干警很辛苦,是应该抽一点儿,多少?"

"好,干脆,百分之一怎么样?"

"千分之五。"

"才千分之五？"

"不少了，江南开发欠我两个亿呢。"盛玉柱笑着说。

"一言为定！"局长想了想，双手击掌。

从分局刚回到办公室，老黄就过来了。盛玉柱说了去分局的情况。老黄很高兴，又觉得对不住小吕，有点拿小吕被打做交换的感觉。盛玉柱说，就算小吕做贡献吧，这次清债结束搞一个评比，给小吕一个特别奖，多发一些奖金，也算是补偿。

老黄满意地离开后，盛玉柱就琢磨起小亮的五十万。快到十一点，接到市长秘书的一个电话。市长秘书说，市长到北京找发改委跑项目，请他一同前往。秘书解释，北京也是刚来的电话，明天早上有时间接待，所以市长放下手上所有工作，立即就往机场赶，乘下午飞机赴京。

哎，盛玉柱叹了一口气。谁叫他是长子呢，领导出去都带着。清债虽然有了一点儿眉目，可也正在节骨眼上，特别是小亮的五十万还没有敲定，这时候陪市长去北京，少说来回要三四天时间。想到马上就要开学，五十万怎么办？去机场的路上，他一直想给老婆唐钰打电话，但都忍住了。到了机场，跟小田告别的时候，他皱着眉头说："去北京走得急，有一件事想请你帮忙。"

小田说："老板尽管吩咐！"

盛玉柱有点痛苦地说："再有三四天就要开学了，小亮进北江中学，要交五十万，可你唐姨不信，我怕耽搁了这事，想请你先帮我借一借，抓紧交到学校。"

小田生气："学校也太黑了，哪有择校费五十万的？难怪唐姨不信。"

盛玉柱无奈："不信也得信，因为我是宏业的老总。"

小田有点不解："老板，学校要五十万，就因为宏业是大企业，我们宏业就不能出这笔钱？"

盛玉柱摇头："不能，这是私事。这几天我准备自己想办法借的，赶巧了要去北京。"

小田感慨："老板太廉洁了。好，我想办法借，老板你就放心吧。"

小田走后，盛玉柱给唐钰发了一个信息："我去北京了。"

8

在北京跑了两三天，累得孙子一样，但效果不错，发改委叫他们回去好好补充材料。市长一高兴，回到驻京办就摆了一桌"家宴"庆贺。酒喝到半酣，盛玉柱的手机响了，一看号码，是市委陆书记，就赶紧离席到外面接电话。

陆书记问："你在哪？"电话里除了陆书记，还有吵嚷声，像是在相互敬酒。

盛玉柱不敢隐瞒："跟市长在北京。"

"跑项目？"

"对，跑项目。"盛玉柱说完又补充说，"陆书记，这是市府临时通知我的。"

"北京要跑，但不要忘了我让你办的事情。"

"哪能呢，这两天我们一直在筹措收购帝康药业的资金。"

"拖一天就是一天损失，抓紧跟帝康药业把收购协议签了。"

"书记，我回去就签。"盛玉柱马上表态。

"什么时候回来？"

"明天下午。"盛玉柱又婉转地问，"也不知帝康协议拟好了没有？要多少钱？"

"耿老板正好跟我在一起，你跟他说。"

不一会儿，电话里就传来耿德发的声音："盛老板，你好呀，陆书记叫我说说帝康药业价格，我也不想赚啦，你就给市场价好了。"

盛玉柱说："多谢了，多少能给我们？"

耿德发说："五亿一，一就去了，就五个亿了。"

盛玉柱想压一压价格："太多了，我们也不是一定要收购你帝康药业。"这话刚出口，盛玉柱就后悔了，马上改口说，"当然收购帝康，也是我们宏业的发展战略，更是市委市政府做大做强的要求。不过要我们拿五个亿，耿老板，是不是多了一点儿？"

耿德发说："不能少了，少于五个亿，我们就亏大发了。"

盛玉柱刚要说话，陆书记的声音传来："盛玉柱，电话里就开始讨价还价了？我还站在耿老板旁边呢，要讨价还价，等我不在的时候再说。好了，我这边还有客人。"

盛玉柱还想解释，电话已经挂了。他怔怔地站着，直到驻京办主任出来喊他，才回到餐厅。市长问，这么长时间，是谁的电话？盛玉柱实话实说，是陆书记的电话，说陆书记问他收购帝康药业的事情。市长笑笑，半是调侃半是认真地说："收购帝康要好几个亿，我这个项目跑下来，你这个长子可得一视同仁，不能少投呀。"

"看市长说的！"盛玉柱嘴里表着态，心里却直嘀咕，都要钱，可这钱从哪里来呀。

酒足饭饱，大家都喝得有点多，本来说是要出去唱歌也取消了。市长说，明天一早赶飞机，就留在办事处打牌吧。第二天起大早，急匆匆赶到机场却碰上了航班晚点。几个人打牌打了大半夜，都犯起了困，耷拉着脑袋歪在椅子上打起盹来。

不知过了多久，盛玉柱的手机铃响了。掏出一看，是老婆唐钰打来的。盛玉柱突然想起出来四天了，今天是北江中学新生报到的日子。一想到这，他都有点不敢接老婆电话了。铃声拼命地响着，不敢打盹的市长秘书望他，他尴尬地笑笑，站起来走到一边接电话。

唐钰居然没有发火："老盛，你也真沉得住气，小亮刚报过到，现在跟同学去万达疯去了。"

儿子的事情解决了，盛玉柱长长地嘘了口气。

唐钰继续说："那天我手机放包里了，你去北京的信息晚上才看到。后来小田也跟我说你去了北京。小田说，是临时接到的通知，陪市长到北京跑项目。"

盛玉柱小心地问："小田什么时候告诉你的？"

唐钰说："前天晚上，小田捧着一大摞钱到我们家，说是你让他把五十万给我。"

盛玉柱问："交到学校了？"

唐钰说："小亮前天上午就收到入学通知了，哪还要交五十万？老盛呀，看来人家葛校长也就是说说而已，还是给你面子的。哎，老唐，你这五十万哪来的？"

"借的。"

"你还真怕我舍不得五十万？"

唐钰话里有点不满，盛玉柱赶紧说："我不是怕万一嘛，万一钱买了国债、股票什么的，一时兑不了现怎么办？"

唐钰说："你想得倒是周到。老盛，什么时候回来？"

盛玉柱说："还不清楚呢，跟市长跑，得看市长的。"他没有说正在等飞机。小亮的事情解决了，他回北江最急的并不是马上回家。

飞机晚了四个多小时，回到北江已经是下午四点多了。小车都在机场等着了。市长说，本来想请大家吃晚饭，看大家都很疲劳，等过几天找机会补吧，叫大家都回去好好歇一歇。市长上车走了，大家也就纷纷上车。盛玉柱跟在后面，赶到市区时街灯正亮起来，前面的几辆车就湮没在红红绿绿的灯光里，一晃都不见了。

盛玉柱正考虑到哪里吃一个便饭，肖劲方的电话就打来了。

"肖书记，你真会打电话，我刚从北京回来。"

"我算到你这时候已经到了市区。盛总，我是专门从楚城到市区为你接风洗尘的。"

"岂敢劳书记的大驾？"

"说好了，我在花之林恭候。"

花之林是一家茶馆，也可设宴招待。到了花之林，肖劲方的驾驶员在门口等着，他把盛玉柱带到一个包间门口，说肖书记在里面，就和小田去了旁边的包间。盛玉柱推门进去，里面只有肖劲方一个人。

肖劲方给盛玉柱斟了一盅茶："饿不饿？"

盛玉柱说："飞机上吃了一点儿。"

肖劲方喝了一口茶："那就等说了事再一醉方休。"

盛玉柱有点奇怪，去看肖劲方。肖劲方低着头说："盛总，你这几天派人清债了对吧？"

盛玉柱一愣，看不到肖劲方的表情。

肖劲方又喝了一口茶："盛总，我那一亿二这两天就给你！"

盛玉柱怔住了。欠债的主动提出还钱？蹊跷了，世上还有这等好事！

肖劲方仍然低着头："奇怪吧？我钱不给你，楚城广场的地块钱，他们就一样欠着。"

盛玉柱好笑："这是哪茬跟哪茬？"

肖劲方慢慢抬起头来："盛总，昨天陆书记给你打电话了吧？"

盛玉柱点头："对，打了。"

肖劲方说："我就在旁边。"

盛玉柱说："难怪你知道我今天回来。"

肖劲方说："盛总，你抓紧把收购协议签了吧。"

昨晚接了陆书记的电话，盛玉柱已经决定回来就办这事："肖书记提醒得对，是要抓紧签了，不过也不能便宜了耿德发，不能让他处处得好处，我还是想压一压价。"

肖劲方轻轻摇头："我就知道你会这么想。"

盛玉柱觉得肖劲方话里有话："肖书记，你这么急着找我，有什么话尽管说。"

"你还记得省城的女企业家冯蓓吗？"

"记得，很有一些气质。"

"今天你家小亮到北江中学报到了吧？"

"报到了，怎么啦？"

"是人家冯蓓帮的忙。"

"冯蓓帮的忙？"盛玉柱愣住，"难道她帮我付了五十万？"

"付没付五十万我不清楚，但她出面的话，这个五十万怕是就用不着付了。"

"这个冯蓓？"盛玉柱疑惑不解。

"本来不想告诉你的，我是怕你犯傻。"

"这个冯蓓跟北江中学有关系？"

"记住，只当我没说。"肖劲方很认真。

盛玉柱奇怪地盯着肖劲方。

肖劲方喝了一口茶，望着杯盅说："她是陆书记的夫人。"

盛玉柱眼前一片空白。

帝 国

1

常胜利原名常地谷。为何取这名字他不清楚，或许祖上祈盼庄稼地里多产稻谷。

常胜利最早接触帝国这个词还是在四十年前，当时流行一句伟人名言——帝国主义都是纸老虎。伟人名言一句顶一万句，所以帝国不堪一击。比如抗美援朝，中国人民志愿军就把美帝国主义打回了老家。当时的常地谷看过《上甘岭》，对帝国就是这么理解的。地谷、帝国谐音同，常地谷不想做纸老虎，就把名字改成了现在的常胜利。

十多年后，帝国在常胜利心目中不再是贬义词，而是翻了一个跟头，彻底颠覆了。帝国就是强者、胜者、统治者，总之是强大的意思、高高在上的意思。这样理解准不准确另当别论，反正在常胜利的概念里大意就是如此。

刚出现个体户时，常胜利就骑脚踏车走街串巷吆喝着做针头线脑生意。这事搁现在没什么稀奇，但当时在码头镇却是一件不得了的事情。码头镇在淮河边上，住着五六万人。这五六万人虽为居民，却有田有地，多是乡下户籍。不过，毕竟住在镇上，四乡八里就把他们称为街上人，以示与乡下人有别。本来街上人的日子波澜不惊，倏忽冒出一个推着脚踏车走街串巷吆喝生意的常胜利，就搅得他们心神不定。有人说，只有这个常胜利，敢改娘老子起的名字，敢做这无二莫鬼的营生。无二莫鬼是此地方言，有摆不上桌面、不上路子之意。但几年过去了，不上路子的常胜利叫人刮目相看，先是脚踏车变成了电动三轮车，接着三间矮屋变成了三层飞檐小楼。这就有人心痒，心一痒，脚就跟着痒，脚一痒，就跟着干起这无二莫鬼的营生。

几年下来，干这营生的除了码头镇，还外延至四乡八里。人一多，也就没人说这是无二莫鬼的营生了，甚至有人用新词诠释，说这叫市场经济，上面都鼓励了，让一部分人先富起来。奇怪的是，常胜利这时却不跑了，歇脚了。码头人正诧异，常胜利小楼门旁就挂了一个牌子，说是专做"生意人"的生意。码头人后来知道了，这叫批发生意。当时挂的牌子很正规，跟镇政府差不多，起的名字也很牛 ×，叫帝国贸易公司。帝国当时跟美国几乎就是同义词，注册时工商不同意，揶揄常胜利说，还帝国贸易呢，干脆叫美国贸易算了。胳膊扭不过大腿，印戳子在工商手上，常胜利自然要败下阵来。但他心里不服输，灵机一动，想起了自己的名字原来叫常地谷，就把帝国改成地谷。改是改了，喊起来音却差不多，常胜利就在心里胜利了。

当然，常胜利没放弃帝国。后来地谷做大了，变成集团了，再用帝国这个词去重新注册时就很顺利了。工商觉得不妥，但也没说不行，只是奇怪地反复地盯着常胜利看，好像要看一看常胜利脑子里进没进水。

在常胜利看来，帝国与胜利这两个名字是老天赐给他的。帝国等于强大，胜利就是不败。有一个地方领导跟他谈投资时说，他们跟帝国合作，是强强联合，一加一大于二。常胜利有所启发，引为己用，说帝国跟胜利加在一起，就是帝国不败。

眨眼三十多年过去了。这一年是马年，常胜利属马，杭城一位周易大师告诉他，马年是吉年，是他和他的帝国的吉年。

常胜利是无神论者，但很多非同一般的人都信大师的话，他就不得不信了。

2

刚开春就下雨。雨不大，却淅淅沥沥不断，应了那句春雨绵绵的词。

这雨不影响常胜利，该出去还是出去。出去的时候柳红玉说，老常，要不我跟你一起去。柳红玉是常胜利的老婆，常胜利说话就不兜弯子，说红玉呀，又不是旅游，你跟着做什么？柳红玉说，老常，实在不让我跟着，你自己小心。叮嘱完就叹一口气，哎，你已年过五十，一个人在外我还真不放心。

听了这话，常胜利就有点心烦。当年，柳红玉也是常胜利无二莫鬼营生的跟风者，且是唯一的女性，很惹人注目。码头镇的人都说，柳红玉就是女版常胜利。柳红玉与其他跟风者一样，常胜利办公司他们也办公司，常胜利开工厂他们也开工厂，但直到常胜利成立帝国集团时，也没一个跟得上常胜利。跟不上也就罢了，有的还濒临倒闭。就在他们为此纠结时，大街小巷贴满常胜利的启事，说是找合作伙伴成立股份制帝国集团。彼时股份制属新生事物，柳红玉就约几个跟风者找常胜利问一个究竟。常胜利说他不差钱，搞帝国集团意在团结，意在扭成一股绳，意在十指攥成一个拳头，有力、有劲，在市场大潮中立于不败之地。嘴上这么说，骨子里却是收编、君临码头之意。但话说得在理、好听，柳红玉他们本就是跟风者、崇拜者，一合计，就都入股加盟了帝国集团。

加盟后他们在企业的身份变了，从过去的老大变为老二、老三、老四，依此类推。柳红玉位居老二，是集团的董事、总裁，帝国的二把手。很快，柳红玉又把自己嫁给了常胜利，成了常胜利的领导。做常胜利老婆几乎是码头镇姑娘的共同想法，柳红玉不是美人坯子，但长得很有特点，究竟什么特点，当时常胜利心里明白却说不出来，现在来看，其实这个特点就是性感，只是彼时这个词没人用过。当然，常胜利娶柳红玉不只这一点，当时追慕他的姑娘不止一个两个。柳红玉打败镇上所有姑娘，却失去了帝国董事、总裁身份。帝国章程有条款，一家不可有两个股东，柳红玉就把股权转到常胜利头上。这一转，身份变了，过去柳红玉是帝国集团的领导，股份转让后就只能在家当常胜利的领导。早些年，她这个领导当得还很滋润，家里家外，只要她说话一般都很管用。可是后来，虽然给常胜利生了一儿一女，家庭地位更加巩固，却发现领导不管用了。她这个年龄在家相夫教子，城里人称谓时髦，叫全职太太，而在码头镇则被称为老妈子。老妈子什么概念？用码头镇老话说，就是侍候人的家佣。柳红玉心里屈得慌，所以不论管不管用，该领导时还领导，该说话时还说话。

　　十几年前次贷危机，帝国旗下的机械控股订单骤减，这在帝国还是头一次。几个董事在她跟前嘀咕，她心里着急，就吹枕头风，建议裁员减少成本。常胜利心烦，问这是你的想法还是他们的想法。柳红玉说不关他们的事，常胜利就说她头发长见识短。常胜利没说过这样的话，她很生气，问怎么就见识短了。常胜利说，人比订单重要，帝国只招工不裁员。她就更加生气，说不裁员你让他们喝西北风？枕头风刮是刮了，但没劲，吹不动常胜利。常胜利冷脸说，你告诉他们，这事不用操心，只管把自己的事情做好，不要烦我就行。不烦他，他却关门上网，柳红玉敲门也不开。柳红玉正担心他从此一蹶不振，他却召开董事会，突然决定产品转型，说是生产巨型风轮。柳红玉听说这事，知道他上网不是消沉，而是寻找市场，揪着的心也就放松下来。不过仍然吃惊，什么是巨型风轮她不懂，丢弃十几年的成熟产品风险是不是太大。她把这一顾虑说出，他就批评她怎么胆小如鼠，原来的那个柳红玉哪去了。柳红玉不服气，说这叫谨慎，原来胆大是看得准，现在胆小是看不准。常胜利说，你看不准就是你落伍，我告诉你，现在风力发电刚刚兴起，是朝阳产业，巨型风轮国内只有个别厂家生产，现在不抢这个市场，你傻呀。柳红玉说，你没搞过风力发电，不要一猛子下去把你淹死。常胜利笑了，我也不搞主机，我配套风轮，我的机械控股技术、设备都是一流，生产风轮不成问题，放心，淹死的都是会水人。看准了，常胜利把技术人员全部轰出去，不计成本，让他们世界各地飞，任务就是收集各种风轮资料。有技术人员问，不是生产跟风力发电配套的巨型风轮吗？为什么还要收集其他风轮？常胜利说，我要复制移植所有风轮的优点，生产最好的巨型风轮。一个多月下来，资料回来一大摞，他让技术人员归纳各种风轮的特点、优点，然后带着报告去北京，请风轮研究所教授按他的要求设计巨型风轮。教授不太上心。不是做不到，是技术太简单，基本就是简单技术复制合成，不值得教授浪费时间。常胜利说这好办，不劳教授亲自动手，让你带的研究生设计，只要挂风轮研究所的牌子，我就给你千分之五股权，参加收益分红。这个条件诱人，教授就不怕浪费时间了，亲自画图设计。现在这个风轮市场占有率全国名列前茅，帮助帝国机械成为驰名商标，年利润高达五六个亿。

当年给教授股权，柳红玉跟多数人一样，认为风轮能不能赚钱还是未知数，这事未免做得滑稽。没想到很快就赚了，而且还赚了大钱。钱赚得越多，教授拿的也就越多。柳红玉和几个董事又有点心疼，教授不过画了几张图，就这么轻松地参加分红。柳红玉又吹枕头风，常胜利就有点鄙夷，有点不屑一顾，说你怎么这么幼稚？

图是一方面，人家的名更重要，那是权威，没有人家的权威，产品能这么快就占领市场？美得你。柳红玉被说得脸通红。常胜利没见过柳红玉脸红，感觉陡起，搂过柳红玉缠绵一夜。

一夜幸福，但不常有，常胜利在家的时间越来越少，柳红玉就时常跟在常胜利身边，说是便于照顾。跟的次数多了，常胜利说，人家接待总要顾及你的感受，我忙着谈业务，还要安排好你的活动。柳红玉说，不要安排，你们该忙什么就忙什么。说是这样说，安排一样不少，后来柳红玉就不跟着一起跑了。但每次出差，柳红玉都要叮嘱一番，回来还要变着法子问这问那。

这一次也不例外，送到车子跟前，柳红玉叮嘱司机，小宋呀，常主席交给你了。小宋笑说，常主席是我们帝国的常主席，放心好了，丢一根头发拿我小宋是问。

常胜利瞥一眼柳红玉，说声走了，就上车叫小宋绕道走淮河大堤。

车上大堤，跑了一截路，一座快封顶的三十九层大楼傍水矗立。这是常胜利的帝国大厦。常胜利有点痴迷，嘿嘿地笑，把刚才的一点心烦丢到了茅厕坑里。大厦建在这个地方，是前年从杭城专门请来的大师反复遴选的，但当时有关部门不给批文，理由是淮河边临水建此高楼不宜。常胜利是知名企业家，碍于面子，有关部门还举例说，你见多识广，上海外滩距黄浦江百米之内没有高楼大厦吧。这态度比当年工商强多了。不过他现在不是当年的常胜利，他现在叫常主席，帝国集团董事局的常主席。帝国旗下产业众多，几乎市场流行什么就有什么，前几年就已进入全省民企十强。但他志不在此，他给帝国绘制的蓝图是，再用十年跻身全国百强。不说大家也明白，建此帝国大厦就是一种祈盼和标志。遇到有关部门不给批文，他自然心急，就找上面。上面很重视，批评有关部门不懂为企业服务，软环境不好。上面是管着有关部门的上面，有关部门瞬间就变得聪明，批五层盖若干层，若干是多少，有关部门睁一只眼闭一只眼，全由他常胜利拍板。

从车里下来，常胜利走向大厦工地。一间板房里有人打牌，突然望见从雨帘中走进常主席来，抓牌的手全僵住了。常胜利说，你们玩好了，我来望望。其中一人是大厦工程负责人老黄，反应得快一点，摔掉手上的牌，马上站起来说，常主席放心，雨一停我们就组织施工。常胜利问，什么时候雨停？老黄语塞。常胜利就告诉他，这些日子多雨，不过也有雨停的时候，明天就是雨渐止，多云。老黄挨批也不忘拍马屁，说常主席神了，雨渐止，多云，这个都能掐算到。常胜利说，神个屁，你不会听天气预报？老黄就愣住了。常胜利说，天气瞬息万变，你们要做预案，临时抱佛脚不行。

常胜利意思很清楚，雨不等人，雨停再组织工人，有一个时间差，还没进场说不定这雨又下了。那几人听了直点头，对对对，一定做预案。

头还在点着，话还在说着，常胜利已经隐身在雨中。

3

这一次外出是参加北京一个名为凹土的招商推介会。

主办方是本省北边的北江市。码头到北江车程两小时，常胜利先去北江，让小宋在北江凹土产业园跑一圈。此产业园不久前刚获国家立项批准，居然已有项目破土动工，施工现场红旗招展，机声隆隆，看了听了令人心动。项目投资方是宏业集团，该企业知名度颇高，是北江最大的国有企业。下车走近项目展示牌，常胜利自语，这狗×的宏业动作好快，然后就陷入沉思。

在一家街边小饭店吃完饭已是下午两点，常胜利叫小宋直接去北江机场。从北江到北京车程大半天，小宋自然不能开车送。到了机场，小宋环顾，见常胜利无同行者，就想起柳红玉的叮嘱，问不带秘书吗？常胜利未作正面回答，说，要不小宋你跟我一起去。小宋笑笑，知道这是调侃，说不了，我要是去了，我们帝国驻京办还做什么？给点机会让他们为常主席服务。言毕，小宋就打电话，大声告诉驻京办常胜利所乘航班，让他们做好接机准备。其实驻京办早就知道，这是有意说给常胜利听的，常胜利却不道破，还夸了一句，你小宋到底跟了我十几年，考虑得就是周到。

过了安检，常胜利挥手与小宋道别去了候机厅。候机厅里人来人往，尽是旅客，一时半刻消停不下来。直到登上飞机，上天平稳了，常胜利才微闭双目。他本想打盹调整一下，脑子里却歇不下来，颠来倒去的尽是凹土。

凹土这词比较冷僻，知晓者甚少，但常胜利熟悉。不仅熟悉，还在心里埋下了种子，不然不会浪费时间去北京。埋种子的人叫唐玫，去年刚招聘的一个女博士。招聘面试时，常胜利第一次听说凹土，便问唐玫，这个叫凹土的专业一般企业恐怕用不上吧？唐玫说不是用不上，是没遇到真正的企业家。常胜利觉得有点意思，就问此话怎讲。唐玫说凹土被科学家誉为千土之王，如能成功开发，许多领域可以形成替代产品。至于什么叫替代产品，唐玫作了普及，说替代产品就像计算机代替算盘、电灯代替油灯、汽车代替马车、打火机代替火柴，总之是科技领域的革命。常胜利说，这似乎有点南辕北辙，跟我们有关系吗？唐玫说，有，现已初步探明，本省北江市地下凹土储量占全国七分之五，我的导师是院士，凹土专家，有国家863"十五"计划凹土项目开发专利。试想，专利加资源等于什么？帝国如想涉足这个领域，我可以助一臂之力。

这话说得玄乎，还有点居高临下的味道。考官都是帝国高管，多有不爽。常务副总裁白天旺当时就冷脸问，听唐博士介绍，你导师是院士，厉害，可你导师那个专利是"十五"期间的，距今该有十年了吧，863是国家顶级科技战略，难道会搁置十年等着我们？言下之意，不要拿这个说事，一点儿实际意义没有。没想到唐玟说，还被这位考官说着了，我导师这个专利至今没有转让。白天旺愣了一下，有点不可思议，说不会吧，要是这样，就奇得怪了。唐玟却很淡定，说一点儿不奇怪，我导师这个专利要想转化为实体项目，需要投入大量资金，而且市场认知也有一个过程，所以，不是真正的企业家，不具备过人眼界、胆识，是不敢涉足这个项目的。唐玟说到这里戛然而止，一句不多余。高管们愣怔片刻，一起望向常胜利。常胜利笑笑，并不计较，反倒当场拍板将唐玟留下，并且安排在董事局办公室做秘书。这一结果令多数高管感到意外，甚至因为唐玟是女性，还可能生发出其他联想。

飞机有点颠簸，常胜利心里添堵，微皱眉头望向窗外。窗外是翻滚着的云海，他轻叹一口气，暗自思忖，帝国上下真正懂他的能有几人？眼下，帝国足够强大了，但不是没有危机。老产业优势不再，常务副总裁白天旺绞尽脑汁降低成本，却解决不了根本问题，帝国旗下企业基本处于维持状态，其中十年前挽救帝国机械的巨型风轮，也因竞争者渐多，靠压缩利润保市场占有。这是持久战、消耗战，能否以时间换空间再造辉煌，是一个未知数。而新投资的几个重大项目，虽然在副总裁韦思伟的运作下比较成功，但也不足以助帝国集团完成转型升级，实现跨越式发展。等待就是等死，不敢冒险就是最大的冒险。这是他在商海打拼三十多年总结出来的。有冒险就有机遇，有机遇就有成功。这一次去北京，不单是凹土这颗种子遇到了合适的土壤，更重要的是凹土身后的院士。院士是什么？是权威，更是品牌。有这一点，凹土再冷也会变得炙手可热。

唐玟是几天前到的北京，常胜利走出机场时看到她也在，第一句就问，唐博士，你找过导师了没有？唐玟说，找过了，我导师表态，专利可以授权十年独家使用。常胜利问，为什么只授权不转让？唐玟说，我导师说十年独家使用意味着市场如果打开，帝国产品至少可以垄断七八年，有七八年足够了。如果市场打不开呢？常胜利一怔，院士此话有伏笔，意即市场如果打不开，这个专利也不至于一棵树上吊死。常胜利不语，唐玟还有话说。驻京主任打断，边看手表边说，天不早了，常主席旅途劳顿，是不是请常主席先上车？

上车后驻京办主任不等唐玟开口，就滔滔不绝地汇报起工作。唐玟看到常胜利有点心不在焉，时不时瞥她一眼。驻京办主任显然也看出常胜利对他的汇报不感兴趣，但仍激情饱满。快到驻京办时，天差不多黑了，驻京办主任说，常主席，您有些日子没来北京了，最近三环新开了一家五星级饭店，叫淮扬菜品鉴堂，生意火爆，今天常主席的接风晚宴就摆在品鉴堂。常胜利说，不了，晚上还有事情要办，就在驻京办吃便饭。

晚上，常胜利吃过饭稍作洗漱，把唐玟叫去了房间。房门一直关着，快到深夜十二点唐玟才从里面出来。唐玟走进自己房间，门还没关上，驻京办主任就影子一样跟进来问，常主席要不要夜宵？唐玟奇怪，说，常主席要不要夜宵你去问常主席呀。驻京办主任说，深更半夜的，哪敢打扰常主席。唐玟说，你都不敢，我就更不敢了。驻京办主任笑了笑，说唐博士谦虚了，然后转身而去。

唐玟感觉哪里不对劲，犹豫了一下，就给一个大老乡打电话。

这个大老乡是帝国副总裁韦思伟。唐玟读博士时还不认识韦思伟，去年毕业，因专业冷僻一时找不到去处，一老乡拽她去参加同乡小聚，韦思伟恰好在场。韦思伟在政府工作过，前几年辞职下海到帝国集团，只用三五年就成为副总裁，在老乡圈子里知名度很高。老乡介绍了韦思伟，唐玟便请韦思伟指点一二。韦思伟也是博士出身，但比较谦虚，请唐玟说说情况。唐玟就侃侃而谈，说得有点傲气、有点不屑、有点无奈，总之是没人懂她、没人懂她的专业。这哪是请人指点？老乡们听了，相互望望。有人反话正说，说唐博士读了这么多年的书，弄成这个样子，真是可惜了。唐玫居然还点了点头。也有人出主意，说唐博士呀，你大学好像学的是化工专业，不如放下身价，拿大学文凭投档应聘。唐玫脸色骤变。韦思伟知道唐玫不爽，接过话说，只拿本科学历应聘不要说大材小用，而且履历上还会出现几年空白，空白意味什么？意味着几年在家待业。你要是老板，看到一个毕业几年没找到工作的人，还会感兴趣吗？出主意者噎住，半是掩饰地问，依你之见，老板对什么感兴趣？韦思伟说，这个还用问我，你懂的。老乡们笑起来。韦思伟望着一起笑的唐玫，有了想法，说，不跟小老乡兜圈子了，言归正传，我们帝国重视人才，对博士不设专业门槛，小老乡不如去帝国试试。韦思伟出这主意，不是给自己找麻烦吗？没想到一试成功了。为什么能成功，老乡们纳闷，唐玫自己也未必清楚。唐玫再傻再二，也不至于当面指点考官。之所以敢指点教官，是韦思伟事先给了她指点。韦思伟到帝国时间不长，但潜心琢磨过常胜利，否则三五年时间不可能做到副总裁。唐玫佩服这个大老乡，对大老乡的话言听计从，进入帝国后，她按照大老乡的交代，暂不与韦思伟认老乡。什么时候认，韦思伟说择机而定。

　　深更半夜的，电话居然拨通了，唐玫有点莫名的兴奋，张口直奔主题，说，韦副总，我跟你说一个事，吃过晚饭常主席就叫我去他房间，才出来。半夜说这事，韦思伟的心悬起来，压低嗓音问，你去他房间做什么？唐玫说，让我给他讲凹土知识，还让我拟了一份有关凹土开发方面的提纲。韦思伟嘘口气，说这就对了，这符合他的性格。唐玫听不明白，刚想问，韦思伟就叮嘱，记住，明天你参会，不管他说什么，特别是凹土，就是说错了，你都不要插嘴。唐玫微皱细眉，问为什么错了也不纠正？韦思伟说，常主席恶补凹土，就是要自己说话，他是帝国的皇帝，皇帝说话，哪有错的，错的也是对的。

唐玟似是而非地点点头，好像有点听懂了，又说起驻京办主任问她夜宵的事情。听说此事，电话里的韦思伟停顿良久，说，这事你不用多想了，抓紧休息吧，养足精神明天好跟常主席开会。

第二天上午，唐玟跟着常胜利参加了会议。散会时午宴还有个把小时，多数参会者没走，三三两两凑一起说话寒暄。常胜利坐着未动，有人过来请他，说是市长要单独接待。随来人走进一个偏厅，市长早在门口候着，说人多，没有远迎。常胜利笑笑，表示理解。主客坐定，市长说，帝国是全国知名企业，看不上我们北江这个小地方，不过，从帝国到北江只有两小时车程，来去方便，常主席不妨到北江走走看看。常胜利没有吭声，市长就从谦卑渐变为自豪，先是介绍北江风土人情，接着又如数家珍地讲北江名人典故，后来就咂着嘴津津有味说当地美味菜肴。一套一套的，令人向往。常胜利抿嘴不语，且面无表情，市长却不失望，反而笑了，好像遇到知音，不疾不徐地转向主题。果然常胜利脸上表情渐渐丰富起来，并开始提问。不问投资环境，也不要政策，而是就地下凹土类型和分布情况提出若干问题。常胜利如此专业，市长有点吃惊，好在事先功课做足，没有被问倒。一问一答，两个人谈得投机，居然当场约定明天下午就签投资协议。

谈完正事，市长发出感叹，常主席如此专业实在令人敬佩！常胜利摆手笑笑，望一眼做记录的唐玟，哪里哪里，跟你市长相比，差得远了。唐玟止笔望着两个人。其实，两个人谈到凹土时并不专业，一听就是现学现卖，个别地方还出现常识性差错，但事先韦思伟有过叮嘱，且两个人谈兴又浓，唐玟就没插嘴。

相互表扬过后，市长请常胜利共进午餐。常胜利说不了，马上就走，晚上得赶回码头镇，说着就打电话。市长愣住，问明天不是还要签协议吗？常胜利打完电话，说，我们帝国有规矩，重大事项要集体研究，规矩不能破，晚上回去开会研究一下。市长还在发愣，常胜利补充说，这跟你们政府一样，得走程序。市长笑了一下，说，那常主席也太辛苦了，不如推迟几天再签协议。常胜利说不必，我们帝国做事不隔夜。市长就有点感动的样子，说，帝国如此效率，值得我们学习，能学到皮毛，我们北江就跨越发展了。这话把常胜利说笑了。市长说，常主席甭笑，活学活用，我今天也回北江做准备，省得常主席匆匆再往北京赶，明天下午我在北江恭候。常胜利说，其他来宾不接待了？市长说，不了，有他们呢。

回码头镇路上，常胜利让唐玟晚上给与会人员说一说凹土开发，提高他们对投资凹土项目的认识。与会人员都是帝国高层领导，唐玟就问，这事主席不亲自说？常胜利说，你是行家，你说他们信。唐玟记着韦思伟的叮嘱，比较谨慎，说他们哪是信我，是常主席让我说的，他们才信。常胜利笑了，嘿嘿，我主席都信了，他们敢不信？

小宋接机看见唐玟有点诧异。跑了一截路，后面的常胜利发出鼾声，小宋才忍不住问，唐博士也去北京了呀？唐玟点头，是，常主席叫我去的。常胜利并没睡死，在后边突然插话，你小宋什么都想知道，把车开好。小宋伸了一下舌头，不再出声。

没到码头，天就黑了，还有雨点子。常胜利嘀咕，这鬼天，像一个破筛子，兜也兜不住，老是下雨。嘀咕完，就掏出手机打电话，白副总吗，晚上不来回跑了，吃饭、开会摆一块儿。白天旺问摆哪个地方。常胜利手一挥，摆自家食堂。

4

柳红玉刚要吃晚饭，接到小宋电话，马上开车去帝国宾馆。

一早，柳红玉就接到驻京办电话，说北京常主席不是一人，还有女博士唐玫。驻京办主任告诉柳红玉，看上去常主席很信任唐玫，在房间里一待就待到半夜。这话本可不说，是柳红玉事先有电话，说常胜利一人在京她不放心。驻京办主任脑子不笨，说也不好，不说也不好，用信任这词，也算是对柳红玉的一个交代。

帝国宾馆由帝国集团投资经营，虽是五星级，到了常胜利嘴里却成了自家食堂。如此称谓，含义颇多，听者也心知肚明。自家食堂曾是柳红玉的口头禅，但近年涉足不多，听到小宋电话里说到自家食堂时，竟自言自语，自家食堂？

来到帝国宾馆，停车场上有一排小车，小宋的奔驰也在其中。柳红玉知道帝国高层已经到了，下车昂了一下头，就大步往大堂走去。还没进门，迎宾小姐一声欢迎光临，令她起了鸡皮疙瘩，不由四处张望。满眼是人，却一个不熟悉。她有点失落，又有点不知所措，眼睛怔怔地望着大堂某一个角落。

还欢迎光临呢，当初帝国重要场合哪一次少她柳红玉？嫁给常胜利的时候，她是不肯待在家里的，但常胜利不同意。常胜利说，为什么搞股份制集团企业，不是因为缺钱，是怕帝国将来做成家族企业。柳红玉说，我不进高层，随便干什么。常胜利说，就你这性格，习惯了说东道西，随便干什么能行？柳红玉虽有个性，却服常胜利，争辩了两句就同意不去帝国上班，但提出条件，帝国的事情回家要跟她说。常胜利笑说，这个要求不高，你不提，我也忍不住，要是不跟你说，我哪有成就感。

说的比唱的好听，柳红玉苦笑。

柳总——有人喊她。柳红玉收回滞留在大堂某角落的目光，循声望去，是小宋。小宋刚才跟吧台女服务员聊天，不经意间望见了柳红玉。小宋走过来告诉柳红玉，常主席他们都上去了，在三楼帝国厅。

柳总是她过去的称呼，柳红玉听了心里就有一股暖流，关心地问，你怎么不上去？

小宋说，帝国规矩没变，我们驾驶员不上桌。

柳红玉想起来了，帝国这个规矩还是她跟常胜利建议的。当年她还没给常胜利做老婆，那时候常胜利多听话，她说什么都当事办。那一次她跟他说，司机开车不能喝酒，一律不上桌，一人三十块钱，饭自己解决。她说这样做双赢，一人三十比一桌菜便宜，既省钱司机又高兴，司机高兴开车就认真。这个规矩一直坚持，多年未变。几年前，常胜利为这事还曾跟她聊过，说物价上涨太快，过去一千块的酒席，现在没有三五千拿不下来，他又将三十涨到了一百。

柳红玉不急着上楼了，问现在一人多少？

小宋说一百。

没涨呀？这几年物价可是年年在涨。

小宋说一百不错了。

听口吻，好像这一百也有问题，柳红玉就纳闷，问小宋怎么回事。

小宋犹豫不说。

是不是帝国效益下滑了？区区一百也付不起了？

小宋还是不说。

柳红玉感到问题有点严重，帝国看来真遇上困难了。现在这个常胜利，在她跟前只会摆谱，只说成功不说失败，只说成绩不说问题，还不知跟她瞒了多少事情。想到常胜利引进的那些专家、博士，个个拿着高薪，她气不打一处来，突然大声说，小宋，你不要怕，有什么告诉我！

柳红玉如此生气，小宋怔住，有点磕巴地说，柳，柳总，我们只是听说，下个月开始，一百降，降到三十。

这是谁规定的？

白，白副总。

白天旺？帝国上下喊职务跟部队一样，副就是副，不省略，这也是常胜利多年前定下的规矩。为这柳红玉还跟常胜利掰过。柳红玉说，这不把人分为三六九等了？常胜利说，这是两码事，你是讲人格，我是讲管理，讲企业文化。世界五百强的总裁绝大多数都在美国西点军校专门培训过，比哈佛还多，你知道为什么？就是要把军队的管理素养、要义、精神融入企业中去。柳红玉心里有数，常胜利其实这是树立权威，就是要大家对他绝对服从。这个白天旺是老资格，但对常胜利也是百分百服从。常胜利曾说，白天旺这个常务做得不错，是个会居家过日子的大管家。柳红玉试探问过白天旺能不能接任总裁。常胜利不点头也不摇头，说这还有待实践。但之后不久，常胜利就陆续引进人才。这在柳红玉看来，意味着不仅白天旺没戏，全帝国也没人有戏。帝国真的就没有人了？这个问题一出现，柳红玉就会想到自己。

柳红玉思想跑马，弄得小宋心里七上八下，以为柳红玉为他们鸣不平，就说谢谢，谢谢柳总关心，其实，其实我们也是无所谓的。

无所谓？柳红玉有点奇怪，你们常主席同意了？

小宋小声说，这事就是常主席跟我说的，他说我们驾驶员要是没意见，就这么定了。跟老总开车是我们的荣幸，现在多少人想开这个车呀。再说这也不是专门针对我们驾驶员，听说其他部门也要大幅压缩经费开支。

是不是因为效益下滑了？

小宋摇头，说他也不清楚，又说年薪、工资都没下降。

上三楼走进帝国厅，高管们正听唐玟说话，好像在开会。有人喊了声柳总，唐玟就戛然而止。常胜利咳了一声，权当唐玟结束，大声接过话说，刚才唐博士把道理都讲了，各位有没有意见？大家都说没意见。常胜利说，好，可以跟北江市政府签协议了。言毕，举手往空中一挥，上酒！

服务员开瓶斟酒。这时候常胜利才看到柳红玉一样，说红玉来啦？来了正好，他们各位都忙，不是开会难得碰面。他们都是帝国的文臣武将，除白副总几个元老，你大多没见过面，今天正好敬敬酒。

柳红玉往那张大圆桌走过去。坐着的人都站起来。白天旺笑着让位，柳总来啦，来来，这边坐。白天旺坐常胜利右手边，是仅次于常胜利的位置，紧挨白天旺坐着的唐玟有点发蒙，下意识地拿眼去望韦思伟。韦思伟没看唐玟，笑眯眯地对柳红玉说，这就是嫂子柳总呀，总听常主席说到。柳总现在不在帝国工作，可柳总是我们常主席的领导。没有柳总做后盾，常主席哪有精力带领我们建设帝国？柳总，我可能不会说话，今天这个场合，相对于我们，柳总你就是客人。

柳红玉想起进门时的"欢迎光临"，眼睛睨着韦思伟。韦思伟口吻起了点变化，笑容敛起，又是恭维又是佩服又是真诚地说，白副总让的是主客位置，柳总是我们最珍贵的客人，让得好，让得对，到底是常务，想得就是比我们周到，白副总做了样子，我这位置就该让了，白副总，我在柳总边上添一张椅子，也好敬柳总酒。

常胜利说，白副总，你过来坐我左手边。主席发话，大家挪了屁股，按主次顺序重新坐定。

韦思伟挨着柳红玉坐下。柳红玉暗忖，此人面生，大概也是常胜利引进的人才。常胜利见柳红玉打量韦思伟，就介绍说，红玉，这就是我跟你说过的韦副总。

噢，原来是韦副总，久仰大名。柳红玉点点头，眼睛跳过去又望唐玟，说，没猜错的话，那位就是唐博士了？

常胜利说，对，她就是唐博士。柳红玉好像还有话说，常胜利已经站起来，朗声说，各位同仁，今天这会不拘形式，饭前短暂时间就通过了凹土投资决定，帝国效率。这要感谢唐博士的讲解，所以我提议，门前这杯酒我们一起敬唐博士。

柳红玉面露不悦，跟着端起杯子，但不是酒杯，是盛着饮料的高脚杯。常胜利白她一眼。她没理睬，对唐玟冷冷地说，唐博士，我感冒，吃了头孢，一般人都知道，你们博士肯定也知道，吃头孢不能喝酒，抱歉了。

门前杯喝了，就进入喝酒程序。柳红玉坐主客位子，又是常胜利老婆，虽不喝酒，大家还是挨个敬。差不多一圈喝下来，韦思伟端起酒壶说，去年常主席引进唐博士，当时我们都理解不了，今天才知常主席这是高瞻远瞩。常主席，我酒量不大，今天端一个，以表对常主席的敬意。说完一壶酒就倒进嘴里。

这是拍马屁，又不像拍马屁。但这话被韦思伟说了，大家心里就五味杂陈。其实上不上凹土项目，大家也不是就真的一致同意，只是鉴于以往经验，懒得往深处想。有常胜利在，想也是白想。大家顺着韦思伟的话音，个个往高里夸，高瞻远瞩、高人一等、高屋建瓴，搜索枯肠地用尽了"高"字。常胜利嘿嘿地笑，等大家说得差不多了，才摆手，说你们又在瞎夸了，然后转脸对唐玟说，唐博士呀，我哪是什么高瞻远瞩，我这是瞎猫逮到死耗子。唐博士，我实话实说，你当时说的什么凹土开发他们不信，我也未必就信，为什么留你，真实的想法是，顶多就是白养一个博士，我帝国博士多了去了，不在乎。嘿嘿，没想到还养对了。

这话看似说给唐玟，其实更是说给大家的，尤其是柳红玉。韦思伟这时就一副喝高了的样子，大大咧咧地接上说，各位领导，今天我借着主席的酒认一个小老乡，不瞒大家说，最近一次老乡聚会，才听说唐博士原来还是我的小老乡。说着站起来，端着酒杯走到唐玟跟前，说唐博士，有你这个小老乡在帝国一起共事，我韦思伟这辈子铁定就在帝国了。来，为在帝国共事，我俩碰一杯。

唐玟有点诧异，韦思伟是不是喝多了，他不是一再叮嘱暂不认老乡的吗？

这时有人起哄了，韦副总、唐博士原来是老乡呀，老乡见老乡，两眼泪汪汪，缘分缘分呀，碰一杯不行，一定要交杯，不喝交杯都对不起老天。话毕就有人喊，服务员，换酒换酒。换什么？你傻呀，换今世缘。

换了酒，韦思伟高高举起酒杯，谁怕谁呀，唐博士，就交一个给他们看看，馋死他们。

唐玫没见过这种场合，有点不知所措地望韦思伟。韦思伟眼睛本来是迷糊着的，脸对脸时却又分明很清醒，好像还有所暗示。突然唐玫记起一个老乡的话，韦思伟这人一般很少喝酒，其实酒量很大，小圈子里，人称韦不倒。

在一片叫好声中，唐玫端起杯子，与韦思伟膀弯交叉喝了交杯酒。

韦思伟重重地丢下酒杯，望一眼唐玫，又望一眼常胜利，打着酒嗝说，常、常主席，这全仰仗您了，去年不是您提拔我到集团，我哪有机、机会认识我这个小、小老乡。说完手指酒杯说，满上，满上，小老乡，我们一起敬、敬常主席，没有常主席，我俩哪、哪有今世缘？

敬了常胜利，韦思伟略微晃了一下，又拽着唐玫挨个儿地敬酒。其他人也动了起来，有的相互敬酒，有的凑一起说话。白天旺瞥眼韦思伟、唐玫，不屑地笑笑，端着酒杯走到柳红玉身边，说我们是帝国老人，我们老人喝一杯。两个人碰了杯，白天旺说，柳总，你看他们两个人，好像一对新人，现在又挨个儿地敬了。柳红玉没有吭声，看戏一样望着。白天旺觉得还该说点什么，就压低嗓子说，柳总，你恐怕还不知道，我管人事，核查过韦思伟的个人情况，这人为了提拔，娶一个只有大专学历的人做老婆。因为老丈人是副市长，短短几年他就如愿做到处长。哪知天有不测风云，他那个副市长老丈人不知出的什么问题，一不小心就双规进去了。从此他就官运不顺，在处长这个位置上原地踏步了。一年一年的，看别人一个一个提拔，他心有不甘，这才弃官从商投到我们帝国门下，想来一个东方不亮西方亮。柳红玉还是没吭声，还是看戏一样望着。白天旺声音就更低了，一副神秘的样子说，柳总，你还不知道吧，最近我听说，去年他提拔做了副总裁，跟老婆也离了。

柳红玉望望白天旺，起身走到酒兴正浓的常胜利跟前，说，我头晕，先回去了。

5

柳红玉提前离席，常胜利有点不高兴，但心情不错，反而想起柳红玉不少的好。

平心而论，柳红玉为他做出了不少牺牲，要不是给他做老婆，现在一定是备受瞩目的女企业家。当初，他也不想让柳红玉待在家里的，尤其是女儿嫁去省城、儿子送到美国读书后，他真想让她复出。但帝国当初定下的规矩不能破，破了就像多米诺骨牌，到时候高管就一个学一个，一发不可收拾。到其他企业做事也似有不妥，哪有帝国第一夫人给人家打工？当然，柳红玉也有防他的成分，怕他在外边拈花惹草，心眼小得跟针尖一样。女人心眼没有不小的，不过柳红玉心眼再小，也是只唠叨不争吵，顶多像今天，很少让他下不了台。记得有一位老板跟他说过，女人盯着男人，那是女人爱着男人。

想着柳红玉的好，散了宴席，常胜利就准备回家。快到电梯口，看到后面跟着韦思伟，突然想起还有要事交代，就站住回头问，韦副总有事？韦思伟说，听小宋讲，常主席明天去北江，能不能现在耽误几分钟，我有事汇报。常胜利说，这样吧，叫服务员开一个房间，我正好有事跟你说。

韦思伟去找服务员了。常胜利来回踱步，不经意间看到白天旺就站在不远处，就过去问怎么还不走。白天旺说有事汇报，看常主席有没有空。常胜利回头，韦思伟早无踪影，就暗自一笑，说你等一等，韦副总找人开房间去了，等会儿一起到房间谈。白天旺说，常主席这么忙，要不就明天吧。常胜利说我明天出差。白天旺"噢"了一声，那就不耽误常主席时间了，就请示一句话，上次请常主席看过的厉行节约制度什么时候可以实施？常胜利记得去北京前就同意了，就说我总在外跑，你在家坐镇，这事由你决定。

韦思伟过来了，见白天旺在，点一下头，告诉常胜利房间已经开好。白天旺一副知道进退的样子，说常主席你忙，我不打扰了。说完就下楼而去。韦思伟说，真不好意思，白副总也有事。常胜利说，没大事，问我厉行节约制度什么时候开始执行。

来到房间，韦思伟倒一杯茶递给常胜利，说，常主席日理万机，要不是今天我太兴奋，不会耽误常主席时间。

常胜利笑说，认了一个小老乡，还是美女博士，换了我也兴奋。

韦思伟有点不好意思，看常主席说的，其实更让我兴奋的还是凹土项目。

哦？常胜利故作一愣。

韦思伟一脸认真，说，常主席一决定上凹土项目，我就坐不住了，不知常主席准备把这个项目交给谁负责？

常胜利问，你分管项目的，你说呢？

韦思伟实话实说，常主席这次去北京没带上我，我想常主席会不会另有人选，毕竟我是帝国的新人。

被你说着了，我是准备自己抓这个项目的，不过昨天唐玟转达她导师的话，市场认知度跟项目建设同等重要，我一个人分不了身。

常主席要是信得过我，我来负责项目投资建设。

常胜利笑了，我还真考虑了你，现在你主动请缨，就你吧。

韦思伟站起来，我一定不辜负常主席！

常胜利看出韦思伟不是装出来的，是真的激动，就摆手叫他坐下，说，不过我给你泼点冷水，你要有思想准备。

韦思伟挺了挺胸，有常主席做后盾，我不怕任何困难。

好，你听着，这个项目总投资五十个亿，我只给你十个亿，其他的你自己想办法运作。

十个亿？这话差点脱口而出，但韦思伟只是喉结骨动一下，马上就大声说，常主席放心，我一定想办法保证资金到位，绝不耽误项目建设进度。

常胜利说，我知道这有难度，不过，在我们帝国只有你了。

韦思伟说常主席过奖了。

常胜利说，没有过奖，前两年你负责帝国投资公司，两三年时间，就用一个亿建成五个亿钢材大市场，这个还在其次，重要的是你还通过大市场给我融了四个亿的资金。不瞒你，要不是这四个亿，帝国在省城的江湾广场就不可能顺利开发。

江湾广场是一个城市综合体，当时资金链出了一点儿问题，四个亿确实救了急。但韦思伟没有一点儿得意之色，而是感激地说，有一点儿成绩，就得到常主席提拔，真的不知怎么表达我的谢意。

常胜利笑着摆手，不用谢我，我凭实绩用干部。然后敛起笑意，就一脸色严肃了，说，凹土项目不比其他，是我们帝国能否升级转型的关键项目，这样，明天你跟我一起去北江，投资协议的具体条款由你跟他们谈，希望不要让我失望。想了想又说，为不分散你精力，集团这边的事情，我考虑你就放一放，让白副总代管一段时间。

代管？韦思伟略一停顿说，谢谢常主席关心，我一定把精力集中到项目上。

常胜利问，怎么？有顾虑？

韦思伟意识到自己走神了,便故作犹豫说,这个,这个,常主席突然让我明天去北江,一下子想到了我的秘书。嘴里说着手就掏出手机,拨通后大声叫秘书不要往码头镇赶了,直接去北江。

常胜利诧异地问,秘书没跟你在一起?

韦思伟说,秘书跟我出差在外,接到常主席开会通知,我飞机,他火车,时间稍微滞后一点。

为什么不乘飞机,要是遇到重要事情,不就耽误了?

韦思伟说,常主席,帝国马上要出台厉行节约的制度。听白副总说,执行这个制度,一年可以给帝国节省上千万,其中就有一个条款是出差按职务级别乘交通工具。我想,这不仅是省几个钱的事情,更重要的是通过倡导节约,在帝国杜绝企业政府化的毛病。制度马上就要实施,作为帝国高管,我现在就带头执行。

常胜利点点头,后又眉头微皱,自言自语说,制度要执行,但也不能影响工作。

韦思伟说,不影响工作,秘书跟我出差,我先到,他后到,先到了就要找住的地方,这些过去秘书做的事情,我自己做,虽说辛苦一点儿,却更接地气了,秘书受感染,工作也更努力。

常胜利没有应话,掏出手机打电话给白天旺,叫他过来一趟。挂了电话,常胜利说,明天项目你主谈,对了,你去通知一下唐玟,叫她明天一起去北江。又叮嘱说,唐玟是你老乡,沟通起来容易,技术上的事情多听她的。

韦思伟知道白天旺马上过来,就起身去找唐玟。

敲开房门,唐玟还没睡。唐玟见到大老乡有点兴奋,说我正想着你,你就来了。此话何意?韦思伟还在愣着,唐玟就张口问三个问题:一、为什么今天认老乡了?二、为什么假装酒高了?三、为什么要一起挨个儿敬酒?原来因为这事,韦思伟笑了。唐玟问你笑什么。韦思伟说,我就知道你会问,今天不给你一个说得过去的回答,说不定半夜你又要打电话了。想起北京的事,唐玟也笑了起来,说,还真是的,我正想着打不打电话,你就来了。你不来,现在不打,睡觉前肯定打。

韦思伟说,那我就告诉你,你问的三个问题其实是一个问题,不认老乡不好一起挨个儿敬酒,酒不喝高了,说的话没人相信。唐玟问,为什么要人相信你那些话。韦思伟说,你不记得了?前天半夜驻京办主任问你夜宵的事情?唐玟说,当然记得,不然也不会半夜打电话给你。韦思伟说,深更半夜留意你跟常主席,为什么?是想着给常主席弄夜宵?错。今晚柳红玉突然出现在帝国宾馆,你不觉得反常?好好想一想,不就很清楚了?

唐玟听懂了,脸就有点涨红,嘀咕说,难道她怀疑我跟常主席?

韦思伟说,今晚当着柳红玉的面认老乡、喝交杯酒,就是把事情往另一个方向引。

唐玟有点不好意思,说,多亏大老乡指点,不是大老乡暗地里护着,我栽跟头都不知道为什么。

韦思伟说,现在常主席对你还是不错的。为什么对你不错?是你身后的凹土项目、院士导师。这个你心里要有数。

说到项目、导师,唐玟脸上呈疑虑之色,说,大老乡,我导师的话不知对不对,他说凹土开发技术上没一点儿问题,他担心的是市场。

此话常胜利已说过,韦思伟想想说,这事常主席会考虑,噢,对了,差点忘大事了,常主席叫我告诉你,明天你一起去北江,常主席说,技术上的事情多听你的,你责任还不小呢。

唐玟一点儿不谦虚,说这个没问题,我导师都说了,有我在帝国,技术上他不担心。

韦思伟又问了常胜利与北江市长商谈的一些情况后,准备告辞,还未起身，门铃"叮当叮当"地响起。已经十点多了，会是谁呢？

唐玟过去开门，门外站着小宋。唐玟问，小宋有事呀？小宋犹豫未答，向屋里探了一下头。韦思伟走过去，问，找唐博士？小宋却回头喊，柳总，常主席不在。

柳红玉从墙那边现身过来，看到韦思伟，略显尴尬，说，我家老常这么晚没回去，我来找找的。

韦思伟说，你家常主席太辛苦，明天又要去北江，刚才他专门开一个房间，跟我谈完事情又把白副总叫去。听唐博士说，在北京也是这样，常主席一点不注意休息，那天跟唐博士谈项目也是谈到半夜。他这么不惜身体，我们劝不了，只有仰仗柳总你了，你劝他听。

柳红玉望望唐玟，你们继续，你们继续，对不起呀，打扰你们了。

6

北江市长亲自在高速路口接车。前面一辆引路，市长后面压阵，几辆小车一路往城里开去。穿过几个城市广场，小车就拐向一个古色古香的庭院式酒店。

来到贵宾室坐下，市长很感动的样子，说常主常这么快就来北江，足见常主席的诚意和对我们北江的信任，我代表北江四百万人民对常主席一行的到来表示热烈欢迎，对帝国在北江这块热土上投资表示衷心感谢。致完欢迎辞，市长请分管副市长跟韦思伟商谈项目具体事宜，邀请常胜利参观北江历史文化景区和市容市貌。

唐玟没有起身，市长望常胜利。常胜利说，我忘介绍了，这是我们帝国的唐博士，凹土专家。市长露出吃惊的样子，说，没想到原来是美女博士，唐博士这么年轻，我还当是主席的秘书呢。唐玟说，不年轻，都快三十了。市长先是略微一愣，然后冲常胜利有点意味地笑了笑。也真是的，现在女人有几个自报年龄的？常胜利会意地一笑，对唐玫说，唐博士，不要拂了市长心意，走，一起去参观。唐玫还是没动，说想留下参加具体商谈。市长说，他们也不是一锤定音，还要我跟你们主席最后拍板，等他们谈得差不多了，我们正好回来，唐博士有什么想补充的再说也不迟。常主席对不对？

常胜利点头，唐博士，恭敬不如从命，走吧。

参观的几个地方是北江的名人故里和明朝洪武年间留下来的一个府衙。市长不时在讲解员停顿的间隙作补充介绍。参观北江府衙时，他特别介绍说，这是保留下来的全国最大、最完整的府衙，明清时期管辖的范围多于一般府衙，有二十多个州县，所以知府高配四品。言语之中有炫耀也有自豪。

天很快黑下来。参观最后一处名人故里时，院里有一处水池，讲解员打着手电照过去，众人就看到池中有一尊石雕。这尊石雕造型比较怪异：一只老虎骑在龙背上，老虎头上又有一只猴子骑着玩耍。讲解员说，这尊石雕出自汉朝，是主人从宁夏重金买回来的镇宅之宝。龙为神，虎为王，龙从来都是高高在上的，可在这里却被兽中之王的老虎骑在身下。市长此时接话，说，不管是神还是王，它们都臣服于猴子。为什么？这猴子不受拘束，天不怕地不怕，敢想敢闯敢干，就像《西游记》里的孙悟空，玉皇大帝不放眼里。每次看到这尊石雕，我就想到常主席的帝国，按帝国现在的发展势头，用不了几年，常主席就是齐天大圣了，那些号称行业老大的央企，到时候不臣服都由不得他们。常胜利听了舒坦，笑着摆手说，哪里哪里，市长抬举我了，我这个民营企业哪能跟央企相提并论。

回到宾馆，天不早了，该晚宴了，但商谈居然还在继续，分歧主要是双方在垫资问题上意见不一。

两位拍板者回来了，韦思伟和副市长都站起来。市长问怎么还没谈好。韦思伟说，我们提出先期投入请北江市垫资三个亿，主要用于部分基础设施建设，我在政府干过，地方政府垫资不是特例，有的地方还比较普遍，可你们北江不同意。市长笑而不语，望副市长。副市长就不紧不慢地说，韦总说的情况我们清楚，不过，存在的不一定都合理，合理的也不一定就存在。北江凹土资源丰富，你们帝国在北江投资，成本最低，我说的是最低，不是最低之一，这是其他地方没有的。副市长的话噎人，众人一时不吭声，气氛就略显沉闷。副市长笑了，又把话往回拽，说，当然了，韦总提出的一定就是常主席的意思，这样好不好，帝国两个亿的土地款缓一缓缴，北江再垫资一个亿做土建工程，里外也是三个亿，常主席怎么样？

再讨价还价就被小瞧了，常胜利点头说，好，就这么定，市长你说呢？

市长笑着指了一下副市长，项目上的事他说了算。

气氛变得融洽起来，大家张罗着准备签协议。唐玟突然说，市长，我还有补充。大家有点诧异地望唐玟。市长略带调侃地说，对对，开始说好了的，最后美女博士有话补充。唐玟不在意市长的口吻，问，原料价格约没约定？韦思伟说约定了，一立方四块钱，市场价。四块？唐玟望向副市长，我导师说，其他地方有过一立方一块钱的，北江能不能也给这个价？

常胜利心里很快算出结果，按帝国这个项目的设计生产能力，仅此项一年就节省成本两千万，换句话，这两千万就是纯利润。副市长显然也算出来了，盯着唐玟望了很长时间才转向市长。市长自然看懂意思。还没开口，唐玟又说，市长，凹土开发项目给北江带来的不仅是税收，还将成为全国凹土研发生产中心，前景不可限量，北江让这一点利我看未尝不可。

市长、副市长对视一下，市长就说，没想到唐博士这么厉害，好吧，就这么定。

晚宴时，常胜利趁着大家相互敬酒，端杯走到唐玟跟前轻声感谢，并感慨地说，一年两千万不是小数，北江居然就同意了。唐玟不知道怎么回答。站在旁边的韦思伟说，常主席，项目对他们来说就是政绩。北江资源不缺，缺的是项目。他们不会因为价格谈不拢让五十亿的大项目搁浅的。我敢肯定，这个项目开工的时候，至少分管省长到场。

常胜利说，要是我，绝不竭泽而渔。

韦思伟说，这就是企业尤其是民营企业跟地方政府的区别之处，他们要的是显绩而不是潜绩。

唐玟听不懂这些，也插不上话，丢下酒杯出去透气。

司机们早就吃好了，三三两两站在走廊里抽烟聊天。小宋说，现在抓作风建设，不准警车开道，不过今天运气好，一路绿灯，从高速下来十几分钟就到宾馆了，放在平时，不花半小时到不了。北江的一个司机说，哪里呀，你以为运气好？你没注意我们路过每一个路口时，红灯两头路上车排得很长，都望不到尾了。小宋也觉奇怪，问怎么回事。北江司机说，我们路过的道口，红绿灯都是交警用手控制的。

话飘过来，唐玟有点蒙了。

7

回到码头，雨未停，下得比走时还大。小车仍走淮河大堤，到帝国大厦时，常胜利让小宋停车。一只脚刚落地，老黄撑着伞迎上。常胜利问，没打牌呀？老黄说，没工夫打，都在工地现场。透过雨帘望一眼高高耸立的帝国大厦，常胜利问，老黄，怎么样了？老黄说，我们抓紧内装潢，雨一停马上外墙装修。走进大厦，不少工人忙碌着。常胜利满意，夸了老黄几句就上车往办公室去了。

来到办公室，常胜利从公文包里掏出协议合同，兴致勃勃地刚掀开一页，白天旺敲门进来了。白天旺说了句常主席辛苦，就认真地汇报说，常主席让我代管韦副总分管的投资公司，这两天我想尽快熟悉，查看了不少材料，发现钢材大市场有很大隐患。

常胜利的好心情被破坏了，问，什么很大隐患？

白天旺说，大市场投资主体是大丰公司。这个大丰公司是股份制，我们帝国投资公司出了一个亿，韦副总找的其他十几个福建老板出了四个亿。现在钢材市场行情走低，有的老板可能要从大丰撤资。

常胜利说，这个我知道，韦副总跟我说过，有人撤资无妨，反正现在市场已经建起来了。

白天旺摇头说，建设市场的资金除了我们投进去的一个亿，另外四个亿都是从银行贷的，他们实际一分没投。

常胜利有点不信，说这怎么可能，他们不都是股东吗？

白天旺说，是，都是股东，他们一共是四个亿，每个股东两千万到四千万不等，可他们并没有拿出这么多，只是掏了百分之十的注册资金。

常胜利说，那就是了，我们也只是掏了一千万注册资金嘛。

白天旺说，问题就在这，常主席是知道的，注册后资金就可抽出，那些老板几乎一分不留都抽出去了。

常胜利笑笑，好像并不着急。

白天旺小心地说，常主席，我跟着你干了几十年，对你对帝国的感情外人是想象不到的，有的事情不得不说。

常胜利问什么事情。

白天旺说，福建那些老板虽说抽出了注册资金，却有用大市场这个平台贷款融资的资格。我查了一下，福建十几个老板一共贷了两个亿，他们拿走了钱，贷款主体却是大丰公司。

常胜利没有吭声，白天旺就继续说，问题还不只这些，那些老板一旦卷铺盖跑路，这两个亿就全落在我们帝国投资公司的头上。

常胜利笑了，说他们怎么可能说跑就跑了，法律也不允许。

白天旺说，那些老板没有多少实力，凑个两三千万就敢出来玩大的，能赚则赚，赚不了，拍拍屁股一走了之，最后有人做冤大头就是了，银行只要有人还贷一般不会付诸法律。

常胜利听懂了意思，有点疑惑地望着白天旺，你说的是最坏结果，不过即使这样，银行也不应该全部追到我帝国的头上，你说呢？

白天旺说，常主席，不知韦副总跟没跟你说，以大丰名义贷的款都是帝国投资做的担保。

什么？常胜利脸色唰地变了，帝国做的担保？

白天旺这时就说，当然了，我说的是最坏结果，要是钢材行情好转，要是福建那些老板不卷铺盖跑路，这事也不会发生。不仅如此，只要资金链不断，韦副总还可以如法炮制，继续通过大市场贷款融资。

白天旺虽是草根出身，却是几个元老中最懂财务的。常胜利沉默片刻，说要回去歇歇，请白天旺盯着一点儿大市场那边。白天旺连说好的好的，跟着常胜利往门外走，边走边大声喊，小宋呢，小宋呢，常主席走了。

小车班在走廊对面，门一向开着，不管哪个老总路过门口，叫一声，跟班司机就赶紧跑出来，小腿像兔子跑在前面。小宋平时很活络，此时却不见出来，直到常胜利到楼梯口了，才从楼梯后面匆匆跑过来。常胜利不经意瞥一眼，看见一人背影，像是大厦负责人老黄。

回到家，柳红玉不在，保姆说开车出去做瑜伽了。常胜利心烦意乱，坐在沙发上喝茶。慢慢心静下来了，就伸手掏公文包，想看刚签的项目合同。包不在，丢车上了。这是过去没有过的事情。他拨电话给小宋，手机"嘟嘟嘟"地占线。小宋平时开车不打电话，说明小宋没动车。丢下手机，他走到门口开门，奔驰果然还在门廊里。小宋背对门望着廊外雨帘正打电话，每说一句，头都在轻微晃动。老黄呀，今天效果不错，常主席蛮满意的，不过，你那红包有点过了，太客气了。这还叫小意思？以后不许这样，我们哪跟哪。对，对，常主席回家了，我刚送的。对了，往后不要跑办公室找我。

小宋打完电话，刚要开车门，看见常胜利站在门口，倏地怔住。常胜利说，小宋，送我去帝国大厦。小宋正有点不知所措时，柳红玉开着宝马回来了。柳红玉说，老常，怎么又要出门。常胜利说，去一趟帝国大厦。柳红玉说，那地方勾魂呀？你不是刚从那里回来吗？常胜利一怔，说你怎么知道。柳红玉笑而不答，对小宋说，我们家老常刚回来，不去了。

小宋回过神来，说，常主席太辛苦了，是该好好歇息，常主席、柳总，那我就回去了。

回到家里，常胜利挨着柳红玉坐下，说你去了帝国大厦？柳红玉说，你前脚走，我后脚就到了。又嗔怪说，出差回来也不从家里走一下。

常胜利说，我不是着急吗，怕工期赶不上。

柳红玉说，这些日子，我看你对帝国大厦、凹土项目特别心重，帮不上忙，没事就去帝国大厦望望进度。今天下午做瑜伽，顺道走了一趟工地，看到老黄指挥不少工人忙内装潢，奇怪的是，我回来时，天还早，里面的工人却不见了。我就纳闷，这好像做给谁看的一样，做给谁看的呢？

常胜利说，做给我看的。

柳红玉说，这个老黄何必呢，外装修动不了工，内装潢再快也搬不了家。

常胜利笑笑没吭声，柳红玉就继续说，老常你说得对，你看他们一个个积极的，其实好多都是做给你看的。他们哪一个没有自己的小九九？小九九有大有小，"小的"像小宋、老黄，"小的"不用担心，"大的"玩不好就要殃及帝国。

　　柳红玉话里有话，常胜利叫她举举"大的"例子。柳红玉没多说，说了一句，你那个总裁位置怕不止一人惦记吧。

　　柳红玉的话像一根银针，针灸般地扎在常胜利的穴位上。

　　常胜利掩饰地笑笑，问，红玉你说哪几人惦记？

　　柳红玉说，你不正在考察吗？

8

　　项目奠基仪式那天，贵宾很多，除北江四套班子主要领导，政界有常务副省长，企业界有央企总裁，还有中科院、省研究院、知名高校专家学者，当然，唐玟的导师也位列其中。让常胜利欣慰的不只这些，韦思伟把省里一家银行行长也请来了，而且还跟常胜利签了项目存贷战略协议。答谢酒宴时，常务省长专门走到该行长跟前单独喝了一杯，笑着叮嘱他要做好这个项目的后勤保障。

　　但一回到码头镇，常胜利就高兴不起来了。老天好像跟他有仇，整天哭丧着脸，鲜有晴天。眼看时间飞快逝去，帝国大厦外墙装修一直没法施工。他再没心事往外跑了，天天都闷在办公室。

　　有天白天旺给他出了一个主意，他听后怔愣片刻，一拍脑门子，这办法我怎么没想到呢！没过两天，帝国大厦外墙脚手架每一层都罩上了防水布，一个遮雨长廊也从大厦工地仓库直通外墙施工起降电梯。常胜利给老黄下了一道死命令，说现在外墙可以施工了，七一前搬不了家你就卷铺盖回家。老黄小鸡啄米般地点头说，一定一定，常主席放心。

常胜利心情又舒畅起来，三天两头跟柳红玉钻被窝。这是柳红玉巴不得的幸福生活，但柳红玉不合时宜地给常胜利降温，居然说，老常呀，这些天你总夸白天旺，他不就是给你出了一个遮雨的主意吗？常胜利说，不只是一个主意的问题，别人怎么没想到？人的聪明才智往往就体现在这些方面。柳红玉说，老常你说得对，他是聪明，可你想一想，为什么火烧眉毛了才给你出这个主意？常胜利笑说，这有什么不好理解？白天旺不分管这个，人家凭什么早早考虑。柳红玉说，错，他老早有准备，两个月前，你一门心思忙北江项目的时候，他就让人买了防水布和搭建遮雨长廊的塑钢材料，当时我不知道这是做什么用的，没放在心上，也没跟你说。常胜利有点上心了，问，你怎么知道两个月前购置的？柳红玉说，我常开车到帝国的各个地方转悠，不怕你笑，没别的，就是想看看。有天路过大厦工地旁边的仓库，看到几辆卡车卸这些材料，问仓库管理员，才知是白天旺让人购置的。常胜利想了想，说，这又能说明什么呢？柳红玉说，欲擒故纵，说早了，你还没急到那种程度，效果出不来，而且万一后来雨过天晴，他这招就多此一举。你脑瓜子这么灵光，明知故问。

看来白天旺也在暗暗给自己加分，却被柳红玉撞破了。撞破了，就不是原来的样子，许多事情就有另一种解释。常胜利笑了笑，说你柳红玉还真是一个有心人呢。柳红玉说，谁叫我们是一家人。

"一家人"说得温馨，又好像提醒着什么。

第二天，常胜利调来北江项目资料看了一上午，决定做一次"飞行检查"。"飞行检查"讲究突然性，所以直到下午三四点上车了，他才给韦思伟打了一个电话。车下高速路口，路边两辆小车打着双闪，韦思伟和市政府的一个副秘书长站在那里。

常胜利从车里下来，跟副秘书长握手，说，看看，怎么惊动秘书长了？

副秘书长知道这是反话正说，解释说，我市党政代表团去外地考察，书记市长都不在家，市长特别交代，常主席是北江的贵人，要好好接待。

哦，常胜利瞥眼韦思伟。韦思伟马上说，市里对我们帝国很看重，常主席来北江，不报告，他们不让。

副秘书长接过话，对，常主席来了，要是不知道、不汇报，书记市长非把我熊死不可。

常胜利笑了起来，说，你们地方讲究，跟我们民企不一样，这样吧秘书长，现在我们去产业园看看项目现场，看过了你们怎么讲究都行。

韦思伟望副秘书长，副秘书长就说，常主席真是敬业，不过现在快五点了，等到了产业园项目现场，怕天就黑了。我想常主席时间再紧，也不至于抢这个把小时，还是先到宾馆歇一下，明天再看项目？明天时间宽裕，常主席不是可以看得更仔细？

此话说得不无道理，而且项目现场也不可能一夜就发生什么变化。常胜利不好再坚持，说好吧，听秘书长的。

到了宾馆，还真有点累，常胜利进房间往沙发上一坐就不想动弹了。副秘书长说，晚宴安排在楼下，等一会儿来叫常主席。韦思伟跟着说了一句常主席旅途劳顿，先歇一歇，也跟副秘书长一起退出屋子。

来到一楼大厅，韦思伟拉着副秘书长坐在沙发上，说，秘书长哇，我韦某人对你们北江怎么样？

副秘书长说，绝对，不过我们也按你说的，狸猫换太子，让宏业集团已经动工的盐化工项目换了一个标牌。没想到你蒙对了，市项目办的人说，你们的常主席不带一兵一卒，还真悄悄去了一趟产业园。不过，我们宏业集团也不是不投凹土，二期一百亩就是给凹土留着的，以后你们常主席就算知道了，也好解释。

韦思伟说，不管怎么样，这对常主席下决心在北江投资起了很大作用，秘书长，我帮了你们北江，你们不能过河拆桥。

副秘书长笑说，哪能呢，看你把我们说的。

韦思伟脸色却不怎么好看，说，现在常主席来了，我怎么向他交代？你们答应的土建一个亿垫资迟迟不到位，造成施工方三天打鱼两天晒网。上周，他们干脆放鸽子，把工人全放了，甚至连施工机械也拖走了不少。你们市长忙，面难得见一次，我怎么跟常主席交代，你分管，只好指望你秘书长了。

副秘书长摊了一下手，说，难呀，我们财政很紧张，几个投融资平台也正在还债期，需要用钱的地方多得不得了，你们帝国是大集团，财大气粗，可不可以先调拨一个亿抵挡一阵子？

韦思伟说，调拨？钱是有，不过依常主席脾气，谁也不敢瞒着他办这事。

副秘书长说，那只有贷款了，银行不是跟你们签了信贷战略协议吗？

韦思伟说，是签了，不过你们政府土地证到现在还没办下来，银行看不到土地证死也不肯贷。

副秘书长一副诧异的样子，说银行对你们帝国也这样？

韦思伟说，现在银行对谁都这样，一点儿风险都不想承担。

副秘书长有点无奈地摇头说，土地证由国土局办理，国土局归省里直管，土地储备中心拿不到钱，国土局就不好发证。

他们不是同意缓交土地款了吗？

是同意缓交，不过，款不交土地证不能发。他们强调，这是省里给的底线，土地指标给你们先用，已经打了擦边球。

土地管理真是越来越严了，韦思伟嘀咕一句，想了想，说这事不是你我坐在这里说解决就能解决的，明天常主席去现场看项目，眼下最要紧的还是把现场施工机械、人员解决好。

副秘书长说，这个没问题，你打过电话我就安排下去了。

韦思伟还是不放心，说，我是一点儿办法没有，不知秘书长怎么解决的？

副秘书长压低嗓音说，施工机械好办，花钱租借，这人嘛难办，就是拿钱雇，一时半刻也雇不来百十号人。

这事办不好，明天不好向常主席交代。韦思伟的心又悬起来。

不要急嘛，我话才讲了一半，副秘书长诡秘地笑了笑，我请北江军分区参谋长帮忙，他今年转业，打算留北江安置，听了我的话，很干脆，马上就答应了，让民兵预备役大队明天顶一天，起了一个名字，叫支持地方建设应急演习。

韦思伟差点笑出声。当年他也跟着领导一起玩过类似的把戏，但还没有动用到民兵预备役。他说秘书长呀，这事成吗？千万马虎不得。

副秘书长说，这叫平战结合，有参谋长帮忙，绝对成。这样，我现在再去落实一下，省得你韦总晚上喝酒都不放心。

副秘书长匆匆离去，韦思伟就来到小宋房间，问怎么忘了事先打一个电话，弄得他措手不及。小宋说常主席事先没说，上车时才知道。想想又说，现在常主席跟从前不太一样，去哪事先不说。

韦思伟心情似乎好了一点，笑着从手包里掏出一个信封塞给小宋，说，这是小意思。小宋把信封装进口袋，说每次都这样，韦副总太客气了。韦思伟说，哪跟哪呀，你们给老总开车也不容易，本来餐费还有一个赚头，现在每餐只有三十，也没什么油水了。小宋说，我跟柳总说过这事，柳总也为我们打抱不平呢。

韦思伟拍拍小宋肩膀，晚上常主席不出去，你放开好好喝酒。

晚宴时，副秘书长把政府办的几个副主任调了过来，可即使副秘书长发动几个副主任轮流大杯小壶地敬，常胜利也都只是抿一小口。副秘书长以为常胜利嫌接待规格不够，小声问韦思伟，韦思伟说不是，常主席惦记明天项目现场。

第二天，常胜利看到项目现场机械林立、施工人员列队欢迎时，脸上果然全是笑意。韦思伟和副秘书长一左一右，边走边介绍项目进展情况。走了一圈，来到车旁，常胜利突然问，他们怎么还不施工？

韦思伟怔了一下，回头望一眼排队站着的民兵预备役，说，他们崇拜常主席，这是列队欢送，等礼送常主席后，他们会加倍地工作。

常胜利轻轻"哦"了一声，想了想又问，怎么都穿军装？

韦思伟又回头看一眼，民兵预备役果然一色绿军装。怎么没注意这个细节？韦思伟睨视副秘书长。副秘书长有点蒙了，轻声嘀咕，怎么会是军装呢？这话让韦思伟下意识地又去看，一看释然了，绿军装未佩肩章，是军装又不是军装。韦思伟就说了，常主席，记得你强调过，帝国的企业文化要体现军队的素养、要义和精神，北江这个项目，我个人认为是帝国的标志性项目，工程招标时附加了一个条件，就是施工队伍必须按部队模式管理，没想他们在服装上居然也模仿部队了。

常胜利又去看行注目礼的队伍，果然与一般施工队伍不一样，个个精神抖擞，颇有军人气质，就满意地点头夸赞，好，好，这样好！

9

常胜利一走，韦思伟悄悄去了一趟钢材大市场。

大丰公司总经理是韦思伟的小学弟。韦思伟任帝国投资公司总经理时，他做部门副经理。部门副经理在帝国属基层小吏，没多大分量。韦思伟知道他是小学弟后，便视为心腹，让他兼任新成立的大丰公司总经理，跟着自己一起搞钢材大市场。

去年韦思伟去帝国集团上任，小学弟拍马屁，说常主席兼的总裁迟早卸任，总裁一职非韦副总莫属。韦思伟瞬间脸色铁青，说这种玩笑不可乱开。小学弟后悔把话说破，马屁拍到了马腿上。韦思伟走后一直没来大市场，没想到这次毫无预兆，突然就来了，小学弟自然喜出望外，贴心贴肺地说，韦副总，快把我这个学弟忘了吧？

韦思伟摇头说，怎么会忘掉学弟你呢？这不，一有空就来了。

小学弟就说，韦副总真是日理万机，不过韦副总不来，我都不知道下面该怎么办了。

韦思伟笑了，瞎讲，你这么聪明，要不知道怎么办，就白跟我搞一回大市场了。

小学弟没笑，说，前些天白副总来过大市场。

韦思伟瞬间敛起笑意，问，他来做什么？

说是了解情况的。小学弟说。

韦思伟有不好的感觉，又问，大市场资金链怎么样？

小学弟说，目前暂无问题，不过，已经有几个福建老板撤资了。

常胜利愣住，怎么说撤就撤了？

小学弟说，上次白副总来大市场，召集福建老板开了一个会，说是了解情况，福建老板都抱怨钢材市场行情疲软，他冷脸说大家不要抱怨，两个月后就到还贷期了，大家可要同甘共苦。白副总走后不久，几个老板就找各种借口陆续撤资了。

小学弟一番话，气得韦思伟鼻孔生烟，有点愤怒了，咬着牙根，腮帮子一鼓一鼓地说，这个白天旺怎么可以这么做呢！这不是存心把他们赶跑吗！

小学弟没见过韦思伟如此生气，有点紧张地望着。韦思伟粗粗地吐出一口气，平静下来说，到底是小老板，鼠目寸光，也好，省得让他们再借我大市场融资贷款。

小学弟机械地点头称是。

韦思伟说，净说不愉快的事情了，差点忘了正事，这次我来大市场，是跟你商量一件事。

小学弟说，说什么商量，韦副总吩咐就是了。

韦思伟说，不瞒你小学弟，北江项目进展很快，资金暂时短缺，我想借大市场运作一下，为项目贷两个亿。

小学弟面露难色，这个可能有点难度。

为什么？韦思伟问。

小学弟吞吞吐吐，这个，这个恐怕没有老板愿意再帮着倒腾钢材交易量了。

没有交易量就贷不到款，韦思伟知道小学弟的意思，说，这个不是问题，我想办法找几个老板帮忙。

小学弟犹豫了一下又说，其实找老板帮忙不用您出马，我就能解决，不过，不过有老板帮忙运作，恐怕也贷不到款。

韦思伟有点听不懂了，问，有交易量怎么还贷不到？

小学弟说，白副总上次来大市场交代，贷款没还清前，不允许再用大丰公司贷款，有人想贷，也不允许用帝国投资公司担保。我们自己都不担保了，还有哪个愿意冒这个风险担保？我都愁死了，再有三四个月，大市场贷款就到期了，到时候拿什么时候还贷？

小学弟的话让韦思伟沉默了。很久，他才拍拍小学弟肩膀，什么话没说就走了。

韦思伟没去北江，而是去了码头镇。到码头镇时已是黄昏。他给小宋打了电话，知道常胜利晚上无应酬，就叫司机直接去常胜利的别墅，在不远处停下坐等。一小时过去了，天也黑下来了，韦思伟忍不住又打了小宋电话。小宋说会议室灯亮着，常主席拖会了。韦思伟问什么会。小宋说好像是研究凹土宣传策划什么的。

常胜利已着手考虑市场问题了，韦思伟盯着通往别墅的那条碎石路，无形中又有了一份压力。终于看到两束灯光，有车轮碾着碎石的"嚓嚓"声由远而近，韦思伟知道这是小宋的奔驰过来了。望着奔驰拐上门廊停下，望着常胜利下车进门，望着小宋把车开走，韦思伟长长嘘了一口气，这才过去按响门铃。

保姆开门，见是陌生人，有点不高兴地说，我们常主席刚回来，等一会儿吃了饭再过来。韦思伟说，好吧，我就在外面等，等常主席吃完饭，你就说帝国的韦思伟有事汇报。

保姆关上门，不一会儿门又开了，常胜利走到门廊上，喊，韦副总呢，韦副总呢。韦思伟站在门廊外抽烟，赶紧掐灭掷掉跑过去。

走进客厅，常胜利指着错层餐房说，来得早不如来得巧，一起吃晚饭，吃了再慢慢说。

韦思伟不好意思地说，这么晚了常主席还没吃饭，肯定又在办公室忙的。常主席，我路上吃过了，还是在外等一会儿再过来。

柳红玉从餐房下来，说，韦副总晚上来家里一定有要紧事，吃饭不急，坐下，坐下，先听你说事情，你不说，我们老常饭也吃不香。

韦思伟这才坐下，略一思忖，就认真地说，常主席、柳总，今天我去省里谈贷款，心里不蹲底，谈完马上就赶来码头汇报。

常胜利说，这是大事，谈得怎么样？

行长问我，我们帝国到目前自有资金投了多少。

投了多少？常胜利有不好预感。

韦思伟说，一分钱没投。

一分钱没投？常胜利诧异，我不是给你十个亿吗？

韦思伟说，先期投入我尽量想办法从银行解决，帝国现在需要钱的地方很多，这一点我理解白副总。

常胜利脸色难看起来，韦副总放心，这事我会过问的。

韦思伟说，常主席，只要给两个亿，我跟行长就好说话了。

只要两个亿？常胜利想了想，说，难为你了，这样吧，我让白副总明天就把两个亿给你拨过去。

韦思伟连说谢谢，然后就起身告辞，说是要赶回北江去。常胜利抬腕看一眼手表，已经八点多了，说再怎么急着也不用晚上赶路。韦思伟说，已跟北江领导约好，明早开项目建设协调会，时间不等人。

把韦思伟送出门，车走远了，常胜利还站在门廊里望。身后的柳红玉说，他来去匆匆的，有意思。常胜利说，有意思？人家这是敬业。柳红玉说，五十亿的投资项目，专程绕道来码头向你汇报，就为这两个亿？他是表现给你看的。

常胜利发现柳红玉现在越来越操心帝国的事情了，说，红玉，他想表现有什么不好？不要瞎猜了。柳红玉说，韦副总是一个聪明人，我看他除了表现还顺带着告了白天旺一状，一举两得。听了柳红玉这话，常胜利不觉暗自一笑。他想起了前段时间，白天旺跟他说过，大市场出现信贷危机，不也有告状的味道吗？想到这一点，常胜利不知为什么竟有了一种莫名的快意。

常胜利发话，两个亿很快就拨了。

有这两个亿，解决了土地款、拿到了土地证，韦思伟的一盘死棋走活了。他以凹土项目名义贷十个亿套给大市场还贷，再马上运作钢材交易量续贷十个亿还给凹土项目。转了一圈子，一个月不到，两边问题都解决了。

小学弟佩服韦思伟大手笔之余，提出了一个问题：大市场贷款明年再到期怎么办？潜台词是，凹土项目不是融资平台，冒险套一次可以，明年还能再套吗？

韦思伟嘿嘿一笑，却笑而不语。

10

　　帝国搬迁这一天，雨停了，天晴了，有几朵白云在天空缓缓游动。

　　常胜利站在主席台上致辞，抑扬顿挫说完最后一句"马到成功"，九响礼炮就"嗖嗖嗖"地蹿向天空依次炸响。台上台下应声仰头望天。炸响结束，奇迹出现了，那几朵一直缓缓游动着的白云定格为一匹栩栩如生的奔马。

　　哇——所有的人都在感叹，几乎异口同声地发出同一个声音。

　　韦思伟仰头观马，前不久他一石二鸟，保证了大市场、北江项目的资金链。这个资金链不断，他就一定如天空中的奔马，驰骋向前，马到成功。白天旺则是陶醉在功成名就之中，帝国大厦今天搬迁，常胜利说他是头功，在这么多年的常务生涯中，常胜利还未如此夸过他。唐玟不迷信，但此时天空中出现的奔马也令她兴奋不已，一幅凹土产发研帝国图腾如奔马一样浮现在眼前。

　　发出感叹的还包括远处停车场的一辆红色宝马车里的女人。

　　这女人是柳红玉。清晨，常胜利说要到帝国宾馆陪贵宾吃早餐，早早地走了。柳红玉独自一人没滋没味地吃了早饭，悄悄开车去帝国大厦，却又不好开到跟前，只能待在停车场。她就像一个偷窥者，躲在宝马车里举着望远镜远远地看。主席台上有很多陌生面孔，个个淡定，一看就不是一般二般的人物。常胜利和帝国的高管们就交叉地坐在这些不一般的人物中。一路再看过去，竟然还看到了唐玟，虽然坐在后排一个不起眼的位置，但总归是坐在了台上。台上除了贵宾，都是帝国的有功之臣。看他们个个笑容可掬，柳红玉的失落感油然而生。

常胜利从天空收回目光时,看到了远处的那辆红色宝马,心里"突"了一下,但很快就被大家簇拥着步入帝国大厦。乘观光电梯来到顶层,他陪着贵宾们站在圆形玻璃墙前鸟瞰。望着很远很远的地方,他有一种征服世界的感觉。后来,他就一直处在亢奋之中,到了帝国史展馆,竟然从讲解小姐手上拿过麦克风,操着半生不熟的码头普通话亲自向贵宾介绍帝国的辉煌历史和更加辉煌的未来。

送走各路客人已经下午两三点钟,常胜利又接着开了一个务虚会。回到家,九点多了,兴奋还没过临界点,就把柳红玉作为倾诉对象,滔滔不绝地描绘帝国的未来。

柳红玉一声不吭,等常胜利描绘累了,才开口说话。

老常,前两天听白副总说,北江那个项目资金缺口很大。

常胜利说,这事我心里有数。

柳红玉又说,听白副总说,这几年帝国投资多,老底子都砸进去了,新上项目不少还没竣工,即使竣工产生效益的,大多也都堵了项目本身的缺口,一时半刻抽不出钱来。

常胜利解释,帝国也不光只有新上的这几个项目。

听白副总说,老企业利润也在下滑,现在帝国可用资金不超过两三个亿,对于五十亿的投资杯水车薪。

常胜利耐着性子说,白副总不懂资本运作,韦副总前不久运作了十个亿,项目建设已经全面铺开。只要有担保,韦副总还可以继续运作资金。这个情况白副总不知道?

听白副总说,运作资金需要担保,但帝国已经没有什么可作担保的了。

常胜利兜不住火了,问,白副总还说了什么,你全说出来。

柳红玉说没有了。

常胜利喘着粗气,过了片刻才平静下来,说,红玉呀,我们是一家人,我知道你是为帝国好,谢你了,不过你放心,怎么处理我心里有数。

柳红玉说，你心里有数就好。

第二天，常胜利把白天旺找来，了解帝国还有哪些可以为凹土项目抵押担保。白天旺说这几年投资项目多，能抵押担保的差不多都用上了。常胜利说，你是帝国大管家，帮我好好想想。白天旺说，我一直在想，还没想出什么好办法。常胜利笑了，说你谦虚，上次帝国大厦雨天施工的问题不是你想的办法？白天旺说，我想的都是笨办法，让常主席见笑了。常胜利问没有办法了？白天旺说，我脑子笨，还没想出来。

常胜利望着白天旺，突然问，你看用帝国大厦担保可不可行？

白天旺怔了一下，说，可行倒是可行，不过，用帝国大厦担保会不会被他人诟病？会不会有失帝国形象？

常胜利说，非也，用帝国大厦做担保，正好体现帝国对项目的重视程度。这事交给你去办，对外就这么宣传。

这是迫不得已的办法，却被常胜利演绎成对项目的重视。白天旺望着常胜利，好像还有话说。常胜利问，怎么？有困难？

没，没。白天旺不再多话，赶紧告辞而去。

白天旺刚走，常胜利就给韦思伟打电话，告诉他放开手脚，担保没有问题，可以继续运作资金。

项目建设进度很快，后续资金摆上重要议程。有一天韦思伟打电话汇报，说十个亿已投资到位，下一步的贷款也跟银行谈妥，就等担保。常胜利把白天旺找到办公室，问帝国大厦担保手续办得怎样了？白天旺站着不动，也不回答。

常胜利眼睛盯着白天旺，白副总，你这是怎么了？

白天旺眼睛闪烁着躲避，嗫嚅说，常主席，这个，这个，银行说，帝国大厦还不好抵押担保。

你说什么？常胜利以为听错了。

老黄说有关部门不出证明文件，银行不认。

怎么回事？

帝国大厦还没通过验收，所以，就……

常胜利不耐烦地打断，怎么搞的，这还要我出面吗？你去找他们的上面，就说我让找的，抓紧时间。

白天旺没答，眼睛却望向墙壁。常胜利有点奇怪，跟着望那墙壁。这一望就望见了一条长长的裂缝。他以为看花了眼，走过去，揉揉眼窝子，盯住再望，愣住了。

这事怎么出现在帝国？常胜利不能容忍，叫白天旺把老黄叫来，查查是不是装潢出了问题。白天旺犹豫一下说，不是装潢的问题。常胜利脸色不好看了，说白副总你不要替老黄他们说话，现在就去，叫他马上过来。

老黄来了，一脸的惶恐。

常胜利指着墙上的裂缝问是怎么回事。老黄不敢说话，瞥一眼白天旺，犹豫着从包里拿出一份文件，颤颤悠悠地摆在常胜利桌上。

常胜利问，这是什么？

老黄说，这个，这个，是房屋检测部门的报告。

检测报告？常胜利伸手拿过，不耐烦地看起来。看着看着，脸色就变了，身子也颤了，手一撒，那报告就飘呀飘地飘落在地上。他怎么也不相信自己的眼睛，文件上的那一行字不多，却字字刺骨，令人不寒而栗：

此楼傍水而建，地基沉降，系危楼。

小鱼锅贴

1

城厢乡傍湖而建,盛产水货,但使城厢名扬华东数省的却是此间小吃:小鱼锅贴。

城厢在北江市泗水县境内,从省城到北江必经城厢。沿湖而筑的公路七七四十九道弯,且坑坑洼洼,汽车跑在上面就把旅客颠簸得晕晕乎乎昏昏欲睡,但只要到城厢停车吃饭,旅客们一闻到小鱼锅贴那特有的诱人味儿,瞌睡虫就一下子甩到茅厕坑里去了。

据城厢人讲,"文革"前江省长到北江考察,途经城厢时就特意叫停车吃小鱼锅贴。那时北江还叫地区,陪同的地委书记、泗水县委书记请江省长去泗水就餐,说也就差一小时的路程,泗水招待所都准备好了。江省长却说不,我就在城厢吃小鱼锅贴。县委书记从江南换岗来泗水任职时间不长,不知省长为何要吃城厢小鱼锅贴,就把小陆乡长拽到一边,问小鱼锅贴有何特色。小陆乡长说,城厢人早有吃小鱼锅贴的嗜好,口味不孬,并介绍说,城厢街东首有家叫"锅贴王"的铺子,小鱼锅贴口味尤其好。县委书记就回转身对省长说,您对民风民俗这般了解,真叫我们在泗水工作的干部惭愧哩。省长笑而不语。到"锅贴王"铺子落座,地委书记就看县委书记,县委书记环顾铺子就心里发毛:茅草顶,泥巴墙,桌凳虽擦得干净,但人坐得捱肩膀。好在小铺子吃饭不讲究,摆好筷子就上小鱼锅贴。县委书记边吃边瞅省长,见省长吃得有滋有味,众人也连连咂嘴称绝,自个儿才吃出个中滋味:脆、鲜、酥、香,这才踏踏实实把悬着的心放下。江省长吃了一块小鱼锅贴后问小跑堂:"小家伙,谁在灶房贴的小鱼锅贴?"小跑堂胸脯一挺道:"我爸。"省长问:"你爸叫什么名?"小跑堂道:"锅贴王。"把众人都说乐了。省长若有所思,放下手中的锅贴,起身就往灶间去。众人不知省长何意,一起站着往灶间看。不一会儿,省长拉着一个满脸炉灰的中年汉子从灶间出来。省长说:"锅贴王,我的老房东哇。"见众人发愣,就拍着锅贴王的肩膀笑道:"当年我在城厢打日本,每回打胜仗,我的房东锅贴王就用小鱼锅贴犒赏我和游击队员们哩。"众人这才记起江省长打日本时曾带一支新四军队伍在湖区活动过。省长途经城厢的这段小插曲,不久就被好事者去粗取精,演绎成一段省长专程到城厢吃小鱼锅贴的民间趣话。虽然这段趣话后来成为江省长在"文革"中被打倒的罪证之一,但城厢小鱼锅贴却自此名声远扬。

小鱼锅贴在"文革"中销声匿迹了许多年,也就不知不觉地差点被人们遗忘了。进入20世纪90年代,不知何故,小鱼锅贴一下子就火了起来,且名气较"文革"前有过之而无不及。虽然省城到北江的七七四十九道弯已被双向一级公路所替代,途中时间也由五六个小时缩短到两三个小时,但过往旅客却乐意乘坐能在中午前后赶到城厢的班车,便于顺道尝一尝城厢小鱼锅贴。吃客中自然有许多要人,且不少都是事先打了招呼的。有领导和贵宾来,城厢就需有领导陪吃。三十岁刚出头的乡党委书记岳凯山就要耗去许多精力。好在陪吃也不是就没有效益,吃得好吃得巧还能促进城厢经济发展哩。

有回就有一个叫山野的日本客商,由泗水县白副县长和北江市经贸委外资科长陪同来城厢考察。山野是来城厢考察的第一位外商，接待档次自然要高，恰巧乡里正建集吃住玩于一体的宏坤大厦，为这大个子乡长黄压邪亲自坐镇，抢在日本客商来城厢前让宏坤大厦竣工。黄压邪对宏坤大厦很满意，所以日本客人在宏坤坐定后，就抢着介绍作为乡长工程的宏坤大厦如何上星级。陪同的白副县长曾在城厢做过书记，对城厢建起如此大厦很赞赏，市经贸委外资科长等一干人也咂嘴附和，但日本客商山野却把精力集中到小鱼锅贴上，一再问："小鱼的锅贴，鲜、脆、酥、香的米西？"黄压邪被问得没了兴致，让到一边对乡办小夏主任耳语：这个日本鬼子嘴馋哩。岳凯山见山野问得凶，就想起年初省食品研究所欲提供一项食品包装专利与城厢合作生产真空袋装小鱼锅贴的事来。当时研究所还专程把真空包装机运到城厢，随意包装了一家小鱼锅贴店的锅贴，一月后打开口味依旧。那日岳凯山一夜没睡好觉，盘算起如何建厂，如何组织生产，如何把城厢小鱼锅贴搞得如徐州的"维维豆奶"在全国家喻户晓。但东奔西跑过去了半年，建厂所需的第一笔一千万元资金仍没有着落，眼下山野对小鱼锅贴如此关注，不正是送上门的机遇？所以岳凯山等黄压邪退到一边，就说："山野先生，您提的问题很好解决，一个字——吃。"

　　县市领导来城厢不止一回，但宏坤大厦刚建成投入使用，还是有许多新鲜感的，吃起来也就有了许多的兴致。螃蟹、甲鱼、对虾这些体现湖区特色的菜——被众人尝遍后，黄亮亮的小鱼锅贴才隆重推出。在众人尝一块的劝吃声中，山野伸手拿一块放进嘴中。众人随之也兴致勃勃地吃起小鱼锅贴。岳凯山边吃边注意山野，发现山野腮帮子鼓弄了几下后，脸上的笑容就僵住了，还对坐在身边的翻译轻声叽咕了几句。岳凯山见众人吃兴正浓，只好等散席后才悄悄地问翻译："山野先生吃得惯小鱼锅贴？吃没吃出小鱼锅贴的四字特色——脆、鲜、酥、香？"翻译犹豫了一下，也用四个字概括了山野先生的评价：徒有虚名。

岳凯山心里就凉了半截。

2

岳凯山惦记着山野的评价和小鱼锅贴投资的事，星期五下午就让司机小胡开凯美瑞跟自己去北江找老同学梁学宝。

梁学宝在北江市委组织部做办公室主任，还挂了个部务委员的头衔。大前年，城厢乡因完成经济综合指标全县第一，乡里的白书记被提拔到县里任副县长，就挪出了书记这个窝子。当时岳凯山在县委办做副主任，守着老婆孩子热炕头，一时半会没有下乡镇的考虑，是多年不见的梁学宝到泗水县一趟，说你不下去就真叫屈了，好说歹说才促成他到城厢做书记的。

梁学宝朋友不少，但大多是别人傍他的。不傍他，而又叫他佩服的就是大学四年的同窗，岳凯山。岳凯山平时闷里叭叽的，关键时候却能想出关键点子，讲出关键话来，叫你不得不服。大学快毕业时，班里有一个索马里黑人留学生请梁学宝、岳凯山几个人去学校门口的舞厅跳舞。黑人留学生的一双亮烁烁的眼睛在舞厅里睃来睃去，最后把眼睛停在了正唱卡拉OK的一位姑娘身上。留学生问，唱一首歌多少钱？梁学宝说，五元钱。留学生说，唱歌的那位小姐歌喉动听悦耳，你们谁去叫她唱下去，唱歌的钱全由我包下了。几个同学都愣住了，人家姑娘又不是舞厅里的歌手，素不相识的，谁去充大头遭白眼。就在众人发愣时，岳凯山站起来说，我去讲。众人见岳凯山从舞厅边绕到那姑娘身旁，低声讲了几句话，那姑娘竟微笑着点头，岳凯山离开她时还摆了摆兰花翘翘的五个手指头。真日鬼了！梁学宝暗自称怪，竖起耳朵听岳凯山如何对黑人留学生讲。却听岳凯山说，那位女士和丈夫旅行结婚，刚从扬州过来，扬州有个风俗，新娘子唱歌只可由新郎点，我把你夸她唱得好的意思说了，人家感谢你的夸奖，只是不好破风俗。黑人留学生听得愣住了，也只好作罢。事后梁学宝问岳凯山，扬州真有那个风俗，我怎没听说过？岳凯山笑道，哪有的事。梁学宝就问舞厅里究竟怎么回事？岳凯山说，哪里有什么新娘子，我对那位姑娘讲，我想请您签名。她奇怪。我说，您不要瞒了，您是陈冲，您就签了吧。陈冲是当时最走红的电影明星，梁学宝一回味，那姑娘还真有点像陈冲。岳凯山说，那姑娘脸上泛起红晕，一个劲儿地讲姐妹们也老说我像陈冲哩。岳凯山就说，您不是陈冲我还真不信，就算不是，到电影厂试试，过几年说不准就是陈冲第二哩。

　　这都是十多年前的事了，十年后岳凯山做上了泗水县委办公室副主任；梁学宝做上了都梁县组织部副部长，后又调市委组织部做办公室主任。梁学宝易地做官岳凯山是在他和市委组织部的一个科长来泗水考察城厢白书记时才知道的。考察结束的那天晚上，干部科长被县委组织部的几个人拉去跳舞，梁学宝说有事就没去舞厅。他步行来到岳凯山家。岳凯山说，你老兄高就也不告诉老同学。梁学宝笑道，这不负荆请罪来了吗。岳凯山找来一包大中华，两个人就在屋里腾云驾雾。岳凯山说你老兄前途无量。梁学宝笑道，说你自个儿的。岳凯山说，我这辈子做个县委办副主任已经心满意足，不去想别的了。梁学宝没接岳凯山话茬，吐着烟圈说，白书记提拔当副县长，城厢书记这个空缺你去。岳凯山一怔，去城厢？梁学宝说，对，去城厢，我已经跟你们书记渺渺地讲过这事。梁学宝见岳凯山还看着烟圈发怔，又说，你是想干事的人，你瞒不过我的，可没有一定的位子能干得了事？现在提拔县处级干部都必须有基层正职经历，你迟早是要下去的，再说你去的城厢又是我们组织部陆部长二十多年前当乡长的地方，陆部长很注意城厢这个地方哩。岳凯山的心被说活络了，就去了城厢。可一到城厢，岳凯山就犯了难。

先是发现上年度乡里报的实绩水分太多，又不好挤水，白书记白县长的水怎么挤；接着乡里百姓中又风传，说他岳凯山抢了大个子乡长黄压邪乡书记的宝座。即便如此，岳凯山并没找梁学宝叙说城厢的情况。苦熬了三年倒也实实在在填了水分，解决了实绩不实的问题。这次小鱼锅贴投资一事把他逼到南墙根，才不得已去走老同学的路子。

凯美瑞把岳凯山拉到组织部已经是快下班的时候了。组织部办公室的人说，梁主任在北江宾馆一号楼。赶到一号楼，恰好遇上梁学宝从大厅里出来。因大家都忙，梁学宝自大前年在泗水分别后很少见着岳凯山的面，猛见岳凯山愣了一下就喜道："呀呀呀，什么风把你吹来了，我正想着你哩！"岳凯山把小胡介绍给梁学宝。梁学宝也不问岳凯山来市里做什么的，就把岳凯山和小胡往201房间领，说，老弟，你跟小胡就住这，里外套间，很方便的。岳凯山忙说，不了不了，我在乡里定下的规矩，只能住五十块钱以下的，再说批条子权我交给了黄乡长，这不叫人家为难？梁学宝知道岳凯山是精细之人，不住自有不住的道理，就笑着说："看你这书记当的！不过，这是会议用房，不收你钱的。"又见这话把岳凯山说得有点坐不住了，就说，走走，喝酒去。

拐进一间小厅，梁学宝叫小姐拿五粮液。喝了两杯，梁学宝才问："什么大事，方便的话，说给我听听。"

岳凯山懂梁学宝的意思，就点破道："有什么不方便，什么我都不瞒小胡的。"

梁学宝说："真的？练床上俯卧撑也不避着点小胡？"

正襟危坐的小胡扑哧笑出声来。

说到这个份上，岳凯山就说我到市里专奔你的，就把日本客商山野到城厢及自己打算办小鱼锅贴厂缺乏资金的事，一股脑儿地倒了出来。

梁学宝说:"我先前还当你走路子跑官哩。不瞒你讲,我们陆部长对跑官的很反感。你既不是跑官,我当鼎力相助。明天我陪你找经贸委的苏主任,把山野的底细摸清楚再作决策怎样?"

岳凯山想起明天是双休日,心里就有点不踏实。为城厢的事他不是没跑过市里的一些部委办局,不要说双休日,就是正常上班时间找到机关里的科长,也不定就能跟你说上几句话。所以就催梁学宝打电话。梁学宝说,我马上还要跑片子,正好有苏主任,我跟他约明天八点半怎样?

岳凯山知道跑片子就是一晚上要穿插着喝酒,喝了一头还要赶着喝另一头。就有点不好意思,说耽搁你应酬了。

3

第二天早上八点钟,凯美瑞拉着岳凯山到市直机关宿舍接梁学宝。梁学宝钻进凯美瑞说,你们这回可真下功夫了。岳凯山说那自然,要不我怎会找你?梁学宝问,你们一共来几路人马?岳凯山诧异道,就我和小胡。

梁学宝说:"我早上跑步路过分管农业的李市长家,看到一辆灰色广州标致小车停在院外,那车跟小胡的凯美瑞连号。"

小胡说:"黄乡长的车。"

梁学宝和岳凯山同时噢了一声,就好长时间没有说话。

小胡不知自己说错了什么,提了车速一声不吭地闷头开车。

凯美瑞穿过几条街道,就进了经贸委的大门。在四楼一间带有会客室的办公室里苏主任很客气地把二人让进里间会客室的沙发上。茶几上摆放着水果和香烟,看得出事先是做了准备的。

苏主任望着岳凯山问:"这位就是岳书记?"

岳凯山点头:"岳凯山,穷乡书记。"

苏主任笑道:"过谦过谦,昨晚我还跟梁主任说,城厢的乡办工业和水产养殖在全市都数得上,顶呱呱的哩。"

岳凯山说:"苏主任一定要抽时间到我们城厢指导。"

苏主任说:"去,一定去,昨晚梁主任罚酒时已经代你请过我了。"

梁学宝接过话:"你二位就不要拐弯抹角了,还是谈日本商人山野吧。"

苏主任听梁学宝这么说话,就到外间打电话把外资科安科长叫进来。岳凯山见是十多天前陪山野一起到城厢考察的那位科长,下意识地往起站,见梁学宝只欠了欠身,就马上又坐了下去。

安科长冲梁学宝和岳凯山点点头,问苏主任:"这就讲山野?"

苏主任说:"坐下讲。"

安科长这才坐下来一五一十很认真地讲了山野的来龙去脉。原来山野的父亲曾在中国打过仗,准确地讲,是随侵华日军某中队在北江市泗水县驻扎过三年。这次山野先生到中国考察,老山野再三叮嘱要到城厢走一趟。山野先生对城厢的小鱼锅贴略知一二,也很感兴趣。安科长说,我们向他介绍过小鱼锅贴的吃客回头率很高,省食品研究所也研制出保鲜保脆保味的真空包装机,不知为什么,山野去过城厢后,就再也没提小鱼锅贴。

安科长介绍完,苏主任就说:"这事我听他们讲过,日本人很精的,说不准就是吊吊味,叫你着急好谈条件。"

岳凯山心想,要是这样倒也好办。

苏主任又说:"他不来投资也无碍大事,我们帮你再联系。安科长,这事就交你办了。"

安科长掏出小本子,边记边点头。

又扯了一会儿,岳凯山起身告辞。苏主任要留饭,梁学宝拉话,说岳书记还有事。苏主任就不好强留,跟梁学宝一起送岳凯山下了经贸委大楼。岳凯山拉车门钻了进去，梁学宝跟着也往里钻。小胡正趴在方向盘上和凯美瑞一起在暖阳下打瞌睡，被关车门的声音弄得一个激灵坐了起来，问："上哪？"

梁学宝说："一号楼。"

苏主任说："梁主任，你也走？"

梁学宝说："市里在一号楼有会，我得去看看。"

一号楼是北江市宾馆的代名词，市里许多会都在那里开。苏主任说，你梁大主任事多，我也就不好留你了。

凯美瑞在苏主任和安科长的注目下驶出经贸委大门。十分钟后，凯美瑞来到了绿荫掩映的北江宾馆院内。在一号楼大厅前，岳凯山说，梁兄这就告辞了，下回争取城厢见。梁学宝拽着岳凯山的手说，小胡把车停好，回头还上201房间。不由岳凯山争辩，拽着就进了201房间。岳凯山进房间仍站着，说："老兄，你准备会，还是不打扰了。"

梁学宝说："你以为我真回来准备会？明天会就开了，到这时候还没准备好，我这个主任就白当了。"

岳凯山说："那苏主任留饭为什么走？"

梁学宝说："我们兄弟俩难得见面，中午我不想让旁人掺和；再说，我不愿意，人家苏主任心里也不一定就愿意。不是弟兄们谁想喝那个应酬酒？"说着梁学宝长吁一口气，"现在应酬多得都不晓得哪个该去哪个不该去了。弄不好人家就以为你玩深沉。"

岳凯山颇有感触："累呀。"

梁学宝说："累。"

感慨一番，梁学宝又说："你这两天再累也得准备应付。昨天晚上我代你请苏主任，他应了，约定下周双休日去城厢。"

岳凯山说："没问题的。"

梁学宝说："还有，我也请你帮一个忙。"

岳凯山说："什么忙，尽管吩咐好了。"

梁学宝就说："上个月省里在我们北江开全省奔小康会议。这个会放在北江开，说明省里把全省奔小康的重点放在了北江。省委赵书记跟我们市委张书记说，全省达小康关键看北江。我们北江是全国经济发达大省的阿里地区，全省能不能在2000年达小康，实际上就是我们北江能不能达小康。省里重视，我们市里更重视，连续开了两天常委会，常委会认为北江要达小康，关键是要把农村经济搞上去，其中关键的关键是提高农村人均收入。常委会已经重新分工，我们陆部长，现在是陆书记了——上周省里才下的文——分管农村工作。当然陆书记还兼组织部长。市委认为干部在奔小康中很重要，管干部的抓农村工作，力度就上去了。明天市里在一号楼开常委扩大会，要组织部长也参加就有这层意思。"

梁学宝一股脑说了这么多，岳凯山听明白了梁学宝准备的是常委扩大会，有点新意的是各县组织部长也被扩了进去，但还是没听出跟自己有什么关系，就问："这么大的事与我何干？"

梁学宝说："陆书记上周布置，让我拿个材料，看农村究竟用什么办法在不到三年的时间里能尽快提高人均收入。前些日子我已协调农工部、市委研究室跟我们组织部的人下去搞调查了。要是别的调查我也不担心，这可得玩真格的，要不到2000年就只有靠玩数字游戏达小康了。但你晓得的，官方下去调查能调查出真东西？想来想去，我就想到了你老弟，想请你搞一个实实在在的材料。所以昨天一见到你，我就说我正想你哩。"

岳凯山被梁学宝这么一说，不觉有一种责任感，加之梁学宝刚帮了自己的忙，就不好推辞，问："材料什么时候要？"

梁学宝说："最近就要开专题常委会，自然越快越好。"

岳凯山说："下周双休日你跟苏主任来的时候怎样？"

"那就一言为定了。"梁学宝没料到老同学这么爽快，倏忽间就卸了包袱，眼皮子就禁不住地耷拉了下来。

又说了会儿话，就到了吃午饭的时候。梁学宝说，走，喝酒去。岳凯山也不推辞，就喊小胡，外间没人应。二人来到一楼大厅，拿眼瞧去，小胡正老熟人似的与领班小姐聊天哩。

4

星期六晚上，岳凯山回到城厢。凯美瑞进了乡机关大院，没见着一人，静悄悄的。乡干部们有个习惯，双休日若没有突击事情不管路远路近一般都回家过。小胡伸了个懒腰，说上周末临走时，岳书记你讲争取星期一赶回来，现在才星期六，你也有好几个星期没回去了，不如回去一趟。岳凯山懂小胡的意思，自己也想回县城的家里。已经允老婆好几回了，都因乡里有事没能回去。这回到市里办事，没想到没费什么周折就达到了目的。时间节约了下来，在路上就想过回城，给老婆来个惊喜。又一想，梁学宝虽说下周双休日才陪苏主任来城厢，但四五天时间一晃就过去了，还得抓紧时间把梁学宝要的材料搞出来，一来算是对梁学宝的回报，二来也正好借此机会把自己的观点和想法反映上去。要是回城跟老婆那么一折腾，精气神没了，时间也耽搁了。就对小胡说："乡里难得这么安静，我要写材料，你赶紧把车开进车库锁好。"

小胡听岳凯山这么讲就把车开进车库锁好，然后找了几包康师傅送到岳凯山宿舍，说这些留给你，然后就出门消失在黑暗里。

第二天中午，岳凯山才把稿子拉出来。困意袭来，康师傅没吃完岳凯山就和衣而眠。

下午，家住他乡的乡干部们陆续来到乡里。

晚饭时分，黄压邪的标致车一溜烟地开进乡政府大院。

黄压邪和乡干部们边打招呼边往自己的宿舍去。他的宿舍和岳凯山的宿舍紧挨着，进门时他瞥了眼隔壁岳凯山的宿舍，大声问不远处拿着饭碗往食堂走的乡办主任小夏，岳书记来了没有？小夏主任说我下午来的，没见着岳书记。

小夏主任是本乡人，与黄压邪的堂弟联襟。五年前，黄压邪从城郊的那个乡调来时，小夏在城厢中学教语文，文章写得不错，时间不长就调到乡里。黄压邪没来前，乡里就准备调小夏的，但乡人私下里都讲，小夏沾了黄压邪的光，也有人讲小夏实际上是沾了自己女人的光。黄压邪调城厢后，常在晚上到小夏家里摸两牌八十分，小夏的小姨子——黄压邪堂弟的女人也就常被叫到小夏家和自己的姐陪打。两个女人都长得有些模样，有这两个女人陪打，黄压邪的兴致极高，常讲一些浑话逗乐。有一回，黄压邪打完牌吃夜宵多喝了两杯酒，就指着小夏说，你不要老把女人当花一样藏在家里，不经风雨见世面怎行？我们县有一个局长是从乡干部提上去的，县里应酬多，每次喝完酒都把小手帕装在兜里带回家，他女人舍不得扔，就洗干净做成女人用的小东西。去年夏天局里有人到他家谈事情，他女人穿的大裤叉子就是用手帕拼做成的。人家看了捂嘴直笑。你们晓得为什么笑？原来他女人裤衩前面两腿中间写着"欢迎光临"，后面圆圆的屁股上写着"好再来"。你们看这不就闹笑话了吗？两个女人开始有点脸红，时间长了就觉得黄压邪很风趣，黄压邪有时也就偶尔在两个女人身上有意无意地摸捏一下。小夏听得发慌，看得更发慌。所以只要有人讲他沾了老婆光，他就好像被人家揭了遮羞布。但不管怎么讲，小夏女人从乡供销社调进了财政所，小姨子两口子也从乡办企业调进了乡农经站，就连小夏被提拔当了乡办主任自己都搞不清楚是否沾了女人的光。当然，黄压邪也没把小夏当外人，乡里的大小事一般都事先透个底，也叫小夏多了解乡情民意，尤其是乡干部们的言行。小夏是本乡人，黄压邪叫他和住外地干部一样在双休日的第二天下午就到乡政府上班。黄压邪说这叫严格要求,实际上小夏心里有数,黄压邪醉翁之意不在酒。住外地乡级干部占乡级干部的百分之七十,为赶星期一早会,多在星期日的下午就来到乡里。来早一点儿的乡干部们无事,就凑在一起搓麻将打牌聊天。黄压邪曾对小夏说,这是了解乡干部的最佳时机。今天,小夏主任吃过晌饭就来到乡政府大院找三个人打牌,直到肚子咕咕叫拿碗去食堂也没有听说岳书记来乡里。

乡干部们吃了晚饭后也没见岳凯山,就人分几股子准备出大院。黄压邪叫小夏主任到中学里把那个会唱歌跳舞的女教师范晶晶叫到宏坤大厦。去年夏天乡里为搞开放需要,请中学里刚从北江师范专科学校英语系毕业分配来的范晶晶教跳舞,黄压邪就开始迷起了跳舞,打牌的时间日趋见少。自然乡人议论乡干部轶事的兴趣也就从小夏女人及小夏小姨子的身上转移到中学教师范晶晶身上。小夏见黄压邪又不去自家打牌,心里蛮高兴,但仍提醒说:"乡长,明早还要开早会哩。"黄压邪大手一摆:"今晚大家玩个痛快,明天的早会就免了。"准备出门的乡干部们放心了,多数跟着去了宏坤,余下几人凑成对躲到本乡干部的家中摸麻将打八十分,几乎都到午夜才回来。

翌日,天麻麻亮的时候,岳凯山醒了就再也睡不着,索性出门出乡政府大院,把自己融进蒙蒙晨雾里。待雾散尽,岳凯山回到乡政府大院时,就已经是吃早饭的时候了。

岳凯山拿碗到食堂,厨子王德贵正往大铁锅里加水。王厨子见着岳凯山就发愣:"岳书记,你什么时候到的乡里?"岳凯山听王厨子问,心里对小胡的保密程度感到满意。就笑眯眯地说:"前晚就来了。"说话的工夫,岳凯山已经发现今天与往日不大一样,不仅王厨子的饭没有做,还没见着一个乡干部,脸上的笑容就僵住了:"怎么,黄乡长他们呢?"王厨就怪好笑地说:"他们还没起床哩。"

王厨子把昨晚的情况说给岳凯山,岳凯山心里很快就有了一个想法。他敬王厨子一根红塔山，叫先给自己贴一锅小鱼锅贴。王厨子从水池里捞几条小鱼放在石板上，三两下把鱼剖了。十几分钟的工夫，岳凯山就吃上了小鱼锅贴。王厨子见岳凯山吃得有滋有味，说："现在不少人都到宏坤吃小鱼锅贴，我上周也去尝了尝，口味哪如我贴的锅贴。"这话使岳凯山想起山野先生在宏坤吃小鱼锅贴的事来，细一回味，宏坤的小鱼锅贴果真不如王厨子贴的有味，而且越咀嚼口味相差越远。岳凯山看表，已经八点钟，就没有细问个中原因，拿两块锅贴起身吩咐王厨子："你去叫他们起床吃饭，说我在会议室等他们开早会。"

　　王厨子挨着门把乡干部叫起了床。听说岳书记在会议室里等着开会，谁还有心思去吃早饭？赶紧往会议室走。有几个人边走边埋怨，不是讲不开早会的吗。黄压邪走进会议室坐在岳凯山旁边，咳了两声问："去市里收获怎样？"岳凯山说："可以。"黄压邪看不出岳凯山今早开会的意图，想知道又不好再问下去。

　　人到齐了，岳凯山并没有批评什么人，这出乎大家的意料。岳凯山说，这次去市里通过关系直接找到了市经贸委的一把手苏主任，苏主任对投资小鱼锅贴一事已经安排下去了，很顺利。讲到这里，岳凯山看眼黄压邪说，看来关系不搞还是不行的，有时候还是要跑跑关系哩。黄压邪连连点头。岳凯山又说，这不，市经贸委的苏主任跟市组织部办公室梁主任这周双休日就要来我们乡考察，现在顺便打个招呼，这周双休日大家就牺牲了，至于乡里的情况汇报，我想就请黄乡长讲，汇报材料就请小夏主任准备。

　　会开了半小时，很静，只听到岳凯山一人的声音，全无了以往乡干部大咧咧的插话声。

5

　　星期六太阳要坠湖的时候,梁学宝和苏主任坐着苏主任的奥迪来到城厢的宏坤大厦。岳凯山把二人与黄压邪等乡干部一一相互作了介绍,就众星捧月似的簇拥着二人上二楼小厅。

　　头一次在古色古香的宏坤大厦吃城厢小鱼锅贴,苏主任自然很有兴趣,倒是岳凯山吃得表情平淡,没滋没味的样子。吃完晚饭,黄压邪请梁学宝、苏主任到一楼舞厅跳两圈。梁学宝说我跳不好,就不跳了,苏主任可以的苏主任去跳。黄压邪说,今天舞厅不对外开放,我已经叫他们找好了舞伴。岳凯山见黄压邪把话说到这个份上,就知道黄压邪是做了准备的,梁学宝要真的不去舞厅,苏主任怕也要做出不去的姿态,黄压邪在乡干部们面前就算栽了。岳凯山就说,梁主任,我记得你三步四步还是会一点儿的,走吧,我陪你去跳。梁学宝这才去舞厅。岳凯山这话讲得恰到好处,既不叫黄压邪抹面子,又叫乡干部们知道自己说话的分量。

　　进了舞厅,灯光忽明忽暗得晃眼。黄压邪领过来几位姑娘,指着其中一位介绍给梁学宝:"这位小姐叫范晶晶,中学的教师,舞跳得蛮有韵味的哩。"梁学宝拿眼一瞧,见是一个长得很精致的姑娘笑眯眯地请自己,就与她走进舞池。跳完一曲三步,梁学宝坐到岳凯山旁边说:"小范舞跳得不孬,你去跟她跳一曲?"岳凯山说:"我不喜欢跳舞你晓得的,再说小范是黄乡长的舞伴,今天让给你还不是冲你这个主任?"梁学宝抬头,果然看到黄压邪搂着范晶晶的腰转圈子。

　　岳凯山环顾四周,见众人都下了舞池,就对梁学宝说:"我看你吃小鱼锅贴时跟跳舞一样没什么情趣,是不是怕我材料没弄好?"

梁学宝说:"就算是吧。"

岳凯山说:"你要的材料我早就准备停当了。"

果然梁学宝就站起来:"走,到房间里聊。"

进了梁学宝住宿的房间,安静多了,正是说话的好环境。岳凯山说:"北江农民要想尽快脱贫致富,只有在发展两个专业上下功夫。这是我的主要观点。"

梁学宝问:"两个专业?"

岳凯山说:"两个专业就是专业大户、专业村。我在县委办时跑了不少乡镇,也搞过几个调查,不过当时搞的材料都有揣摸领导意图的味道,先定了调子的。从没提出过发展专业大户和专业村。这几年,我想来想去,我们北江跟江南的人文地理以及经济基础不一样,不能总踩人家的脚后跟子,我在县统计局查过这几年全县农民收入增长指数,发现多种经营的收入增幅明显高于乡村企业。据我所知,目前农村比较富裕的多为专业大户,比较富的村也多为专业村。有一个蔬菜专业村,搞日光温室、塑料大棚,种反季节蔬菜,一亩地一年净赚近万元,家家都盖起了像模像样的小洋楼。当然,我不是讲搞乡村企业就不能致富,我们城厢靠的就是企业。我们乡的乡村企业20世纪70年代就有了样子,比江南的许多地方还早,基础好。"

梁学宝说:"城厢企业的历史,陆书记讲过的。"

岳凯山就说:"不少人都晓得,当年陆书记在城厢当公社主任,办了小型船舶修造厂、鱼虾冷冻加工厂、砖瓦厂和农具修配厂。当时公社办厂只准围绕农业生产,陆书记就把农具厂办在路边。实际上主要精力都放在其他几个厂子上。湖区渔船多,船舶修造厂的业务满满的;鱼虾货源足,冷冻加工厂搞袋装鱼虾,通过地下渠道销往上海、南京、苏州,两相情愿,只干不声张;砖瓦厂呢,养活了两百多人,也方便了农民盖砖房。那阵子城厢有名声,县里来人调查，陆书记就把来人带到农具厂，带到路边修理得棱角见方的大块田里。县里的人问村民，村民事先都被大小队干部叮嘱过，心里有底，就都讲靠种地拿工分，靠农具厂拿零花钱。赚钱的其他几个厂子只字不提。县里一推广，全县几十个公社就都办起了农具厂，都在修理大田上下功夫。几年后，大块田就被切割得支离破碎分到了各户，农具厂也几乎都成了乡镇的包袱。"

梁学宝叹气道："当年城厢不敢讲真话，竟也就能瞒过县里。"

岳凯山说："哪有的事，在县委办时，我听当年参加过调查的谷主任讲，当时只是谁也不愿道破罢了。"

梁学宝说："现在都20世纪90年代末了，为什么不能走城厢发展乡村企业的路子？"

岳凯山说："不是不能，是时间不允许。省里提出2000年达小康，北江最难达到的就是农民人均收入。前些年，包括现在，市里县里不少帮扶组下乡，投了项目办了厂子，当时见效的不少，帮扶组一走，大多很快就垮下来。这就说明北江农村存在这样一个问题，农民素质不高，乡村企业领导现代经营意识和管理能力不高。解决这些问题需要时间。现在离2000年只有两三年时间，要在这样短的时间里把北江农民人均收入提高到小康指标，只有另辟蹊径。再说我们城厢也不都靠企业，我们湖区的一个村就是靠水产养殖致的富；国道边的一个村就是靠小鱼锅贴致的富。这个小鱼锅贴在几年前谁能想到会成为城厢新的经济增长点？没人号召，没人引导，自自然然地就形成了。这都是利益驱动的结果。假如国道边上的村民没有在路边做生意的习惯，没有看到小鱼锅贴的市场价值，会有小鱼锅贴的今天？实际上老百姓没看到没想到的东西不是没有，或者这里的老百姓看到了，那里的老百姓还没看到，这就要靠我们引导，比如发展专业大户和专业村。"

梁学宝对老同学的见解很佩服，想了想又问："国道两边一字排开的小鱼锅贴店有几十家吧？"

岳凯山说："四十多家，每家就像一个小工厂，不仅户主一年能赚大几万，还能养活跑堂打杂的近十号人。"

梁学宝说："老弟，这么讲我就有一个题外话了，你紧赶着忙小鱼锅贴投资，要真忙成了，不就抢了这些小鱼锅贴店的生意了？这个小鱼锅贴专业村不也就完了？"

岳凯山笑道："你多虑了，我搞小鱼锅贴包装厂，也搞小鱼锅贴城。最近公路管理部门决定国道要全封闭，这一封闭，在道口的小鱼锅贴店就等于没了生意。我在道口下面搞小鱼锅贴城，把四十多家路两边的锅贴店集中到小鱼锅贴城里，既方便顾客，也解决了店主的生意问题，还给我们城厢添了一道风景线。三方满意何乐而不为？"

"对！"梁学宝不禁击掌。

岳凯山跟梁学宝谈得上劲，楼下黄压邪搂着范晶晶丰腴的后背也跳得上了劲。范晶晶虽有一米六出头，但比一米八几的黄压邪还是矮了一个头。黄压邪搂范晶晶的腰手够着难受，就把手扶在范晶晶的背部。范晶晶偶尔把头仰上去看黄压邪，说黄乡长，就请你多费心呀。黄压邪就把头低下去看范晶晶，说好好。有意无意地就看到了范晶晶隐隐的白晃晃的胸沟，那扶着范晶晶后背的手就感觉到了胸罩的细带带。不知跳了多久，黄压邪忽然发现梁学宝和岳凯山不在舞厅，就忙问小胡。小胡说不晓得。黄压邪没了跳舞的兴致，坐在舞池边的沙发上，叫小夏主任去寻梁学宝和岳凯山的踪影。

小胡见黄压邪丢开了范晶晶，就请范晶晶跳舞。范晶晶有求必应的样子，颠颠地跟小胡在舞池跳了起来。

范晶晶说："岳书记不太好接近，烦你帮我说说。"

小胡说："你调动的事，岳书记不会'打坝'的，关键要看黄乡长。我已经打听到了，北江市宾馆缺接待员，要会英语，歌舞的也要能来。"

范晶晶说:"北江宾馆我没有能说得上话的人。"

小胡说:"这事包我身上。"

范晶晶听小胡这么讲,心想难怪小车驾驶员被称作"书记",感情抵得上半个真书记哩,就把身子贴近小胡,说就请你多费心哇。

小胡听范晶晶讲这话,心里不是个滋味,就有点恨黄压邪了:人家小范在城厢孤身一人多不易,去年人家联系上了回北江的单位,你非要卡人家一下,一晃就一年,弄得联系好了的单位都黄了。

跳了一会儿,小夏主任急急地走进舞池叫小胡,说黄乡长叫你送岳书记回乡政府宿舍。小胡放开范晶晶的手,看着一脸企盼神情的范晶晶,又说了句包在我身上,就走出舞厅送岳凯山去了。

翌日上午,小胡抓住参观时梁学宝跟岳凯山同坐凯美瑞的机会,见缝插针,说梁主任我想请你帮个忙。梁学宝说只管讲,只要能帮上。小胡就说北江宾馆缺接待员,要会英语的,小范想去。梁学宝问小范是不是昨晚跳舞的那个范晶晶?小胡说就是她。梁学宝笑了,问岳凯山,你同意放人?岳凯山说,我有什么舍不得的。想了想又说,小范是北江人,前年北江师专毕业的,那年市教委一刀切,师专毕业的全分到县里,实际上当年就有不少人走门子留在北江,后来陆续又调回去不少。梁学宝说这也还算得上一件事,就问小胡,你怎么晓得北江宾馆缺会讲英语的接待人员?小胡说,上次跟岳书记到北江找你办事,在北江宾馆听领班小姐讲的。梁学宝就想起北江宾馆里小胡在总台与服务小姐聊天的情节,不禁脱口说道,倒是个热心人哩。话说出口,自己也哑然失笑,我这不也关心起小范来了吗?

6

眨眼又是周末。

乡间有炊烟时，岳凯山叫小胡送自己回城里。

凯美瑞驶进县委宿舍大院，小胡把岳凯山丢在岳凯山住的楼道口，说岳书记我星期天下午接你就掉转车头。见岳凯山欲说话的样子，就把头伸出车窗，说乡里不会有什么大事的，放心吧。岳凯山望着凯美瑞冒一股青烟远去，心想这小胡说的也是。上周双休日梁、苏二人的到来，效果比预想的还要好。一者乡干部们不知岳凯山和市里关系的深浅；二者苏主任吃小鱼锅贴，又捎上甲鱼、螃蟹、对虾等水货，情趣一直都是饱满的，虽然临走时对黄压邪冒了句"你该认梁主任爷"，但这句半真半假的玩笑话并没影响他表态，说书记乡长放心，回去我就催办投资的事。

上了二楼，自家门上着锁，岳凯山没钥匙，就圪蹴在门旁抽烟。晚上八点多钟，妻子手牵儿子回来了。妻子说，你回来了？岳凯山说哎，边应着边摸五岁儿子的后脑勺，儿子既紧张又兴奋地晃着头，好一会儿才说，爸，明天你跟妈带我到公园玩？进屋后，妻子脱去风衣去厨房，说我跟儿子在姥姥家吃过了，你想吃什么？岳凯山心想有门道，就赶紧跟进厨房。当他看到紫红色羊毛衫把妻子胸腰勾勒得凹凸分明，就有了一种久违了的欲望，走到妻子身后伸手搂住被羊毛衫裹着的双乳，说我想吃白面馍馍哩。妻子打掉他的手说，要死哪，不怕儿子看见？岳凯山像得到一种信息，轻声说吃什么随便。又到客厅对坐在电视机前正看动画片的儿子说，乖，今晚早点睡，明天就带你去公园。儿子依依不舍地离开动画世界，到小房间睡觉去了。

妻子下了碗荷包蛋面条给岳凯山，望着岳凯山狼吞虎咽的样子，说平时看你一本正经的，肚子里花花肠子不少。岳凯山就加快了吃面条的速度，三下两下丢下碗筷去抱妻子。妻子说，等等，忘规矩啦？岳凯山就到卫生间把水弄得花花响。这一夜，岳凯山和妻子折腾了大半宿，岳凯山高潮了两次，妻子也很惬意，说你还算老实，没在外面拈花惹草。岳凯山听了妻子这句半真不假的玩笑话，情趣一下子减去了许多。

第二天九点多钟，岳凯山一家三口才起床，正要出门，门铃响起来了。妻子说："一准我妹妹，你不在家她常带人来玩牌。"

妻子打开门愣住了，来人是一个亭亭玉立的姑娘。妻子问："找谁？"

姑娘说："找岳书记。"

妻子脸耷拉下来，返身回到客厅。那姑娘蹑手蹑脚跟进来。岳凯山一看是城厢中学的范晶晶，就让妻子倒茶。妻子倒了一杯白开水放在茶几上，说："我带儿子先去公园了。"就拉上儿子出门。岳凯山喊："等等，一起走。"三步两步走到门口，妻和儿子已拐过了楼梯。岳凯山犹豫了下，一狠心回到客厅。

范晶晶说："岳书记，我……"

岳凯山心里着急，催道："尽管讲，尽管讲。"

范晶晶扭扭捏捏："这……是我的一点儿心意。"

岳凯山这才注意到范晶晶的挎包里有两瓶五粮液。就说："酒带回去，我能办到的会给你办。"

范晶晶说："昨天晚上，我……"

岳凯山见范晶晶欲言又止，就又催道："尽管讲，尽管讲。"

范晶晶憋了会儿说："昨晚我陪黄乡长到宏坤跳舞，黄乡长好像喝多了，先是讲仕途艰难险恶什么的，后又讲有权不用过期作废。我就说，黄乡长你管着全乡哩，抬抬手，今年暑假放我回北江。黄乡长就说不跳舞了,叫我到他宿舍里慢慢谈。一到宿舍,他就拉灭了电灯。我说黄乡长你喝多了,就要开门走。黄乡长突然说,你走吧,你走不出城厢。"范晶晶说到这里眼睛发红,要哭的样子,"听乡干部讲,乡里只有你能管住乡长,岳书记,请你无论如何都要帮帮我。"

岳凯山听了个明白,但不好当着范晶晶的面说黄压邪什么,又怕时间耽搁一长,妻子不知会往哪里想,就说:"小范,这事到此打住,你的事今年解决。"

范晶晶感到突然,有点不相信地问:"今年?"

岳凯山说:"今年。"

岳凯山这么说也不是心血来潮。前些天小胡跟梁学宝讲范晶晶的事,梁学宝已经答应过了。现在被范晶晶这么一讲,看来也是早放的好,不然弄出什么事来都说不准。

范晶晶心满意足地刚走,岳凯山就急匆匆地赶往公园。岳凯山在公园里边找边酝酿着如何向妻子解释。找了近二十分钟,终于在儿童碰碰车场找到了。儿子很开心,跟岳凯山说碰碰车说游戏机说蹦蹦床。妻子却一句话也不说,脸绷着。岳凯山酝酿好的满肚子话就噎住了。

晚上,儿子玩了一天早早睡了。妻子才忍不住问那个女孩子来做什么的。岳凯山有了辩白的机会,忙把范晶晶调动的事说给妻子。妻子听得很认真,问你去年前年不放人家,今年怎就放了?岳凯山只好把黄压邪的事也讲给妻子听。妻子问,就黄压邪?你自己呢?你不是书记吗?岳凯山跟妻子说不清楚官场上的事,就说黄压邪能不得罪就不得罪。妻子问,现在为什么就能得罪?岳凯山被问得噎住了,是啊,我为什么现在能得罪他了?妻子见岳凯山愣着,就说我说怎么在乡下一蹲就个把月。说完就把背给了岳凯山。

岳凯山望着妻子的后背,牙咬得腮帮子起了肉棱棱:这算怎么回事嘛!

7

第二天，岳凯山指望一觉能把昨天的事从妻子记忆中抹去，没承想妻子竟带上儿子到她妹妹家去玩。岳凯山跟在后面下楼。妻子说，你跟着干吗！岳凯山闹了个没滋没味，就说那我就回城厢了。下了楼，妻子骑车带上儿子走了。岳凯山愣怔了一会儿，心想你走我也走，越解释疑心越重，越描也就越黑，索性回城厢。就不等小胡的凯美瑞，到县体育场去乘小中巴。

一连几天，岳凯山的心情都不太好。小夏主任当是病了，劝他上乡医院瞧瞧。岳凯山说我病了？我病了吗？也没正面回答小夏主任，扭头就冲在院子里与人聊天的小胡喊："小胡，小胡！"听岳凯山喊，小胡知道岳凯山要用车，忙把凯美瑞开到办公室门口。

岳凯山钻进凯美瑞，对往这边看的小夏主任说："夏主任，我去郭庄。"嗓音蛮大，其他几个办公室包括黄压邪都能听见。

郭庄是城厢的一个村，各项工作尤其经济工作在全乡垫底，是岳凯山的挂钩联系点。全乡七个村，除湖区和国道边的两个专业村，四个村几乎家家有人在乡办或村办企业工作，加之家家有一块自留地或小鱼塘，日子过得蛮殷实。唯郭庄离乡远又不靠国道，多数人家日子过得紧巴。从前村里办过砖厂，村上的小土丘挖平了，砖窑就着了荒。去年岳凯山腾出手来理郭庄事，见郭庄河叉、汪塘不少，就跟村主任兼支部书记郭仁才商量开挖鱼塘，叫村民养鱼虾，放鹅鸭。忙了大半年，村民的积极性并不高，把眼睛还是盯在乡里的几个工厂里，都想叫自家的娃当工人，但乡里一时半会儿还没有招工人的打算。

郭仁才就说："我们也办厂子。"

岳凯山说:"办,要能办好厂子,窑也不会荒。"

郭仁才不服:"黏土没了,怎不荒?"

岳凯山说:"别的村也有办窑厂的,土没了厂子不照样办得红红火火?"

郭仁才知道岳凯山说的是王庄村。前些年,王庄的窑还没荒时就与佛山一家生产釉面砖的建材厂联营,还以每月三千元工资请来两位佛山老师傅。当时郭仁才说王庄支书冒傻哩,说家里铺这砖的能有多少?后来人家王庄建材厂生产的地砖销路日趋见好,厂子规模也越滚越大,滚成了现在的城厢建材总厂。所以当岳凯山说到人家厂子办得红火时,声音就软了下去:"你讲王庄的王麻子哇,他呢,他是肚脐眼屙尿的货色,比人高一节。"

岳凯山说:"你呢,你憋得再急,肚脐眼也屙不出尿来!"

郭仁才没辙,郭庄才勉强整了一些水面。即使岳凯山从县多种经营管理局请来技术人员,即使岳凯山跑了不少门子才跑到无息扶贫贷款,郭庄像点样子的专业大户却没有几户。有的农户连送上门的无息扶贫款都不要,说钱要还哩,那意思是说你乡里要好看,不叫我们拖全乡达小康后腿,就扶贫扶到底,给了钱就不要还了嘛!

这回岳凯山又到郭庄,见变化依旧不大,就把一肚子的不愉快冲郭仁才发,还警告郭仁才:"到年底不搞出个样子,你就辞职回家抱孙子去!"

郭仁才四十多岁,比照政府干部再干十年没问题,叫回家抱孙子这不寒碜人吗!脸就挂不住了,阴阴地一句话也不讲。

岳凯山不管郭仁才表情起什么变化,只管一户一户串农家门。

快到晌午饭时,小夏主任找到郭庄。小夏主任说,市委组织的梁主任先前打电话找岳书记,听说岳书记下村了,就叫岳书记回乡后回个电话。岳凯山一听,估摸小鱼锅贴投资有戏,就赶紧叫小胡把自己拉回乡政府。要通了电话,岳凯山问:"梁兄,日本人回心转意了？怎么样，投资小鱼锅贴有门儿了吧？"

梁学宝说："有门儿有门儿，正联系着哩，不过我今天急着打电话找你不为这事。"

岳凯山说："什么事？"

梁学宝说："上次你给我的那份材料市委常委会认可了。昨天我代表几个小组汇报情况，书记、常委听得比讨论干部还入神。"

岳凯山说："不是侃空吧？"

梁学宝说："我没事打电话找你侃空？常委会昨天讨论了大半天，今天又搭上两小时。这回可是动真格的，已经叫我们组织部起草《乡镇领导干部明确县处级暂行办法》了。这个办法的核心内容就是你提出来的两个专，达到专业大户数和专业村数标准的就可以明确副县级。我听陆书记讲，最近准备开大会，会上就要明确几个，一县控制在一个。我打电话给你就是让你有个思想准备，最近可能就要到你们乡考核。"

岳凯山问："标准是什么？"

梁学宝说："专业户和专业村的具体标准我记不清楚，但一条大标准是专业村的数字必须达到全乡镇总村数的一半。"

岳凯山瞄眼窗外，声音压低了许多："论综合实力，我们城厢在全县笃定排第一，可这个专业村……"

梁学宝说："我已经把你的情况向陆书记汇报了，说我在常委会汇报的观点主要都是你的观点。陆书记对你很感兴趣，说城厢这个地方出人才哩。"

岳凯山心情特别好，就在电话里感谢梁学宝的美言，并一再关照有机会一定再来城厢吃小鱼锅贴。梁学宝说我欠你账哩，等我把日本人给你带去再吃吧。

岳凯山放下电话，心里就盘算如何做准备。梁学宝的话再明白不过，就看准备的功夫了。还没想出一点儿头绪，门外黄压邪大咧咧地进来了,说老长时间,谁打的电话呀?岳凯山心想,谁打电话怕我在郭庄没回来时你就晓得,也就不瞒,说梁学宝梁主任打来的。黄压邪噢了一声,指指手表:"还坐哇,开饭啦。"说完就出门往食堂去。

岳凯山的心情被黄压邪几句话弄得沉重起来。全乡七个村只有小鱼锅贴和水产养殖两个专业村,其他都很分散,形不成规模,计划中搞的郭庄专业村又只见着雏形。平时汇报和看现场,搞点花样虚头不会出多大问题,涉及提拔副县级,黄压邪不会无动于衷。岳凯山琢磨了一会儿,决定暂不说这事。在食堂吃饭时就对黄压邪说:"我这几天头一直晕,准备到县医院查查。"黄压邪听小夏主任前几天讲过,岳凯山身体近来不适,就说:"好好查查,多歇几天,乡里最近不会有什么大事,就是有也会打电话给你。"

岳凯山回到家,妻子还没从上次的误解中摆脱出来。见岳凯山这么快就回来了,说:"太阳打西边出来啦,才几天,一百八十度大转弯你不觉得太快了点?"语气听着凉飕飕的。岳凯山本就没打算在家里待长,也不是专门回来做解释的,就说:"我回家看病你觉得好玩?"就立马去医院做检查。一查还真查出高血脂和脑供血不足的毛病来。岳凯山做县委办副主任时认识医院的头头脑脑,又是公费医疗,要求住院就真的在医院住下了。

岳凯山住院没几天,市里就开会出台了《乡镇领导干部明确县处级暂行办法》,电视、广播、报纸头条作了报道。县里通知城厢,过几天市委组织部就按暂行办法到城厢考核。乡里上上下下就像一锅烧开的水,议论开了。有人说岳书记凭实绩就该提拔;有人说提拔干部就该有条条框框;也有人担心,说岳书记该提拔,可被条条一杠怕就被杠下来了。

岳凯山不在乡里,乡里却有不少干部到县医院看他,所以乡里上下的议论全都知道。有这样的效果他是满意的,但他一概只说一个字：噢。表示知道了。直到小夏主任来，他才表了一个不明不白的态度。

小夏主任说："岳书记，论实绩你该提拔，只要你点个头，我们好好准备，考核笃定没问题。"见岳凯山没吭声，又说，"不管别人怎么想，我反正觉得机会不该错过。"

岳凯山问："黄乡长什么意见？"

小夏主任说："他说听你的。"

岳凯山心想他黄大个子有两下子，就说："上面来人总是要认真准备的，具体怎么弄你就听他的，我没意见。"

8

小夏主任把岳凯山的话带给黄压邪，弄得黄压邪左右为难，就把自己关在屋子里琢磨了小半天。按文件条条杠杠叫下面准备并不难，但就这么让他岳凯山弄上副县级是不是太便宜了？不准备，或把事弄砸了，不要说岳凯山就是一般乡干部怕也会说我不够意思。自从上次市里梁、苏二主任来过后，黄压邪已经感到乡干部对自己不如从前了。就想，这回不如索性退一步，把事情办好，也叫乡干部们看看我黄压邪的肚量。话说回来，市里既来城厢，说明他岳凯山也是被画了圈子的，何不落个顺水人情。他岳凯山上了副县，我做乡长的也脸上有光，加上市里找人说说话，下一步还能不考虑？

黄压邪琢磨停当，就叫来小夏，吩咐按文件上的条条框框准备，末了交代："不管你怎么捣鼓，必须达到文件的标准。"

既然乡长这么说了，小夏主任来了精神，又觉得书记、乡长在这件事的做法上有点蹊跷，就说："集体经济、人均收入没问题的，就是标准上的三个专业村还差一个村怎么办？"

黄压邪想了一下说："郭庄不是在搞嘛。"

小夏主任说："郭庄基础有，就是数量不够，达不到要求。"

黄压邪看出小夏的疑惑，又不好把自己的想法明里告诉他，就说："你没听过现在流行的一副对联？叫上级压下级层层加码，马到成功；下级骗上级道道掺水，水到渠成。横批叫什么？叫官出数字数出官。别人能做的我们就不能做？"

不管怎样，小夏主任知道可以掺水了。材料掺假只需变动几个数字，但郭庄的现场还要虚事实办，这虚事实办就不易了，一办就涉及村民。小夏主任不敢轻易采取措施，请示黄压邪，黄压邪不耐烦地大手一摆："数量不够吗？从外组借，再不够从外村借，乡里给租借费，鹅鸭每天每只一块钱，其他的你酌情考虑。"

黄压邪这招还真管用，一天下来，郭庄村就被武装了起来，散养的鹅鸭们聚集到一起，如久别重逢的老朋友，吵堂子一般地相互问候。

第三天，县委组织部的奥迪车把市委组织部的一个干部科长一个组织员拉到城厢。看郭庄现场时，那个组织员问："鹅鸭身上、头上、腿上，不是红点、绿点、黑点就是红叉、绿叉、黑叉，什么意思呢？"

这些标记是用来区分鹅鸭是哪村哪户的，小夏主任没料到组织员会提这个问题，情急中就说了句"便于管理"。这话说来也没错，考核组的人走后，这些鹅鸭还要靠这些标记归还给户主，确是个管理问题哩。那个组织员还想进一步问什么，干部科长岔开了话题："岳书记病怎样，没问题吧？"

市委组织部的人走了没两天，岳凯山就回到乡里。不少乡干部见着岳凯山，都说书记呐你面色红润气色好，先前的病一准是累出来的，往后呀担子更重了，可不能只干不歇哇。岳凯山知道自己的病主要是装出来的，就感到这些乡干部言语之中多少有点溜须拍马之嫌，但还是听得怪舒服的。就心想，这人哪总是喜欢听好话，不管是真还是假。小夏主任见乡干部们争着跟书记套近乎，心里就有点不平，心想书记不在乡里时是我把市委组织部的人应付得妥妥当当。他见岳凯山一个人在办公室时就进去了，说汇报市委组织在城厢考核的事情。岳凯山并不像小夏主任预料的那样关心考核之事，反倒说他不在乡里的事只管向黄乡长汇报。小夏主任说我就是按黄乡长吩咐办的。岳凯山说这不就中了。小夏主任见岳凯山态度平淡，就说了几句其他乡干部都说过的话，然后悻悻地离开了岳凯山的办公室。岳凯山望着小夏的背影，轻轻地叹了口长气。

　　天说热就热起来，眨眼工夫就入了伏。入伏的太阳悬在湖中的时间特别长，叫人老是感到被罩在一个大火罐里，即使太阳坠入湖面时也拖着血红的尾巴很不情愿地在湖面挣扎。但太阳坠湖不久，湖堤上就开始清凉，些微的湖风都会随湖水的涟漪一丝一丝爬上堤来。在这样热的天里，湖堤就成了人们晚上纳凉的极好去处，甚至一些家靠得近的连饭桌子都搬上了湖堤。这一天，岳凯山晚饭后冲了个冷水澡，哼着一首自己都说不出歌名的流行曲子很惬意地往堤上去。这几天，他几乎天天独自一人上湖堤，尽情享受湖风的吹拂，且局外人似的听别人议论自己的事情。自上个月市委组织部的人来过城厢，乡民中都在传说岳凯山要提副县，岳凯山每每就成了乡民们茶余饭后的话题。今天岳凯山刚在湖堤的一处护坡上坐下，就听一瘦一胖两个青年后生为自己的事扳理较真。瘦后生说，岳书记弄上副县，我们城厢离撤乡建镇就不会太远。胖后生说，你讲这话有依据？瘦后生说，要什么依据，这叫马太效应。胖后生被说得怔住了，又不好问什么叫马太效应，就嘟哝一句，说岳书记不见得能上副县。瘦后生说，你这才叫没有根据哩。胖后生不服输，说这回按条条框框我们乡就是不够。瘦后生说组织部都验过了。胖后生气了，说验过算什么，验的时候我家十只鸭子借给郭庄糊弄组织部哩。两个后生争辩的声音渐大，有几个坐在不远处纳凉的人不时往这边望。

岳凯山站起来赶紧往人少的地方去。他倒不是怕听胖后生的话，而是怕有人认出自己，坏了人家争辩的情趣。这几天他通过纳凉，大体上了解到城厢人对自己还是比较认可的，就是刚才那个胖后生说话口吻听得出也不过是年轻人好强争胜扳一扳而已。

回到宿舍，岳凯山刚开了风扇，电话铃就急急地响起来。岳凯山拿起电话问谁呀。电话里说，我梁学宝，你是岳凯山？岳凯山说是。梁学宝就说我打你电话几次了，上哪逛了。岳凯山说天热，上湖堤纳了一会儿凉。岳凯山估摸梁学宝打电话来十有八九有好消息，又不好意思问市委组织部的考核是否有了结果，就问："看你这么急，是不是山野那个日本人要来城厢？"

梁学宝似乎压住性子说："山野的事已经有眉目了，市经贸委很出力的，听说搬动了老省长。"

岳凯山连说："谢谢，谢谢你老兄！"

梁学宝说："以后再谢吧，我先问你一件事，你一定要照实讲。"

岳凯山一愣："什么事？"

梁学宝说："我们组织部到你那里考核，你怎么安排的？"

岳凯山说："我不在乡里。"

梁学宝说："不在？"

岳凯山说："我正生病住院。"

梁学宝声音平缓了一些："这段时间你在乡里得没得罪谁吧？"

岳凯山想想说："应该没有。"

梁学宝说："不管怎么讲，你们乡有人告你在专业村问题上弄虚作假。"

岳凯山这时完全明白了梁学宝急着打电话的原因。略一沉吟，问："有没有挽回的可能？"

梁学宝说："不好说，现在这种事情很敏感。"

岳凯山说："弄不上副县没什么，我心里有准备的。"

梁学宝说:"听意思你住院是故意的?"

岳凯山说:"算是被你蒙对了。"

两个人在电话里就都笑了。

梁学宝止住笑说:"你真够谨慎的,居然想得这么周到。"

岳凯山说:"你也够谨慎的,到现在也没说出写信人是谁。"

梁学宝说:"你问也没用,我就告诉你,叫戴严仁,代言人的意思。"

9

市委组织部来了两个组织员,还没给城厢人留下更多的纳凉话题,仅半天就走了。

开始,不少乡村干部不知组织部又来人为什么事,就相互打听。听郭庄村郭仁才讲,怕是上回搞专业村弄虚作假的事露了馅。有的乡村干部不信,问小夏主任,小夏主任也说是这么回事。乡干部们就信了。之后就在心里各自琢磨如何应付调查。哪知组织部的人没找他们谈话,中午吃了顿便饭就离开了城厢。

下午,郭庄村主任郭仁才在黄压邪办公室外踟蹰了几趟,没人时就推门进去。

郭仁才说:"黄乡长,我准备了一肚子话,可组织部的人怎么这么快就走了呢?"

黄压邪只顾自己抽烟。

郭仁才又说:"要找我谈话,笃定叫他吃不了兜着走。叫我回家抱孙子,他想抱还没得抱哩!"

黄压邪把烟屁股掷在地上,用脚狠狠地踩灭,摆摆手说:"你回吧,不要再多嘴。"

郭仁才很费解地走了。

黄压邪看着郭仁才的背影，心想这难为他了，我都没想到岳凯山会来这一手。组织部的人临走时说得再明白不过，岳凯山当时住院看病不在乡里，夏主任请示过他，他叫听我乡长的安排。这就是说弄虚作假与岳凯山不搭茬儿，反倒是他黄压邪的事了。谈话时黄压邪就有一种不好的预感，组织部的人不问别的，单问岳凯山当时在不在乡里。黄压邪想跟小夏主任做些交代，但出门时小夏与自己擦肩而过进了屋，已经来不及了。要不然叫小夏说全是按岳凯山交代办的，也能叫他岳凯山跳进黄河洗不清。现在岳凯山不仅没伤着一根毫毛，还做好人，当着黄压邪面对组织部的人讲，他岳凯山也有责任，说小夏主任问他时，他没强调不准弄假。还说乡里也是好心，想帮他，可帮也要有个光明正大的帮法，暗地里搞小动作就不对了。末了还说，对吧黄乡长？黄压邪窝着火又不好发作，还得点头称是。

其实，黄压邪在专业村问题上虽不是心甘情愿地为岳凯山作假，但也不准备做什么文章。把事情做到这个份上他自己也是不曾想到的。起先他以为岳凯山从医院出来后会立马询问市里考核的事，但几天过去了都不见动静。他把小夏主任找来问情况，小夏说岳书记好像没发生过这事，从未主动提起。黄压邪就觉得蹊跷，继而就觉得窝囊，就总想找什么茬子发泄。有一天，他听说中学的范晶晶准备调市里，手续都办了，就打电话问校长。校长说，上回市里统一中考，岳书记跟你到我们学校看考生时，小范提调动的事，说岳书记同意的，我问岳书记，岳书记点点头，你当时正跟小范讲话，大概没注意。黄压邪就想起来了，范晶晶当时也跟自己说调动的事，口吻并不如往日那样急切，有一种事情跟你说了，也就说了，不求你什么的味道。原来岳凯山竟然同意了，原来这个范晶晶又找了新靠山，是不是看他岳凯山要提副县，我黄压邪就没说话的分量了。一想到小鸟依人样儿的范晶晶将跳出自己画的圈圈，气就不打一处来，还没提副县就这样了，提了还有我黄压邪的日子过吗！

哎！黄压邪长叹一口气，自觉机关算不过岳凯山。

岳凯山这时就显得很大度，对戴严仁的人民来信只字不提，晚上仍然一个人哼着小曲上湖堤纳凉。但越是这样越叫乡干部们捉摸不透，就有几个乡村干部悄悄地到岳凯山跟前说自己不晓得戴严仁写信这件事。岳凯山笑眯眯地听，也不道破。这天晚上，岳凯山在湖堤上刚寻得一处背静地方享受湖风的吹拂，小夏主任不知从何处凑了过来。小夏犹豫了一会儿说，岳书记，戴严仁写的信我不晓得哩。岳凯山说，戴严仁写的信你怎么会知道哩。岳凯山说这话算是对小夏主任的一种信任，但不等于说就真的相信你小夏不知戴严仁。因为岳凯山一直没有道破的就是全乡除与写信有关系的人外，只有岳凯山一人知道有这么个戴严仁，自己提戴严仁又说自己不知道，岂不掩耳盗铃？岳凯山之所以叫小夏吃定心丸，是考虑小夏近年还是服自己领导的，办事也蛮认真扎实的，有时态度不太明朗，只是碍于黄压邪的面子。这次市委组织部来人调查，真正的关键在小夏，只要小夏一口咬定是他岳凯山在医院吩咐的，别人不信也得信。他不这样吩咐，小夏怎敢？与他岳凯山暗里拗劲的黄压邪难道会帮他吗？但小夏实事求是地说了。冲这点，岳凯山就觉得小夏还是个蛮不错的青年干部。想到这里，岳凯山就有考一考小夏的兴致，问："你分析看看，这信会是谁写的？"

小夏听出弦外之音，又不好作正面回答，就说："前段时间范晶晶调动是岳书记同意的？"

岳凯山想了想说："有这事。"

小夏说："这事黄乡长知道后几天脸色都不好看。"

小夏主任的几句话，岳凯山全听懂了。放范晶晶走，他不是没想到会引起黄压邪的不满，尤其是在当时的节骨眼上，但一想到范晶晶那次在自己家讲的那些话和那眼睛红红的要哭的样子，对校长就点头认可了。当时岳凯山还想,这样不仅范晶晶解脱了,自己在只见过范晶晶一面的妻子跟前也就有放心大胆加班不回家的理由了。岳凯山实在没有想到放范晶晶走竟成了黄压邪下狠刀子的导火索,就站起来伸展一下胳膊,自语道:"原该如此,原该如此。"

小夏主任也怔怔地站起来,不解地望着岳凯山。

岳凯山拍拍小夏的肩膀:"不早了,天也凉快了不少。走,回去睡个好觉,养足精神明天好工作。"

10

北江市委明确了八名乡镇党委书记享受副县级,北江所管辖的九个县区唯泗水县空缺。

都是戴严仁那信闹的!

泗水县委书记找市委陆副书记。陆书记说,不管怎么讲泗水掺了假。县委书记为城厢叫屈,说城厢两个文明不比那八个乡镇差,这不公平嘛!陆书记说,没有规矩哪成方圆?县委书记不好再说什么。陆书记见县委书记一脸的苦巴相,就说,市委考虑的也有不周的地方,有点一刀切的意思,难免影响一些乡镇的积极性。陆书记又说,其实用享受职级激励干部的做法全国不少地方都在搞,有积极意义,也存在消极的一面。据说有些地方的干部为能享受上级别,不惜弄虚作假,只管一时的面上光,群众意见很大。这个问题中央都注意到了。县委书记说,我们那八个乡镇怕多少也存在这个问题。陆书记说,所以市委最近已酝酿对《乡镇领导干部明确副县级暂行办法》进行修改。这样搞主要体现一个导向,把乡镇的主要工作引导到发展两个专业上来。要不因为有这个考虑,不管城厢有什么特殊情况,市委对弄虚作假还能不通报?县委书记听出市委还是保护岳凯山的,至少陆书记是这样。县委书记还要说什么,陆书记摆摆手："你不要讲了，你争来争去还不是为你跟泗水县争个面子？市委说你什么了？至于岳凯山，市委会对他负责任的，提拔干部也不只有这一种方法嘛！"

县委书记被这么一批评，心里倒是乐滋滋的了：陆书记的话不明摆着嘛，岳凯山还有戏！

果然时隔不久，市委组织部的一个副部长带着县区干部科的两个科长在县里蹲了一天后又专程到城厢。中午到的，下午就开全乡村以上干部会，几十个人坐满了乡小会议室，一人发一张表格，叫推荐近期能进县级班子的人选。副部长还说，推荐人可签名也可不签名。这句话不说不打紧，倒是提醒了参加会议的乡村干部们，个个都在表格里写上岳凯山的名字，个个都签上了自己的大名。这其中也包括乡长黄压邪。黄压邪知道，乡村干部大多为岳凯山上回没享受上副县抱屈，都会投岳凯山一票的，做了好人谁又不签上自己的名字呢？既然如此，自己不投岳凯山并签上名字，无疑告诉组织部自己跟岳凯山不对劲，弄不好还会把自己往戴严仁上怀疑；不签名，只有不投岳凯山才会不签名，这肯定是极少数，这不就给了组织部一个自己属于少数人一边的印象？

收完推荐表格约十分钟，副部长带着推荐结果回北江，留下两个科长在会议室找人谈话。乡干部谈完，又找村干部谈，除吃饭睡觉一直谈到第二天中午才结束。十多天后，县委书记就来了电话，通知岳凯山第二天早上在乡里等县委组织部的杨部长，跟杨部长的车一起到市组织部。岳凯山问什么事。书记说你去就晓得了。

书记不说岳凯山也是有底的，几天前梁学宝已经和他通过电话，叫他这几天不要外出。他很敏感地问是不是第二次考察有结果了。梁学宝说没有结果我敢给你打电话。话说到差一层纸破的份上，梁学宝就岔开了话题，说起小鱼锅贴投资的事来。他告诉岳凯山，山野父子近日可能就去城厢，还说听经贸委苏主任讲，山野父子到城厢主要就是品尝小鱼锅贴。

岳凯山听到品尝小鱼锅贴,就记起那一回山野先生对城厢小鱼锅贴的四字评价,心里不由得咯噔了一下。就问山野父子来的日子确定没有,说也好有个准备。梁学宝说,日子还说不准,过几天你来我们组织部时再讲。

第二天早上八点多钟,杨部长的奥迪开进乡政府大院时引起了乡干部们的注意。黄压邪跑出办公室迎上从车里钻出来的杨部长,说杨部长怎不事先来个电话?杨部长只顾自己喊:"岳书记,岳书记。"黄压邪就愣愣地看着岳凯山笑眯眯地从办公室里出来,看着岳凯山和杨部长互相谦让着坐进了奥迪。

黄压邪正愣着,岳凯山头伸出车窗招呼:"黄乡长,我到北江一趟,一两天就回来。"黄压邪噢了一声,脸上很快堆上了笑容,连说放心放心,事办妥了再回不迟。杨部长小声问岳凯山:"你到市委组织部谈话没跟黄压邪讲?"岳凯山笑道:"到组织部谈话你不讲我还不知道哩。再说我到北江也不单单去组织部谈话,还有别的事,一两句说不清,就没跟黄压邪讲。"杨部长知道岳凯山跟黄压邪之间有说不清楚的隔阂,就不再问下去。

到市委组织部快十点钟了,干部科已经坐了不少人,岳凯山只认识两个乡镇党委书记,就笑着点点头。杨部长对干部科长说,岳凯山岳书记交给你了。又对岳凯山说,这是洪科长。洪科长把岳凯山领进陆书记的办公室。陆书记说,你是个很有头脑的青年干部,也蛮有实绩,所以市委研究决定由你任泗水县常委、副县长,分管农业和乡镇工业。变换岗位前,有件事你还要办好,也算在乡镇党委书记的岗位上画个圆满句号。岳凯山不解地问什么事。陆书记说日本客商山野投资小鱼锅贴的接待和具体谈判。岳凯山没想到陆书记竟然也晓得这事,而且在这样的谈话中提出这事,就一时不知从何处说起,把本来想好的表态讲话也丢到了瓜哇国。

从陆书记办公室出来，走廊对面的办公室里有人喊："岳书记，岳书记。"岳凯山一看是梁学宝，就走进去和梁学宝握手。梁学宝随手把门掩上："怎么样？"岳凯山说："多谢你老兄！"梁学宝就笑道："以后还要多仰仗你老弟哩。"岳凯山说："看你说的。"说笑过后，岳凯山问："你跟陆书记讲小鱼锅贴投资的事了？"梁学宝说："还要我讲？是江老省长来电话问陆书记的。你不提这事我也要跟你讲，这次投资可以讲万事俱备，只欠东风。"岳凯山忙问："此话怎讲？"梁学宝就说："这要从老省长和老山野六十年前的一段故事说起。"

岳凯山来了精神，梁学宝就饶有兴趣地从六十年前的那段故事讲起来。

一次，日伪军清乡扫荡，游击队巧妙地跳出包围圈，在日伪的屁股后面狠踹了一脚，日伪忙了十多天，不仅没伤着游击队一根毫毛，自己反倒死伤二十多人，被俘一人。这被俘的就是当年才二十刚出头的山野父亲老山野。老山野是在撤出战斗时被游击队的一颗手榴弹炸晕后，同伴没来得及带上而被俘的。老山野醒来后见自己头上缠着绷带，就呀呀地号叫。一名懂日语的战士对老省长当时的江司令说，这个鬼子要为天皇效忠自尽哩。江司令说行呀，我们照看了你两天两夜，就是要看你怎样尽忠天皇哩！老山野身体软得连胳膊都抬不起来，疼痛、饥饿和疲惫使得他连呀呀的叫喊都变得渐渐软弱无力了。等老山野平静下来，江司令叫房东锅贴王端了一碗浓稠稠的鱼汤过来，老山野干裂的咽喉禁不住诱惑，喝了一口，又喝了一口，几口就把一大碗鱼汤喝完了。江司令又叫锅贴王拿一块小鱼锅贴给老山野，喝了鱼汤的老山野胃口似乎完全被调动起来，滋儿哧儿地几口就把一大块小鱼锅贴吃下了肚。吃完锅贴，老山野舔舔嘴唇望定锅贴王，用一口地道的中国话问，你是锅贴王？你在泗水城给皇军做过小鱼锅贴，味道怎不如现在？锅贴王曾被鬼子抓进城当厨子，此时也认出老山野就是管伙食的那个日本军曹。老山野在日本开了家小饭馆，对中国饮食很感兴趣。到中国他除了按长官的命令打仗，再就想学几手中国菜。每次他见到同伴大口嚼带血的鸡肉就倒胃口，所以每次锅贴王给日本人烧小鱼前，老山野都要叫锅贴王把小鱼弄干净。锅贴王也就在老山野的监督下把小鱼锅贴处理得让老山野满意为止，并且贴小鱼锅贴时均用比柴草干净清爽的煤炭球。遗憾的是不管怎么烧怎么贴，锅贴王贴出来的小鱼锅贴的味道也就一般。不久锅贴王就被赶出了城。锅贴王此时看着老山野不解的神情，很惬意，说你问我们司令吧。老山野更不解了，望着江司令，连连问你的游击队司令？江司令笑道，对哩，我就是游击队的司令。锅贴王要我告诉你，我只能告诉你这里有一个鱼和水的关系，讲你也不懂，慢慢咀嚼体会去吧。后来老山野就留在了游击队，又去了延安，为反战同盟服务。抗日战争胜利后，老山野回国继续开自己的餐馆，一直尝试着做小鱼锅贴，但不管怎么调整小鱼跟水的比例，始终做不出自己被俘时锅贴王做的味道。老山野的餐馆越开越大，不仅有了几个宾馆大酒店，还办了几家食品工厂，成了爱知县颇有名气的富商。前年他把董事长位置交给儿子小山野时，把自己在中国吃过的小鱼锅贴讲给小山野听，想通过小山野的手来了自己一个心愿，这就是在自己被俘的中国泗水城厢投资建一个专门生产小鱼锅贴的工厂。他认为在包装水平很高的20世纪90年代末，完全可以在城厢把原汁原味的小鱼锅贴工厂办成功。儿子被父亲说服了，但提出要去城厢亲口尝一尝小鱼锅贴。从城厢回到日本，儿子对父亲说，小鱼锅贴并非如你讲的有吃了就忘不掉的味道。还说你当时饿到极致，如中国皇帝朱元璋落难做乞丐时吃"珍珠翡翠白玉汤"，再普通的东西吃到肚子里都像当神仙一样。父亲说服不了儿子，就要亲自到城厢尝一尝六十年前自己吃过的小鱼锅贴到底是什么滋味，并叫儿子一起再去城厢陪吃。儿子勉强应下。老山野就立马和中国有关方面联系，还找到了已经退下来的江司令江省长。老省长被老山野的出现勾起了那段往事，血就往脸上冲，冲着电话说候着您，等您来了一定陪您去城厢。这事由省经贸委具体落实。恰好北江经贸委苏主任带着安科长到省经贸委跑小鱼锅贴投资的事，马上就初步约定了山野父子去城厢的日子。昨天苏主任告诉梁学宝，说就在本月末山野父子将由江老省长、省经贸委的一个副主任陪同去城厢。这事市里也很重视，到时陆书记也要去。

梁学宝把事情的前前后后讲给岳凯山听，末了问："你说是不是万事俱备，只欠东风了？"

岳凯山点头道："这个东风就是小鱼锅贴。"

梁学宝问："接待放在宏坤？"

岳凯山说："城厢还能有别处？"

梁学宝问："宏坤小鱼锅贴怎样？"

岳凯山说："你上次不是尝过？"

梁学宝说："到这时候了我也不兜圈子，一般化。"

岳凯山就记起梁学宝上次在宏坤吃小鱼锅贴没什么情趣的情节，说："一般化，怎就没人讲，一般还都吃得有滋有味？"

梁学宝说："名气。"

岳凯山说："倒是山野讲出来了，说徒有虚名。"

梁学宝说："赶紧想办法。"

岳凯山就想了想，说："有办法了。"

11

考斯特面包车开进城厢的时候，天已经到晌午了。

考斯特停在宏坤大厦门口，岳凯山、黄压邪和其他几个乡干部赶紧上前迎住从车子里下来的老省长、山野父子、省经贸委副主任及陆书记等一行。老山野在圆形餐桌边一坐下就看着满桌的冷菜，侧身问老省长："小鱼锅贴呢？"老省长就侧身问陆书记："小鱼锅贴？"陆书记就侧身问岳凯山："小鱼锅贴？"岳凯山就站起身来说："小鱼锅贴是压桌菜，按我们城厢习俗这道小鱼锅贴最后才上桌。"老山野笑道："我都有点等不及了！"

老省长听老山野这么讲，就征求大家意见："下面的菜是不是就不上了，来个改革，最后一道小鱼锅贴先上。"

老山野连说："改革好！改革好！"

众人不好说什么，都随声附和。

岳凯山见如此，站起来对坐在邻桌陪另几个随行人员的小夏主任说："夏主任，去催小鱼锅贴！"

小夏主任赶紧出了小餐厅。

酒喝一巡，约十分钟，一大盘小鱼锅贴就端上了桌。老山野不等众人央请，伸手拿起一块小鱼锅贴，张嘴就是一大口，只见老山野的嘴巴子鼓弄着，眼睛定定的，好一会儿喉结才停止了骨碌。老省长问："山野先生，味道怎样？"岳凯山被老省长问得心悬了起来，两眼盯住老山野的嘴。老山野舔舔嘴唇，又是一口，边嚼边含混不清地说："六十年没吃了，好！好！"老山野的话像发号令，众人一起伸手拿小鱼锅贴。岳凯山边吃边注意小山野。小山野先是疑惑不解地望老父亲，接着伸手慢腾腾地拿了一块小鱼锅贴，慢腾腾地咬了一口，嚼着嚼着，小山野停住了咀嚼，眼睛定定地看手上的小鱼锅贴，直到坐在他身边的省经贸委副主任问他城厢小鱼锅贴是不是名不虚传，他才唔了一声，连说名不虚传名不虚传，接着又大口咬了一块小鱼锅贴。岳凯山暗自长呼一口气，也大口吃起了小鱼锅贴。

一大盘小鱼锅贴眨眼间就被众人吃了个精光。老省长问老山野："再来一盘？"老山野说："再来一盘！"岳凯山就又站起来对邻桌的小夏主任说:"夏主任,再上小鱼锅贴!"

小夏还未出餐厅门,老山野说:"请锅贴王来喝一杯。"

小夏愣在门口。老省长见状,就说:"山野先生,锅贴王要是健在的话,怕有九十岁了吧?"

老省长的话提醒了老山野,老山野的眼神暗淡下来。老省长拍拍他的肩膀,停顿片刻对岳凯山说:"就把现在做小鱼锅贴的师傅请来。"岳凯山点点头,走到门口吩咐了小夏主任几句。

十多分钟后,小夏领着乡政府食堂的王德贵王厨子端着一盘小鱼锅贴上来了。老山野倏地站起来说:"锅贴王!"老省长揉了揉眼睛也站起来,问:"你是锅贴王的儿子王德贵!"没等王厨子应话,陆书记就连说:"对对,是德贵!"王厨子用手抹一把脸上的汗珠子,喜道:"省长!小陆乡长!"

原来这个王师傅就是当年江省长在城厢锅贴王铺子里吃小鱼锅贴时的那个小跑堂。老省长问王德贵:"你爸呢?"王德贵说:"几年前过世了。我爸一直念叨您哩!"短暂的沉默后,众人就问老省长这是怎么回事。老省长就看看老山野,并在老山野的不断插话中讲起了老山野、锅贴王和自己的故事。王德贵一脸的激动,听到自己父亲在城里给日军做小鱼锅贴和为游击队做小鱼锅贴味道不一样时,禁不住插话道:"我爸跟我讲过这事。其实没什么奥妙,我爸说,我们城厢的湖水有股特别的仙气,如果鱼剖洗得太净,面上看是干净了,但鱼儿从湖水中汲取的仙气儿就被洗尽了,鱼没了湖水的仙气,哪还谈得上湖区小鱼锅贴的特色?我爸说,这大概就是当年江司令讲的鱼跟水的关系;我爸还说,他给游击队贴小鱼锅贴用的是干柴火,干柴好熬火,慢慢熬,贴出的锅贴才好吃,特别是被小鱼汤沫子浸过又熬干了的那部分。"他见众人都入神地听自己讲,就越讲越兴奋竟忘了岳凯山的交代,"宏坤大厦的小鱼锅贴我尝过,味道就是不行,什么道道?它跟当年我爸给日本人做小鱼锅贴犯的一个错，先前我讲的几条都没做到。鱼生怕洗不干净，火又不是干柴火，贴出来的小鱼锅贴还把最好吃最可口的靠近鱼汤的那一截用刀去掉，说是那一截不中看，脏兮兮的。大家伙说说滑稽不滑稽？"

众人被王德贵说得一愣一愣的。

老省长就问了："王师傅，依你说这些小鱼锅贴不是宏坤的？"

王德贵说："嗯哪，是我在乡政府食堂做的。乡政府食堂干柴火多得是，大炉膛，好熬火。"

老省长问："做好后送来？"

王德贵说："岳书记的凯美瑞送哇，不远，用凯美瑞跑就几分钟的路。"

众人就都笑了。

12

半年后，城厢沿湖的国道旁，由山野投资三百万美元建起了小鱼锅贴城和小鱼锅贴真空包装厂。一式的二层楼，把城厢所有路边的小鱼锅贴铺子全部集中到锅贴城内。虽然还是一家一店，但从"小鱼锅贴城"五个金色大字的门楼下走进去，就感到品味不一样了。王德贵被山野聘为城厢小鱼锅贴有限公司生产总监，几十家小鱼锅贴店就均按王德贵小鱼锅贴法剖鱼加水添作料，既为吃客做又同时负责给锅贴真空包装厂提供货源。吃客吃饱了肚子，有吃意未尽的，有想给亲朋好友捎带去尝尝的，就都在锅贴城买上几袋真空包装的小鱼锅贴。真空包装的小鱼锅贴保持了城厢小鱼锅贴的风味，很快就在全国火了起来，中央电视台黄金时间也有了城厢小鱼锅贴的广告，其名气差点就赶上"维维豆奶"了。

岳凯山和黄压邪都进了城。岳凯山在小鱼锅贴城破土动工后就被任命为泗水县县委常委、副县长；黄压邪随后也进城提了副县级，不过实职是县委统战部长，只是兼了县政协副主席。谁为黄压邪说的话，小胡很神秘地说我晓得，再问，就哼哼哈哈玩起了深沉。

岳凯山回城当县长不久，妻子开始对他百般柔情，弄得岳凯山都有点招架不住了。岳凯山对妻子的变化有点不解，就问："我现在常出差下乡，三天两头不在家睡，你就不怕我有那个？"

妻子说："怕你个猴，你那点能耐我不清楚？"

岳凯山说："是看我当县长了？"

妻子说："我才不稀罕你这破县长。"

岳凯山说："那就怪了，我当县长没几天，有的人态度就来了个一百八十度大转弯。"

妻子说："你不要阴不阴阳不阳的。"说完就从抽屉里拿出一封信给岳凯山看。

岳凯山一看，原来是已经调到北江宾馆的范晶晶写给妻子的。信上除了夸岳凯山正派人品好外，还说岳凯山帮她躲过了劫难。岳凯山看了信，心说这个范晶晶也蛮晓事哩，不知怎么看出妻子跟自己闹误会，写了这么一封蛮有说服力的信。

妻子说："你帮小范躲过什么劫了？"

岳凯山说："那回我就跟你讲过黄压邪……"

妻子说："哦，你那回讲，我怎么就没注意哩。一个被窝筒睡了十几年，竟没看出你还有这么个闪光点。"

岳凯山说："天天在一起也不见得就能把人真正了解透，看问题也是一样……"

妻子说："又来了又来了，你每天班上问题看得还不够呀？这点时间就不会看看你老婆？"

岳凯山就丢开杂念，一心一意看起妻子来。

七道弯

里运河拦腰穿过清江浦，河北的楼房挨着个儿比高，大小马路也笔直；河南呢，飞檐老屋高高矮矮委屈地挤在一起，老屋之间留出的巷子也没见过世面，扭扭捏捏，弯弯曲曲。上溯百年，里运河就是古城清江浦的护城河。明眼人一看就清楚，哪个是新城，哪个是老城了。

七道弯是一条巷子，一头连着河堤路，一头连着老城里的花街，因为拐来拐去拐了七道弯儿，巷名就叫七道弯。早些年城里还未普及自来水，家家吃水淘洗物什就都下护城河。夏天到了，七道弯居民都扑通扑通下饺子般泡在河里，大人一背眼，半大小子和丫头片子就不顾大人的吓唬，学着大人的样子跳进河里。赵爷家住巷首，好在门口摆车马炮，演绎楚汉之争，不少臭棋篓子进巷出巷就常在赵爷家门口刮住。闵爷就是其中之一。闵爷跟赵爷旗鼓相当，常兵来将挡杀得昏天暗地，一不在意就耽误了吃饭。这时候闵爷家的二丫闵秀就来了，说："爸，妈叫你外死外葬。"那时候，闵秀跟赵爷家的大小子赵国都在老坝口中学读书，赵国成绩好，经常被老师挂在嘴边表扬，闵秀就很羡慕。所以闵爷杀得兴起赖着不走时，闵秀就逮着机会头挨着头地问赵国作业。每回遇到这种情况都是闵妈一路喊着过来拧闵秀的耳朵："叫你干什么来啦，怎也刮住了！"闵秀吸着气踮着脚尖跟着走，偶尔弄出一声脆脆的尖叫。闵爷就掷了手中的棋子悻悻地站起来，在母女两个的屁股后面紧撵。

赵国成绩虽好，说话却拙。夏日里的一天，赵国问："这道题前两天你问过我，怎么忘了？"就把闵秀问得脸红。赵国像是无意中揭了闵秀的遮羞布，反倒弄得自己手足无措，怔怔地望闵秀。见赵国发怔，闵秀心里也就平静下来。闵秀穿的是改过腰线的绿军装，胸沟沟里的汗渍就湿住了衣服。闵秀一甩头，背上的长辫子就到了胸前，她一边往头顶盘长辫子一边问："赵国，你脸上尽是汗，去不去游泳？"赵国一个激灵，收了发怔的眼睛，就跟着闵秀悄悄地去护城河。在护城河堤上寻了人少的去处，一个小汗衫小花裤，一个大裤衩光脊背，扑通扑通下了河。

下河多了，就有人见着。见着了，七道弯就有了闲言。闵妈碍着面子，不好当街说赵家什么，就在家揪闵秀的耳朵："死不要脸，不怕唾沫星子把你淹死！"转脸又说闵爷，"要下棋，就待在厂里下，你不死在赵爷家下棋，二丫怎会跟赵国厮混？"闵爷咕叽："那叫厮混？人家赵爷家的小国子心眼实，又会读书，你没见我们家的二丫成绩见长？"闵妈说："成绩见长管饭吃？"

后来，学校就闹起了革命。学校闹革命，按照部队编排，班级不叫班，叫排了。班长改称排长后，赵国班上的董正刚当了排长。董正刚怎么能当排长呢？成绩常常在班级垫底，捉弄老师本事却不小。老师推门进教室，门楼上掉下扫帚砸在老师头上，惹得全班同学哄堂大笑。就是这个好做恶作剧的董正刚也能当排长？闵秀有点想不通，去问赵国。赵国想想就摇头。过几天闵秀告诉赵国："董正刚说，他爸是市革委会常委。"

董正刚早就对赵国看不顺眼，也不知他怎么听到了七道弯的闲言，就在男生中渲染一番，然后给赵国起了个绰号，叫"骚包"。董正刚说："你们看到他脸上的小痘痘了吧，那是内火烧的，叫骚包。

骚包什么意思？"董正刚说着一只手的中指就在另一只手弯成的圆圈里来回抽动。男生们见了就齐齐地冲赵国发一声喊："噢——"

赵国心里窝火，又不想跟董正刚一般见识，就在上学路上把董正刚喊自己"骚包"的事情说给了闵秀。赵国问"骚包"到底什么意思。闵秀被问得一愣。赵国就把董正刚做的手势做给闵秀看。闵秀脸上倏地像涂了油彩，一跺脚："不理睬董正刚嘛，他才是骚包呢！"想想又说，"放学不要只管自己走，等等我，好不好？"赵国就点头："嗯啦。"

其实赵国不是不想等闵秀一起走。自从学校闹起了革命，"老九"不吃香了，常被老师挂嘴边的赵国也渐渐被大家淡忘了。学校、班级开展活动，只要不是全体同学参加，董正刚一般都不通知赵国。闵秀是宣传委员，作为骨干经常放学后留下来活动。时间一长，赵国基本就不跟闵秀一起走了。

这天放学了，闵秀准备跟赵国一起走，却又碰上董正刚喊骨干留下开会。赵国磨蹭着迟迟不离开教室。董正刚说："赵国呀，我们可要开会了，你还是回去好好学习，天天向上吧。"赵国脸上一阵发燥，看了闵秀一眼，拎起书包就走。

董正刚开会主要是研究北上串联的事情。等散了会，太阳也就快掉河里去了。闵秀拐上回家的河堤路，发现董正刚在后面跟上来了，就低头加快了脚步。没想到董正刚紧撵几步，赶上来说："闵秀，我从我爸革委会弄了几张的确良布票。"闵秀没搭理，继续加快步伐往前走。董正刚就在后面紧跟。走了一截路，闵秀猛地停住，回过身来把手往董正刚跟前一伸。董正刚笑了，就把布票递到闵秀手上。闵秀拿着了布票，手却抽不出来。董正刚捉住闵秀的手不仅不松开，还轻轻地在手背上摩挲起来。闵秀怔了怔，使劲抽出手来："董排长，你回去吧！"董正刚说："好好，这就回，这就回。"嘴上虽然这么说着，手却没停止动着。闵秀就把脸冷了下来："再不回,我就不要布票了。"董正刚这才松开手悻悻而去。

那时候,百姓人家用的吃的都凭票券。可这票那券的却十分紧缺,不是有头有脸的人家,想弄一张,门都没有。自从董正刚当上了排长,时不时地就弄这个票那个券的给闵秀。闵秀拿回家,闵妈就乐得合不拢嘴。拿了这票那券的不算,闵妈还渐渐地关心起董正刚来,老是问这问那的。闵秀在家虽然有了一点儿小地位,但又烦闵妈问这问那,就下决心不要董正刚的东西,可每次临了还是忍不住地要了。这样矛盾着,闵秀走路就有了心事,走着走着突然就想起了赵国。她把布票狠狠地放进书包,一边甩着手一边嘀咕:"叫你走呀,手让人家摸了,活该!"

过了一些天,北上串联就开始了。临出发前,董正刚被学校革委会任命为连长,串联的队伍就扩大到整个年级。东郊火车站到处是串联学生,乱哄哄地挤火车。闵秀开始还跟着自己的队伍,可被人流一冲就落单了。

董正刚已经上了火车,见闵秀像一叶小舟在大海中随波逐流,又跳下来挤到闵秀跟前,挥着膀子把前面的人往旁边拨。赵国开始跟闵秀在一起,队伍冲散后,就跟闵秀隔了好几个人。不过他的眼睛一直没离开过闵秀。见董正刚挤到闵秀跟前,自己不知哪来的劲头,左冲右突,几个回合也来到闵秀身后。闵秀的脖子上爬满了密匝匝的细汗,湿透了的绿军装贴着身子,汗水都洇出了小背心的痕迹。就这么,赵国一声不吭地在后面拥着汗涔涔的闵秀往前挤。挨得这么近,赵国鼻子里就嗅进了闵秀身上的汗味儿,心里就被弄得直痒痒。突然,赵国发现了一个问题:闵秀辫子已经散开了!那么,那枚发卡呢?

董正刚拽着闵秀上了火车,赵国还在发愣。等上了火车,闵秀早在前面坐下了。前面人挨人坐得满满的,赵国只好在后面找了一个位置坐下。赵国估计闵秀还不知道丢了发卡，要是知道了，她就不会兴致勃勃地跟人家说话。要说那枚发卡，还真有点特别。不仅玲珑剔透，而且还有一条彩色凤凰藏匿其中，如果变换角度看，那凤凰就能变换出不同的姿态。夏天，赵国跟闵秀下河游泳时，闵秀都把辫子散掉，然后再用发卡随意一别，长发就在背上飘起来了，想不惹人眼球都不行。有一次，下河蹚到脖子深，闵秀说："我们比憋气。"数了一二三就沉下去。赵国愣了一下也吸口气，刚要把头埋向水中，见水面上已经慢慢地蓬开了莲花般的一团墨黑。他看得呆了，禁不住抬手捏起一缕轻轻地搓揉。这么搓揉着，也不知过了多长时间，哗——莲花般的墨黑突然收缩，闵秀憋得有点发红的脸就露出了水面："赵国，你输了，怎么罚？"

咣当咣当，火车不紧不慢地跑着。赵国的思绪正信马由缰，有人就把二十斤粮票放到他手上。赵国一看是粮票，就转身去看，原来是董正刚正一个一个地发粮票。咣当咣当。火车的节奏像催眠曲，赵国上下眼皮就开始耷拉。正要闭上眼睛，董正刚挤到赵国跟前，又把二十斤粮票放到他的手上。赵国揉揉眼睛，摸摸上衣口袋里揣着的粮票，抬眼盯着董正刚，喉结骨碌骨碌直动。董正刚丢下一句："嫌少呀？"就挤着人群过去了。

攥着粮票，赵国手心直冒汗。粮票比布票还精贵呢。老百姓口粮都是定量的，没粮票你一口饭都甭想吃上嘴。正因为粮票精贵，粮票就有其他用途，不仅能换米换鸡蛋，还能当钱使用。

火车到徐州站停下，赵国随着人群下了车。到了广场，董正刚对着电喇叭喊话，告诉大家，午饭不集中吃了，自由活动半小时后还在广场集中，然后一起到淮海战役纪念塔瞻仰革命先烈。末了再三重复：火车上发的二十斤粮票是北上串联途中的补助。

赵国一边听董正刚喊话，一边来到闵秀跟前。他抹了一把脸上的汗水，说："闵秀，你的辫子……"

闵秀正四处张望:"你死哪去了?"

赵国说:"我一直跟着你呢。"

闵秀说:"我被冲散了,是人家董正刚把我拽上火车的。"

赵国说:"我知道,我就在你身后。"

闵秀看着赵国:"哦?"

赵国说:"不信你摸摸辫子,你辫子上的发卡丢了吧?"

闵秀一愣:"什么?"忙拿手去摸辫子,这一摸闵秀才急了,"咦,发卡呢?发卡呢?"

赵国安慰道:"不着急,不着急,发卡……"

闵秀就笑了,捣了赵国一拳:"你捡了?"

赵国说:"没。"

闵秀脸色就又倏地变回去了。赵国知道闵秀买发卡的钱是平时闵妈让她买菜买米从手指缝里漏下来的,少说得半年才能攒齐。赵国知道闵秀心痛得不行,就说:"不要紧的,那种式样的发卡前几天我在花街还见到过。"

闵秀白了赵国一眼:"难为你说,钱呢?"

赵国说:"刚才不是发粮票了吗?"

闵秀当然知道粮票可以直接当钱使用。可是……闵秀没好气地说道:"你不用呀?路上没有粮票你吃什么?"

赵国情急之中就说:"刚才发粮票,我拿了两份……"

"什么?"闵秀听了,脸上起了惊愕,"什么?你拿了两份?"

"我,我是想……"赵国木讷得不知怎么说才好。

这时,董正刚喊完话正往这边走。赵国突然紧张起来,这事让董正刚知道可不得了。前不久,其他班上有个同学写作文,把"毛泽东思想万岁"漏写了一个"思"字,变成了"毛泽东想万岁"。"毛主席万岁"这是全国各族人民的心愿,你怎么说毛主席自己想活万岁?角度不一样,性质就变了,你这是对毛主席不忠,那个同学就被学校开除了。

董正刚走过来，盯着赵国看了一会儿，说："闵秀，赵国有什么话要跟你说？"

赵国忙说："没有，没有。"

董正刚一笑，不理睬赵国了："闵秀，徐州的涮羊肉蛮有名，我请你去尝尝。"

闵秀望了赵国一眼，赵国的心里就虚得发慌，不敢去看闵秀。闵秀又望了赵国一眼，赵国头就低下去。闵秀一扭身："走。"跟着董正刚去羊肉馆了。

半小时后，董正刚不知从哪弄来几辆大卡车，把大家运到淮海战役纪念塔。集体宣完誓，董正刚眉头紧皱，一副很痛苦的样子："同学们，刚才大家举拳宣誓的时候，想没想过自己平时的一言一行？想没想过自己有对不起革命先烈的地方？"大家面面相觑，不知董正刚为什么突然说这些。董正刚咳了一声，继续说，"同学们，早上我们每人发了二十斤粮票，有人却拿了四十斤。大家说说，这是什么行为？这样的人有资格在纪念塔前宣誓？有资格成为我们红卫兵的一员？"

"谁呀谁呀？"队伍乱了起来。

赵国的脑袋一下子就蒙了。

董正刚的目光在队伍里扫了一遍，最后盯住了赵国："这人是谁？这人就是赵国同学。"

同学们目光唰地射向了赵国。

赵国的头就勾了下去。

这时候有人想起七道弯的闲言，振臂高呼起来："把骚包清扫出红卫兵队伍！"

"把骚包膀子上的袖章拽下来！"

"拽下来！"

"拽下来！"

接受了同学们的斗私批修后，赵国就一个人扒车提前回清江浦了。

回到家，赵爷赵妈奇怪，问赵国为什么这么快就回来了。赵国也不答话，问得急了，就甩一句："烦不烦？我的事不要你们管！"赵爷赵妈就很生气，不晓得赵国犯的哪门邪。一个月后，串联的同学回来了，赵爷赵妈才知道赵国为什么早早回家了。

那天傍晚，赵爷赵妈把门拴死，问赵国："你在外面干什么好事了？"

赵国梗着脖子不吭声。

赵爷就举起掸被褥的藤拍子，劈头照赵国打来。

赵国也不躲让，木桩似的站着。

赵爷手有点颤抖，边打边骂：

"杀千刀的东西，你说说，你就值那二十斤粮票！"

"丢人现眼的东西，你说说，你为什么要多拿二十斤粮票？"

……

赵妈在一旁站着，见赵爷打得上了劲，就说："小国子，你不要撑了，你以为你爸想打你哇？你整天在家待着就以为人家不晓得了？"

赵爷这时住了手，把藤拍子摔在地上："七道弯的人哪个不晓得？跟你一起串联的同学都回来了，你瞒就能瞒住？"

赵妈就把串联的学生一个一个报了名字，说他们都在传你的事呢，说他们都看笑话呢。

赵国很认真地听着赵妈的话。当赵妈说到闵秀的名字时，他先是一愣，接着竟哇的一声哭了起来。赵爷赵妈愣住了，刚才藤拍子打得那么凶，赵国也没哭一声呀。

这时候，门外有邻居把门拍得咚咚响："赵爷赵爷，撒撒气也就算了。"

赵爷见有人叫门拉弯子，拾起藤拍子又劈头盖脸地往赵国打去。

学校对赵国还是手下留情的，只是把赵国清理出红卫兵队伍。据说要不是董正刚说了话，还不知道怎么处理呢。不过，赵国干了件丢人现眼的事情，就再也没脸在老坝口中学待下去了，没过几天就转了学。

眨眼工夫赵国就毕业了。因为是长子，赵国没被火车运到黑龙江。那两届清江浦的中学生大多下放到黑龙江接受贫下中农再教育。当然，赵国也没能留城，在城郊的一个公社插队。插队的公社叫城南公社，不仅离城近，还因紧靠大运河，天天能看到河边上的工厂。赵国就天天早上背只畚箕到大运河堤上拾粪，天天看到那些工厂里上班的工人。按市里的政策，赵国作为长子是可以留城进工厂的。但政策不是死的，赵国犯过事，当时的流行话语中，还有个"活学活用"。

"活学活用"这句话是董正刚父亲对赵爷说的。董正刚父亲是市革委会常委，知青工作就归他管。赵爷也不知怎么打听到这层关系。赵爷因赵国犯过事，赵国刚毕业赵爷就提了四瓶洋河大曲到董常委家。董常委说："林副主席说过要活学活用，不看你儿子跟我家董正刚同过学，长子又怎样，长子被运到黑龙江的大有人在。"赵爷就放下洋河大曲，直说谢谢。回到家里，赵爷还蛮得意地对赵妈说，小国子要不是跟人家董正刚同学，连郊区都去不了。

事情定下来时夏天正过得畅。那时一般人家很少用电风扇。七道弯的街面虽窄，但弯弯绕绕撞风，一丝风都能撞遍整个巷子。所以家家吃完晚饭都把木板床搬到街面上来。闲着没事，女人们三五成堆地拉家常，爷们除了下棋，就聚在一起侃大山。赵爷得了董常委的话，在心里憋不住，棋也不下了，拱在一堆爷们儿中间把赵国留在城郊的事讲了出来。爷们儿咂嘴,说这事真不容易,说你为你儿子下功夫了吧。赵爷想到四瓶洋河大曲就神秘地一笑:"舍不得孩子套不住狼。"

谁知闵爷却说:"我家二丫今年也毕业,二丫不是长子长女吧?一不注意还就留城分到了化肥厂。"

闵爷说得不紧不慢,但爷们儿的注意力一下子就被他吸引了过去。赵爷听得出,闵爷是有意说给他听的,心里就愤愤不平起来,怎么想也想不明白闵爷家的二丫凭什么就能留城就能进工厂,活学活用也不能活成这个样子。

化肥厂就在城南公社的地盘。赵国早上拾粪,眼睛总往十多米远的大路上瞥。太阳爬上大运河桥,赵国的眼睛就能从一群骑车人中把闵秀找出来。烈烈的夏季很快就过去了,早上大运河里就有轻纱似的雾漫上河堤。有一天,赵国挎着畚箕刚来到河堤,闵秀就出现在他的面前。赵国自从"粮票事件"后,很少与闵秀撞面,一时撞上就有点慌张,想掉头回避,脚下又不听使唤,就那么木木地站着。倒是闵秀大方,说:"赵国同学,好长时间不见了。"

赵国低声应道:"嗯啦。"

闵秀看着赵国高高挽起的裤脚和手里拎着的畚箕,说:"你天天拾粪呀,还真的成乡下人了。"

赵国嘴角就掠过一丝苦笑:"我是农民了,摸粪勺是我的本分。"又看了眼闵秀身上的工作服,"你呢是工人,工人阶级是领导阶级呢。"

闵秀就笑道:"工农联盟是我们执政的阶级基础,你我是联盟呢。"

闵秀一笑,说话就顺畅了。一来一去就回到了从前在一起的日子了。不过,两个人说话都很谨慎,都避着北上串联的事情。说了一会儿话,赵国想起闵秀开头说的话,就问闵秀:"先前你说,我天天拾粪，你怎么就知道我天天拾粪？"

闵秀说："这个呀，不仅我知道，我们厂的不少青工都知道。大家还奇怪呢，说你哪是拾粪，眼睛不往地上看，却看我们骑车上班。"这一说，赵国脸就红了。

说话就到了阳光透过雾幔的时候。闵秀看看太阳，犹豫着还想说点什么。赵国说快到上班时间了。闵秀这才推着自行车上了大堤往工厂骑去。

过了几天，两个人约好似的又在老地方见面了。这一回，闵秀跟赵国扯起了董正刚。闵秀说，董正刚一毕业就当兵去了，最近还上了军校。赵国就说，他修了一个好爸爸，谁让我们没修到革委会常委爸爸呢。闵秀低头不说话了。赵国想了想，问闵秀怎么知道董正刚情况的。闵秀说，董正刚信上说的。听了闵秀的话，赵国心里堵得慌，可又不想再往下问，就把话题往别的同学身上扯。

这么着，赵国隔些天就能在老地方遇上闵秀。很快秋天就快过去了。这一天，闵秀又提起了董正刚，说董正刚探亲回来了。赵国没有吭声，闵秀又说董正刚到她家去过了。"哦……"赵国意识到了什么，怔了一下，但后来脸上又努力恢复了平静。

闵秀等了一会儿，有点失望地说："你就不想知道点什么？"

赵国木讷道："这个，这个……"

闵秀转过身去，肩膀就一颤一颤的了。赵国恨自己嘴拙，竟让闵秀落泪，心里就酸酸的不是滋味。愣怔了一会儿，赵国掏了手帕犹豫着递过去。闵秀接了手帕就转过身来，两眼噙着泪水望赵国："赵国……"赵国听了心里一颤，双手禁不住地搂住了闵秀的肩膀。这一搂，闵秀就软在赵国怀里了。

搂着闵秀的身子，赵国心里怦怦直跳。一阵目眩后他就搂着闵秀躺在河堤下的草地上了。闵秀目光有点迷乱，急促地喘息着，胸前耸着的两只乳房就一起一伏。赵国趴在闵秀身上，看着呆了，忍不住用手蹭了一下。这一蹭，就蹭得闵秀轻轻地哼了一声，迷乱的眼睛也彻底闭上了。赵国受了鼓舞，双手哆嗦着解开闵秀的衣扣，然后一只手就探进了小背心。

就在这时，突然有了几声淫笑。几个化肥厂的小青工，不知什么时候从哪个旮旯儿里冒出来的，正涎着口水贪婪地看着闵秀。仰面躺在草地上的闵秀惊得睁大眼睛，下意识看了一眼自己白晃晃的胸脯，猛地爬起来，顾不上系好扣子，就一路慌张着跑向雾中。

赵国被几个小青工扭送到化肥厂保卫科。小青工争着表功。说早就看出这小子不安好心，今天嘴脸终于暴露了。保卫科长听了，绕着赵国转了一圈，咂着嘴说："你好大胆子哟，你晓得闵秀是什么人？"赵国心想，这还用你讲，就梗着脖子说："晓得。"科长听了气不打一处来："还晓得呢，你晓得你犯什么了？小子，你破坏军婚！"

"军婚？"赵国心里突突地跳了一下。

科长嘿嘿乐了："尿裤子了不是？"

下午，赵国插队的生产队长到厂里跟保卫科长交换看法。生产队长说："赵国这个人心眼实，也蛮勤快，平时不声不响地做活，每天早上还早早起来为生产队拾粪积肥，怎么会出这种事呢。"保卫科长说："老实只是表面现象，谁知道他内心有多肮脏，每天早早到堤上拾粪，实际上是寻找耍流氓的时机。你晓得受害人是谁吗？是市革委会董常委的儿子董正刚的未婚妻。董正刚又是现役军人，这样问题就更严重，怕不是我们能处理的，是不是就把他交给公安局处理？"

这事赵爷赵妈傍晚才知道。赵爷气得不想问这事，赵妈就哭。赵爷被哭得心烦意乱，吼了一声你哭有什么用。赵妈就止住哭，说："要不跟闵爷闵妈说说？"赵爷说："亏你说得出口，你还有脸见人家闵爷闵妈？人家骂你的唾沫星子不把你淹死才怪！"赵妈就说："你平时不是老讲外面朋友多吗？能有办法把小国子留在郊区插队，就没有办法走走路子救小国子？"

赵爷不吭声了，赵爷知道自己有几把刷子。平时在老婆跟前说大话，也只是说大话逗老婆高高兴。有几个朋友，那也是在一起吃肉喝酒的臭棋篓子，都是工人阶级。工人阶级虽说是领导阶级，但赵爷的领导阶级朋友里却没有一个能领导别人的。赵妈提了小国子留郊区的事情，赵爷心里就更不是滋味。因为赵爷后来知道，作为长子的赵国留城后，按市里的政策确实应该进工厂。那回闵爷说了闵秀进工厂的事后，赵爷就通过一个工人阶级朋友，拐弯抹角找到市知青办的一个办事员。办事员在收了赵爷托人送的两瓶洋河大曲后说，我也没有办法，赵国名额被一个叫闵秀的丫头顶替了，是董常委指示交办的。赵爷知道原因后，没敢跟赵妈讲。一讲赵爷在赵妈心目中的地位还不就彻底栽了。所以赵妈一提这事，赵爷就蔫了，他有什么办法救儿子这时候能不使出来吗？

赵爷不吭声，赵妈就说："他爸，我也是病急乱投医，听说犯了事的人要是有个精神病什么的，就能定无罪。你看，小国子上高一时就出过事，我看这孩子是不是……"赵爷想了一会儿，叹口气："也只有这样了。"

到市里精神病医院一查，医生说赵国精神是有问题。赵爷赵妈悬在嗓子口的心就放了下去，但愁云马上就涌向心尖，敢情儿子还真的有精神病呀。

赵家子女多，看着就长大，又养着个精神病人，赵爷那点工资越来越窘。赵妈就把在娘家学来的裁缝手艺试着派上用场。赵妈手巧，脾气又好，先是为左邻右舍裁剪衣裤，后来找赵妈做衣服的就从七道弯渐渐地扩大到其他街巷。精神病人赵国待在家里倒也安静，没事就跟赵妈学裁缝。几年过去，赵国裁剪手艺就不比赵妈差在哪里了，精神病人赵国就变成了小裁缝赵国。

到了拨乱反正的那几年，七道弯的小青年都幸福死了，不管插队回城，还是刚走出校门，一个个都进了工厂。赵妈就扯上赵爷，也欢欢喜喜到街道办事处给赵国报名登记。可办事处的人拿出赵国的档案，指指自己脑门子，说你家赵国你们不晓得？人家劳动局不好安排。

好多年过去了，街坊们都不提那茬事了，怎么就在档案里还记着呢？

看来赵国只能做他的小裁缝了，可小裁缝能有多大出息？不要说前途，就是找对象都比人家矮一截。有街坊第一次给赵国提亲，介绍的是比赵国大一岁的胖丫。赵国与人家见了面，一声不吭没有下文。起点不高，赵爷赵妈也就算了。没想到接下来却每况愈下，一个不如一个，居然得过小儿麻痹的也给赵国提亲。一耽搁，赵国就过了谈婚论嫁的最佳年龄。

又过了几年，有了个体户的说法。工商局的人到赵爷家，说得去工商局办个手续。赵妈就用赵国的名字到工商局办了个营业执照挂在墙上。赵国就算有了一个工作。虽然个体户不被人瞧得起，但赵国的手艺越来越精，顾客越来越多，钱没少赚。

做衣服的人多了，熟悉的不熟悉的就常站在一旁聊天。有一天，一个顾客说："记不记得'文革'中有个董常委？没想到那个董常委也干了个体户，在花街开一家杂货店。"另一个顾客说："十年河东十年河西，不过，听说他儿子混得不错，在部队当了营长，转业回来后在肉联厂做书记，最近听说还休了前妻，娶了比他小十好几岁的小女人。"顾客中有一个七道弯的街坊，听到这里接话茬卖了个关子，说："他休前妻为什么？"众顾客齐问为什么。街坊说："因为十几年不生孩子。"又说："你们晓得他前妻是谁？"众顾客又齐问:"谁?"街坊说:"就是我们七道弯闵爷家的二丫头哇。"不熟悉的顾客就说:"这世界真是小小寰球呀,怎么说着说着就说到了你们七道弯。"

街坊跟人家聊闵家事情的时候,竟把赵国给忘了。谁也没注意赵国这时手上的剪子没了嚓嚓的声音。原来赵国的两只耳朵一直在支棱着听。

其实,闵秀的事情七道弯街坊都知道,只是大家都避着赵国。那一年,董正刚探亲回来,到七道弯闵秀家正式提亲的第二天,就发生了赵国"破坏军婚"事件。董常委知道后,要"办"了赵国,却又因为赵国成了"精神病人",就犹豫着没有下手。而董正刚虽然气得跳脚,但又舍不下闵秀。董常委见过闵秀,这丫头长得粉嫩粉嫩的,属于吹弹可破的那种,是个美人坯子。不要说董正刚舍不下,董常委都舍不下呢。就在这时候,闵妈找到董常委办公室来了,说自家二丫不可能跟赵国发生那事。董常委说你怎么能保证就没发生。闵妈也是心急,竟说我家二丫破没破身,试一试不就全清楚了。董常委听了,突然就有了想法,眼睛定定地看着闵妈,发现闵妈就是一个活脱脱的二丫闵秀,不由得站起来走到闵妈跟前。要不是当时有人来向董常委汇报工作,闵妈还不知道会发生什么事情。不过,事情却就此有了转机,董正刚真的就到闵秀家去了。而这时的闵秀在赵国成了精神病人后,精神一直低迷,有时候都怀疑自己到底是不是自己了。董正刚在她的小房间里摆弄她的时候没有一点儿反应,只是董正刚搂着进了她的身体时,才呀了一声。这一声"呀"让董正刚兴奋不已。因为他看到了,闵秀屁股下面的毛巾上有了一摊殷红。

可就在董正刚提出结婚时,闵秀却提出条件,要结婚就必须放赵国一马。董正刚心里虽然不悦,但想想闵秀的身子是被自己破的,赵国其实在闵秀身上并没捞到什么实质性的东西,就点头同意了。没过几天,闵秀被董正刚家里吹吹打打地接走了。又没过几天,闵秀就跟着董正刚去了部队。

这些事情发生的时候,作为精神病人的赵国正在精神病院里被医护人员看护着。等赵国回家养病时,闵秀早就离开了七道弯。现在突然有了闵秀的消息,赵国心里怎么能不活动呢。好多年了,赵国做裁缝不管有没有活儿都待在家里,这时候突然就时不时从家里出来,拐过七道弯,溜达到花街上逛街。

过了一些日子,赵国竟在花街租了房子,开了一个裁缝店。赵妈见赵国脸上有了精神气,人也活套了,况且裁缝店生意要做大,放在家里也不是事情,所以也就由着赵国。花街是一条步行街,两边一间一间挨着的全是门面房。在花街开了裁缝店后,赵妈腿脚不便,很少管店里的事,店里就招了几个丫头。很快,裁缝店红红火火的生意就越做越大,汇通市场的一个老板竟然也找上门,请赵国加工衣服。据说成衣被提走后,全部缝上名牌标记,销路很旺。后来又有一些老板跟赵国谈服装加工生意,裁缝店就没法接下了。赵国就想到了办工厂。他跑到东郊私营加工小区,租了一间厂房,招了三十多个工人。因为算是招商引资,享受几免几减半的政策,还凭加工小区证明和自己二十万银行存款,在银行贷了一笔二十万的款子。这么一来,加工小区里的"国秀制衣厂"就诞生了。

从小裁缝到小老板的这段时间里,赵国跟董常委也渐渐地混得熟悉了。赵国的裁缝店就挨着董常委的杂货店。以前赵国没见过董常委,现在看来也就是一个整天脸上堆着笑的普通小老头。开始的时候,赵国会到杂货店串串门子,后来串门子的频率低了,小老头就问:"老是不见过来玩?"赵国就说:"顾客多,瞎忙。"在加工小区办了工厂后,赵国的精力大多数就用在了厂里,但每次回到裁缝店里来,赵国都"惦记"着小老头,抽空到杂货店转一转。

这一天，赵国见杂货店里有一个叫人眼睛发亮的小女人帮着照应生意。小老头见赵国看小女人，就说："赵老板，你看我家里又多了吃闲饭的，这不，我这小店哪用得着两个人照应。"赵国看着小女人："你老丫头？"小老头说："唉，丫头都嫁出去了，这个是跟着一起过的儿媳妇，最近厂子破产，失业了。"小老头说着满脸堆笑地问："听说你的厂子办得红火，要招工人不？"赵国没说招不招工人，却问："你儿子叫董正刚吧？"小老头听了先是一怔，然后忙点头："对，对，你认识他？"赵国说："同学。"小老头脸上就现出了欣喜，说："她就是董正刚的媳妇儿，这几年肉联厂也不景气，董正刚前些日子丢下自个儿媳妇投奔深圳战友的一个什么公司去了。"小老头说着眼缝里竟噙着浑浊的泪水。赵国突然哈哈大笑起来，弄得小老头和小女人都待在一边发怔。不过，小女人后来还是进了国秀制衣厂，而且还在赵国的身边做了秘书。小老头双手直作揖："董正刚不在家，我代儿子谢谢了！"

赵国生意做大了，习惯也就逐渐有了变化。他家住七道弯巷首，每天都要早早起来，从巷首跑到巷尾，再跑到花街跑上一圈，最后从七道弯原路返回。街坊见了就说，赵老板锻炼呀。

街坊都说赵老板有钱了，身体就金贵了，要不怎么就锻炼起身体了。闵妈却看出了其中的名堂。闵妈跟闵秀说："你同学赵国跑步到你屋子的窗下，都要瞄上几眼。"闵秀说："妈，你烦不烦呀。"

闵妈知道闵秀心情不好。这几年，工厂说不行就不行，工人说下岗就下岗。前些日子，化肥厂像是患上了传染病，突然就破产了。这一破产，二丫就失业在家。二丫不是没出去找过工作，三十好几了，人家不要。后来二丫就懒得找工作了，基本上躲在家里足不出户。望着心绪不宁的二丫，闵妈轻轻叹气："要不是'文化大革命'，你跟赵国，唉，两小无猜的。"闵秀说："说这个如今又有什么用？"闵妈知道二丫有抱怨的意味，就老着脸说："别的我也不指望，你就不能去跟他说说，到他的工厂上班？"闵妈的这个想法在肚子里鼓了多少天了。赵国办了工厂，七道弯不少街坊都沾光，小子和丫头进赵国工厂的不下十个。为什么二丫就不能去赵国那里试试？

"听说那厂子叫国秀制衣厂呢。"闵妈见二丫低头不语，就说了赵国工厂的厂名，特别在国秀二字上加重了语气。闵秀听了脸上泛起了红晕。赵国的情况其实她也是很留意的，赵国一步一步好起来，她也高兴。可这份高兴她又有什么资格跟赵国共同享受呢？

闵秀心里矛盾着，几个晚上都没有睡踏实。后来她下了决心，不管现在赵国对自己怎样，不管自己怎么怕面对赵国，有一件事情必须跟赵国讲清楚。

国秀制衣厂越做越大，老板赵国接触的人就越来越多。这其中不乏花骨朵一样的丫头。赵国的秘书小女人虽然长得也算娇嫩，却怎么也是结了婚的，所以小女人对漂亮的丫头就有一种排斥。而偏偏老板赵国对小女人排斥的丫头却来兴趣，喝起酒来都有酒逢知己千杯少的意思。后来就有丫头傍上了赵国。赵国别人不问，偏偏就问小女人对那丫头的感觉。这让小女人怎么受得了呢？那些丫头片子不就凭着自己年轻？

赵国其实也没真的被哪个丫头傍上，倒是跟小女人越来越黏糊。要不是赵国控制着自己，有几次小女人就差把自己给了赵国。小女人走到这一步，其实就是赵国事先设计好了的。赵国收了小女人做自己的秘书，就是让小女人有机会跟着自己"培养"感情。赵国是不会忘记闵秀怎么跟了董正刚的。要不是董正刚有一个做常委的老子，闵秀凭什么就跟了董正刚？

就在董正刚的小女人成了赵国砧板上的一条小鱼儿，随时都可以宰杀时，闵秀出现了。

这一天早上锻炼，赵国跟平日一样，跑到闵秀家门口停下来望那个窗户时，闵秀"恰巧"从屋里出来了。过去两个人在路上偶尔碰上也是马上避开，谁也没有勇气先开口说话。这一次赵国被闵秀撞上，像是被闵秀发现了秘密，脸上先自红了，刚要迈腿跑去，闵秀说："赵国，你先不要走，我有话跟你说。"赵国就停下脚步。这时候闵妈从里面出来，说："二丫呀，哪有站门口说话的，还不请赵老板屋里说话。"闵秀就说："赵国，进来吧。"赵国小学生的样子，有点忸怩地跟着进了屋。

坐在闵秀的小房间里，赵国低着头，心里就怦怦乱跳。闵秀酝酿了一会儿，说："赵国，不管你对我什么看法，有一件事我必须跟你讲清楚。"

赵国声音有点僵硬地问："什么事？"

闵秀说："那年你从徐州提前回来，你肯定以为是我把你多拿一份粮票的事讲出去才造成的对不？"

赵国一怔。

闵秀又说："其实，董正刚不听我说也知道，是他事先设下的圈套。"

"什么？董正刚设的圈套？"赵国抬起头来。

"是董正刚有意把粮票多发给你的，他说他要叫你身败名裂。"

"他为什么要这样？"

"他说为了爱，为了爱可以不择手段。"

从不骂人的赵国牙缝里恶狠狠地蹦出来两个脏字。

赵国发现闵秀惊愕地看着自己，知道自己失态了，就缓下脸来，说："其实我已经不计较粮票的事了，那个年代嘛，有什么办法？"

闵秀说："我要事先知道是董正刚给你下的圈套，就是我妈打死我，我也不会跟他。"

赵国不说话了。

闵秀继续说："就是不知道董正刚下圈套，我也不是非跟他不可。"

赵国眼睛一亮："跟谁？"

闵秀答非所问："我一直没答应他，只是……你进了精神病院……我，我就……"闵秀脸上不觉泛起了红晕，头低了下去，"我知道你不会忘记那件事，是我害你进了精神病院的。"

赵国见状，一阵心慌，想到自己毕竟是四十岁的男人了，稳稳神，就扯过话头，说："你说我害了精神病，其实只说对了一半。"

闵秀抬头奇怪地看着赵国："一半？为什么？"

赵国说："我进精神病院有一半是我自己决定的。我爸我妈说我有精神病，我晓得是说谎，是怕我坐班房。坐了班房我这一生也就完了。我爸我妈给了我机会，到医院检查时我故意指鹿为马，神经兮兮，医生果真就说我有精神病。"

闵秀像是第一次认识赵国，很认真地盯着赵国看。

赵国不好意思了。闵秀催道："说呀，说呀。"赵国才继续说："我本来想，在医院待上一段日子出来就没事了，没想到在医院待了一段时间还真有点神经兮兮的了。更没想到后来连工作都不好找，不要说找对象结婚了。"

闵秀问："这几年追你的人不是很多吗？"

"我……忘不掉你那条大辫子。"

"我……辫子剪了。"

"剪了……不会再长？"

"岁数大了，长得慢，怕要些时间。"

"不碍事，我天天看着它长。"

对小女人下不下手，赵国开始犹豫时，董正刚出事了。董正刚原来工作的肉联厂出腐败分子了，这其中就有董正刚。董正刚竟然跟厂长合伙侵吞了厂里的一百多万。这无疑给不景气的肉联厂雪上加霜。所有人都说，董正刚真不是个东西，跑到深圳也要把他逮回来。

赵国知道这事首先是小女人在赵国办公室里说起来的。小女人说："赵老板，你说我还能跟他过吗？"赵国说："你不跟他过，又能跟谁过呢？"小女人不说话。后来小女人就哭起来，说我命怎么就这么苦呀，我就是没人要也不跟他了。一把鼻涕一把泪的，弄得赵国也不知怎么下手了。倒是小女人会来事，哭到伤心时忍不住地就扑在赵国的怀里。赵国搂着小女人，感受着一鼓一鼓的胸脯子，忍不住伸手往小女人的怀里摸去。小女人身上的衣服被剥得只有小裤衩时，赵国眼前突然就虚幻出闵秀来。不知为什么赵国下不了手了。一犹豫就泄了精气神，赵国懊恼地丢下小女人。小女人本来已经不哭了，只是象征性地抽一抽鼻子，这时被赵国丢下，哭泣声就再一次爆发出来。

赵国把小女人晾在宽大的办公室里，就毫无目的地往外去了。

也不知过了多长时间，不知不觉就来到花街小老头的杂货店。小老头脸色阴郁，虽然没有像小女人那样哭出来，却也能看出小老头内心的痛苦。小老头见着赵国，竟像见了亲人，一把抓住赵国的手，喋喋不休地就说董正刚的事情。看着眼前的小老头，赵国心里纳闷，这个人就是董常委吗？赵国已经恨不起来，只觉得小老头可怜了，尤其是小老头不停地说："不听老人言，吃亏在眼前呀。我不晓得跟我家刚子说过多少次，一不要逞强好胜，二不要把权钱看得过重。我跟刚子说，老天有眼呢，谁好谁孬，谁善谁恶，眼睛里是不掺沙子的。不是不报，是时候未到，你老爸就是面镜子呀。可刚子怎么就是不听呢，背着我都干了什么呢？这不，恶有恶报了！"

听了小老头的话，赵国突然问自己：我赵国就一点儿不恶吗？

赵国终于没有下得了手。他把小女人找到办公室，告诉小女人："你不能在我的厂子待下去了。"

小女人很吃惊，非常不理解："我做得不好吗？"赵国说："你很尽职。"小女人就问："那为什么赶我走？"赵国说："因为你是董正刚的老婆。"小女人说："我决定跟董正刚离婚了。"赵国说："那是你自己的事。"小女人说："离婚了，我跟董正刚就没有关系了。"赵国说："没有关系了也要离开，因为闵秀要来。"

闵秀？小女人愣怔了一下，忽然明白过来。不过小女有点不解，嘀咕说："她？她都四十多了吧？"

赵国不想跟小女人再说下去："这样好不好，你想留下来也行，等你想走的时候，我介绍你到另一家厂子去，工作条件不会比我这里差，工资也不会比我这里低。不过，我劝你尽量想想董正刚的好处，人嘛哪能不犯一点儿错呢？到了岁数怕就明白过来了。"

小女人被说得一愣一愣的。

没过多久，小女人就明白了。因为闵秀居然跟赵国结婚了。不过小女人有一点不明白，这个赵国怎么就跟董正刚正好翻了个个儿呢？赵国闵秀结婚的这一天，小女人才十分不情愿又百思不得其解地离开了国秀制衣厂。

这一天，七道弯的街坊都喝到了喜酒。

喝完喜酒，七道弯街坊就说赵国的国秀制衣厂是为闵家二丫准备的，要不怎么就叫国秀制衣厂？说着说着街坊们又记起了什么，都说赵国跟闵秀前世有缘，早就该成为一家人了。

闵爷呢，又变成臭棋篓子了，整天跟赵爷凑在一块堆儿，在赵爷家的门口摆开车马炮，云里雾里斗杀。闵妈呢，也对闵爷温柔起来，闵爷通宵跟臭棋篓子扎在一堆，也不让闵爷"外死外葬"了。这还不算，有事没事闵妈自己也到赵爷家串门，一去就跟赵妈手拉手拉家常,姐妹一样。赵妈笑眯眯的眼睛里却藏着心事。但赵妈把心事藏在肚子里,只在心里说,闵秀不会生孩子,小国子怕就一辈子叫小国子了。

赵国才不管会不会一辈子叫小国子呢。赵国搂着闵秀在大床上呼哧呼哧地喘着气:"秀,你晓得我那年为什么多拿粮票?"

"为什么?"

"我想……我想用它给你换车站上弄丢的那只发卡。"

"你……"

"秀,闭眼。"

闵秀不知赵国想干什么,眨巴眨巴就闭上了眼睛。

赵国叫睁开眼的时候,闵秀惊奇地看见赵国手上捧着那枚久别多年的玻璃发卡。

赵国说:"这枚发卡是那年我用粮票在花街旧货店换的,我一直相信我肯定会亲手给你别头发上的。"

闵秀看着赵国:"国!"就把头埋进赵国怀里。

再后来,不仅闵秀惊奇,七道弯的街坊们也惊奇了。

因为一年后,一直被认为不会生孩子的闵秀,竟为赵家添了一个又白又胖的儿子。

瘦马草虾图

每次去北京，盛玉柱都要到琉璃厂淘一淘字画。

盛玉柱是本市宏业集团的掌门人，一般情况下说一不二，再忙，也能忙里偷闲。但这一次不行。这一次他心里有事，一时没有这方面的欲望，而且还是跟着岳市长去的北京，能不能去琉璃厂他说了不算。

岳市长是去年从省里下来的，盛玉柱还不怎么熟悉。下来前岳市长在省里的经济部门工作，比较了解本市经济情况，上任伊始就提出上国字头的盐化工产业园项目。本市地下盐岩丰富，有这个条件，但市府吴秘书长他们跑了几次北京，批文都没什么进展。这次岳市长亲自出马，虽然没有责怪的意思，大家仍然小心翼翼，不敢贸然多说一句。

这事本来跟盛玉柱没有关系，前几次吴秘书长就没让他跟着跑，不知什么原因，这一次岳市长却要把他带上。不过，他正好有事要找岳市长，只是没有寻着机会，跟岳市长一起跑北京倒也遂了心愿。什么时候跟岳市长说事，他不敢唐突，还需要察言观色把握时机，但这几天岳市长很少说话，一点儿看不出喜怒哀乐。眼看一天一天过去，盛玉柱表面平淡，实际上心里已经着急。

好在几天后，终于接到了某领导约谈岳市长的电话。得到某领导约谈，这是一个利好消息，但大家的心还是放不下来。岳市长是一早就带着大家赶过去的,某领导接待室坐了一屋子人,直到十点多了才有人喊岳市长。大家站起来跟上岳市长,喊岳市长的人把他们挡住,眼神里有一点儿鄙视。这眼神大家懂,是说他们不懂规矩。大家就尴尬地笑笑,又回到原来的座位上。

时间不长,岳市长就出来了。大家迎上去,欲说不说的样子。岳市长招呼了一句,大家就跟着往外走。走出大楼了,岳市长有点诧异,边走边问,咦,你们怎么都不说话?

大家面面相觑,一直跟着来到汽车跟前也没人吭声。岳市长站在车门前,笑了一下,回头说,领导在我们的报告上已经签阅,项目批文开始走程序了。

这句话大家都听懂了,马上就神采飞扬起来,不仅吭声了,还大声地发出感慨,都说市长出马就是不一样。岳市长不喜欢别人当面捧他,但这一次却很受用。他等大家感慨得差不多了,仰脸看看天,笑眯眯地说,天快晌午了,就不回驻京办了,小唐,我们在哪撮一顿?

小唐是岳市长的秘书,机关里戏称市长提包的,市长到哪他到哪。撮是本市方言,撮就是吃。岳市长不是本市人,小唐知道岳市长这是高兴,略微一想就说,去琉璃厂?

吴秘书长他们马上附和,对,对,就去琉璃厂。

琉璃厂是交易古玩字画的地方,盛玉柱以为听错了,但吴秘书长他们的重复,让他听明白了他们说的就是琉璃厂。

为什么要去琉璃厂?盛玉柱刚在心里琢磨,小唐喊他,盛总,还不上车?他抬头一看,大家都上车了,就赶紧一脚迈了上去,找了一个位置坐下,嘴里嘀咕着自语,看看,还沉浸在兴奋中,把这吃饭的大事都丢到后脑勺去了。

小唐睃他一眼,有意问,盛总,你当我们就是去吃饭的?

不去吃饭?盛玉柱一副懵懂的样子。

吴秘书长撇了一下嘴角说，这几天盛总有点心不在焉，心里有事吧？

盛玉柱嘴张了张，望着吴秘书长有点狡黠的眼神，不好意思地笑着说，你看你看，我的心思一下子就被秘书长看穿了，哎，不瞒各位领导，我是惭愧呀，跟着在北京跑来跑去，一点儿忙也帮不上，岂不是聋子的耳朵——摆设？

吴秘书长说，是吗？

盛玉柱说，是。

吴秘书长就笑着说，盛总呀，市长带你一起跑北京，压根儿就没指望你能帮上忙，为什么带你？是让你先期介入，有一个思想准备，目的是下一步，下一步批文下来，就要你带头到园区投资项目，用你的投资撬动整个园区建设。

吴秘书长说完，瞥了一眼望着他的岳市长。岳市长笑笑，表示此话正确，然后就饶有兴趣地去望盛玉柱。

其实，不用点拨盛玉柱也知道。他掌管的宏业集团是本市最大的国有企业，市长叫他投资岂有不投的道理？但是，这些年需要用钱的地方太多，仅由书记市长亲自协调，他借出去的钱就有六七个亿。借出去的钱，有的不知猴年马月才能收回，有的就是肉包子打狗有去无回。比如前年，本市一家内河运输企业资金链断裂，经前任市长协调，一下子就借去了一个亿，前些日子，他准备收购一家化工企业，为筹集收购资金组织了一次清债，不清不知道，一清吓一跳，那家内河运输企业居然快要倒闭了，不仅一分钱清不回来，连电话都无法打通。一个亿的钱呀，心疼得他牙龈都红肿起来，噗噗地直跳。这也罢了，有钱的债主也赖着不还，有的还跟他调侃，钱又不是你盛总个人的，何必呢？你也不在乎我们这几个小钱，你要真缺钱花，找财政去呀，财政还我们就还。虽是调侃，也不是没有一点儿道理，财政差他三个亿，几乎占了一半，但财政只还了四百万,还卖了一个乖,说超过五百万就要市长签字,他们已经是百分百地支持了。

盛玉柱陷入沉思状,吴秘书长有点不高兴,嗨了一声,以示提醒,然后半是玩笑地说,盛总呀,你一句话没有,不会是二傻吧?

岳市长一直注视着盛玉柱,这时候也说话了,秘书长,看你说的,盛总何许人也,宏业集团的掌门人,他要二傻,我们就都二傻了。

盛玉柱听了,咧嘴嘿嘿地笑起来。

吴秘书长说,只顾笑,也不晓得表态。

盛玉柱就不笑了,提高嗓门子说,岳市长,我这人愚钝,不是吴秘书长点拨,还真的没意识到市长是要我带头投资。不过,市长既然有这个意思,我不会说二话,说二话才是二傻!

快到中午时,他们来到琉璃厂。

小唐轻车熟路,很快就在琉璃厂的西街安排了一家饭馆。饭馆不大,但条件不错。岳市长只喝了一点儿红酒,说是吃了饭要在琉璃厂逛一逛。大家都听懂了岳市长的意思,草草吃了饭,就跟着去逛街了。

在一家叫荣古斋的书画店里,墙上挂满了以马为题材的各种画儿。岳市长看了几幅,就走到正现场作画的一个留着大胡子的画家跟前。看了一会儿,脱口说道,有徐悲鸿遗风。大胡子闻言放下笔,认真地望一眼岳市长,说这位老板识货,然后指指墙上的电视屏。大家这才注意到,电视屏上正在播放的内容,原来是央视介绍这位画家的专访。

盛玉柱边听边端详大胡子画了一半的马。这是一张群马图,还真有点徐悲鸿的遗风,但感觉上有点匠气。过了一会儿,岳市长从电视屏上收回目光,又看几眼画案上的马,夸赞了几句就转身离开,欣赏别的马去了。大胡子有点失望地瞥了眼岳市长，拿起笔来继续作画。盛玉柱跟在岳市长他们后面，一幅一幅地看过去。看了一圈，岳市长似有遗憾，正犹豫着准备离开，一个瘦高个子走过来说，我是荣古斋店主，我看这位老板眼光挑剔，没有一幅马入眼，不过，全国画马名家的画都集中在这里，老板就一张没看中？

岳市长说，马画得确实不错，只是这些马别处也能淘到。

瘦高个子说，本店里间还有一些画，老板要不再看看？

走过一间办公室，里面居然连接着一间画廊。画廊墙上挂的大多还是马。这些马看上去比较陈旧，都是老画。老画有优劣，这就要看怎么辨别。岳市长在一幅不起眼的瘦马图跟前站住了。盛玉柱跟上去，眼前一亮，画者居然是大名鼎鼎的徐悲鸿。

岳市长目不转睛地盯着瘦马，瘦高个子就得意地介绍，说这瘦马是徐悲鸿的一幅速写，早年徐悲鸿画马的速写有一千多幅，但当时并未当成作品保存，所以现在留存下来的不多，这幅瘦马是他从徐悲鸿的一个亲戚那里淘来的。岳市长说，徐悲鸿的马匹匹健壮，很少见过如此瘦削的。瘦高个子说，老板到底是行家，确实很少见到徐悲鸿画的瘦马，这一点行内人都清楚。不过老板，这更说明这幅瘦马是真迹，如要做假，是不会做成瘦马的。

这个瘦高个子说得在理。盛玉柱一旁听了，就去仔细察看。他曾见过徐悲鸿早期以马为内容的速写，以他的经验判断，眼前这幅不起眼的瘦马与徐悲鸿早期用笔风格酷似，如果是真迹，虽不算精品，却也难得。不过，留意了一下画签上的价格，还是吃了一惊，只有一平尺，价格却标了十万。

乖，一点点大就要十万，小唐感叹。岳市长望了一眼小唐，手下意识地摸摸口袋。吴秘书长显然注意到了，眉头皱了皱，瞥一眼小唐。小唐自然看懂吴秘书长的这一瞥，有点无奈地轻轻摇头。

大家都不说话，跟着岳市长往外走。瘦高个子送到门口，一个劲儿说价格好商量。岳市长留下一句下次吧,回头望了一眼就头也不回地离去。盛玉柱随身带着贵宾卡,刷个五六万没有问题,望着岳市长有点怏怏而去的背影,他本想砍价买下,转念一想,只要了瘦高个子的名片,就跟着追出门去。

　　晚上,驻京办摆了一桌"家宴"庆贺项目批文走程序。开席前,盛玉柱乘大家在房间洗漱,打电话给荣古斋,几个回合价格砍到六万。瘦高个子说,吃过晚饭就把画送去。"家宴"刚喝了头遭,盛玉柱手机响起来,原来是荣古斋老板,那个瘦高个子亲自送画来了。他悄悄退席,把瘦高个子接到自己房间,看了画,说我们正喝酒,没工夫认真验货,你不要玩赝品。瘦高个子拍着胸脯说,我知道老板不是一般的角儿,放心,要是换成赝品,我就不会亲自送来了。

　　盛玉柱又辨别了一番瘦马,拿出手机"嗒嗒"地拍照。瘦高个子问,老板拍照做什么?莫不是不想要了?

　　盛玉柱说,怎么会不要?拍的照片上有时间,存在手机里,日后以照为证,以防赝品。

　　瘦高个子咂嘴,说你这位老板心细,考虑问题真是周到。放心,荣古斋比不上荣宝斋,可在琉璃厂也不是无名之辈,如假包换,以一罚十。

　　把瘦高个子送走,盛玉柱就来到餐厅。吴秘书长问他哪去了,正要叫人找。他望一眼岳市长说,接到电话,出去办了一点儿小事,怕打扰各位领导喝酒的雅兴,没敢跟吴秘书长汇报。

　　吴秘书长不高兴地纠正,不是我,是岳市长。

　　岳市长冲盛玉柱笑笑,盛玉柱就端着酒杯走过去说,市长,我自罚一杯。一口喝了又斟上,说,这第二杯我敬市长。

　　吴秘书长不等盛玉柱举杯,说市长酒不是随便敬的,你这杯酒要说一个理由。

盛玉柱笑着说，理由很简单，这一次不是市长出马，就不可能这么顺利，我佩服市长！

岳市长说，我当盛总不会说奉承话的，原来也会，难得难得，不过，顺利是主要的，遗憾也不是没有。

大家听懂市长这话的意思，但盛玉柱好像是一个局外人，居然还笑着说，岳市长大人大贵，我想是不会留下遗憾的。

岳市长没有不高兴，反倒问是吗？

盛玉柱点头，是。

盛玉柱的"是"说得认真，吴秘书长有点不悦，半真半假地说，盛总，刚才你不声不响离席，现在又说一半藏一半，神神道道，不作兴的，再罚一杯！

对，再罚一杯！岳市长笑道，盛总，吴秘书长不高兴了，我也有责任，陪你罚酒。说完就叫人把酒斟满，与盛玉柱碰了杯，一仰脖子喝了。

岳市长陪着盛玉柱喝了满杯，吴秘书长脸上有点挂不住，但马上就一脸虔诚，端着酒壶走到市长跟前，说市长与民同乐，我敬市长一壶！不等市长发话，就咕嘟一声，把那壶酒倒进了嘴里。岳市长夸了一句什么，笑眯眯地喝了杯子里的酒。

吴秘书长带了头，其他人都端壶敬市长，场面一下子就热闹起来。

酒足饭饱，大家都喝得有点多，本来说是要出去唱歌的也取消了。岳市长叫大家回房间先洗澡，回头到棋牌室打牌斗地主。喝酒时盛玉柱被吴秘书长他们边缘了，头脑比较清醒，他知道岳市长用的小杯，喝的并不多，回到房间就给岳市长拨电话，说是有事汇报。岳市长好像知道他要汇报，很爽快地说，你过来吧。

进了岳市长房间，盛玉柱把一个印有荣古斋字样的画筒放在茶几上。

"市长，这是那幅瘦马。"

"瘦马？"

"今天逛琉璃厂，我才知道岳市长是收藏字画的行家，我也喜好字画，却不在行，平时只是看着高兴。这幅瘦马被市长慧眼所识，错过了实在可惜。"

"吃饭时你出去办的就是这事？"

"是，这幅瘦马跟市长有缘，就请市长收藏，也算是它的一个好归宿。"

岳市长不吭声，过了一会儿，突然问，听说你们最近组织清债？盛玉柱略微一怔，就不隐瞒了，点头说，是，最近收购一家企业资金有缺口。岳市长说，财政差你三个亿，所以，你就给我弄来这张瘦马？

盛玉柱脑子里嗡的一声。

"标价十万，你砍到多少？"

盛玉柱没有吭声。

"盛总不报价，看来还是舍不得，哎，我与瘦马无缘呀。"

盛玉柱只得开口，市长，我这人瞎砍，砍到了六万。

六万？岳市长重复了一句，脸上这才有了笑容，这哪叫瞎砍，恰到好处，砍得到位，没想到你是行家呢。嘴里一边说着话，一边还老朋友重逢似的打量盛玉柱。

"行家不敢。"盛玉柱心情复杂，叽咕了一句。他确实入行较早，收藏字画有二十多年，除年薪交给老婆，各种奖金几乎都买了名人字画。就说徐悲鸿的马，虽然可遇不可求，他也不是头回碰到。十年前，在徐悲鸿老家宜兴，他就曾经淘到过一幅。按收藏字画行规信义，再次遇到徐悲鸿的马，如是与藏友一起淘到的，当归藏友收藏，所以今天这幅瘦马归属岳市长，并非领导缘故。但叫盛玉柱没料到的是，岳市长却一语道破他的心思，连瘦马花了多少钱都问得清清楚楚。岳市长这么做，其意再清楚不过，就是堵他的嘴，不让他开口提财政还钱这件事。

岳市长还在打量他，似乎等他说话。能说什么呢？他有些窝火，又心有不甘。想着话已被岳市长点破，不如死马当着活马医。望着岳市长，他脸微微涨红起来，有点突兀地说，不知市长什么时候有空？我想汇报收购企业和清债的有关情况。

岳市长笑了，但话说得认真。岳市长说，收购企业这事，你有你的考虑，我不干预。至于资金缺口，这次来京前，财政上跟我汇报过。把国有企业当成第二财政，我一向就不赞成，不过你也不能太急，先还你一亿五，再多就困难了。

想吃饽饽来了白面，这是往死里想也想不到的结果。盛玉柱梗着脖子，使劲地揉揉眼睛，甚至下意识地掐了一下大腿。确信不是梦幻后，就不禁有点激动了，连声说，谢谢市长！谢谢市长！

岳市长笑着摆手，你先不用谢我，我这不是跟你做交易，你我现在算是藏友了，我问你，你的藏品里有没有徐悲鸿的马？

盛玉柱说，有。

岳市长又问，真有？

盛玉柱说，真有，是十年前淘到的。

岳市长说，谢谢盛总，这画我就收下了。这次进京走得急，忘了带钱，要不是盛总帮我把画买下，恐怕下次来早就成了别人的藏品了。

盛玉柱忙说，市长这话说的，藏友之间应该的。

岳市长说，画的事情我们暂且说到这里，我再问你一件事，前几年你是不是借给运河集团一个亿？

盛玉柱愣住了。这件事本来也是准备见机汇报的，没想到岳市长已经知道。市长说的运河集团正是清债时连电话都没人接的那家内河运输企业，这比财政差钱还让他纠结，是他最大的一块心病。三年前运河集团改国有为民营，本来市里是想通过改制把企业搞活，但适得其反，不到两年就出现了亏损，最后连工资都发不出来。这是一家有万名职工的老国有企业，虽然改制了，市里仍然很重视，由吴秘书长亲自带工作组进驻帮扶。整整帮扶一年，企业才扭亏为盈。工作组撤出时，吴秘书长要求他暂不催要借款。他是搞企业的，运河集团这口气刚缓过来，如果马上催要，等于断氧，无异于谋杀，所以即使吴秘书长没有要求，他也不会催要，直到前不久急需资金组织清债时，才把运河集团列入催债名单。可是，谁又能想到，运河集团这口气不但没有喘匀，都快断气了。

现在市长主动提起，一定是已经有了想法。他故意叹气说，运河集团是借过一个亿，还不知什么时候它才能把钱还上。

你知道不，运河集团快破产了。岳市长不踩他的节拍，一语点破。

呀，还真有这事？盛玉柱只得表示惊讶，但之后就加重语气说，市长，我是按照市府的要求才把钱借给它的，当时市府有会议纪要。

企业破产了，会议纪要就是一张废纸。岳市长不疼不痒，轻描淡写地说。

市长这话一点儿没错，市府纪要多如牛毛，有多少管用？市长还有一句话没说，他是新任市长，后任不理前任事，天经地义。盛玉柱脸上有点挂不住了，说这是一个亿呀，一个亿就这么打了水漂？

看看，还是急了。岳市长抬手指指他，不过，站在你的角度，不急就奇怪了。可我呢，我比你还急呢，不仅因为你的一个亿，更重要的还因为运河集团有一万多职工。虽说它早就是民营的了，应该找市场，不是找市长，但一万多职工什么概念？撒手不管那是要出大事的！

无利不起早呀，这是要他再次出手相助。岳市长好像看出了他的心思，微微一笑，说放心吧，不叫你掏钱，我是想请你做工作组组长。

盛玉柱以为听错了，问，什么？工作组长？

岳市长敛起笑意，说，对，市里决定还是派一个工作组帮扶。这一次不能再重蹈覆辙，考虑到组长是关键，必须派一个懂企业的领导担任组长，就是你。

盛玉柱怔了片刻，说，岳市长，我合适？上次组长是吴秘书长，他比我熟悉情况。

岳市长说，这不是情况熟不熟悉的事情，不瞒你，来北京之前我对你做过了解，这次跑北京，也是零距离观察，我看你很睿智，有这个能力，至少在本市你最合适。

盛玉柱既有点激动又有点局促不安，当他酝酿着想说点什么时，岳市长已经从画筒里拿出那幅瘦马，边欣赏边说，盛总，我做你的后盾，还有什么不放心的？

岳市长这是送客了。

回到房间，盛玉柱草草洗完澡就来到棋牌室。

吴秘书长他们已经在里面了。他们好像没看见盛玉柱，个个喷着酒气，说话声音忽高忽低。

盛玉柱想着自己的心事，没太注意他们说话。过了一会儿才听了个大概，他们在议论明年的市政府换届。吴秘书长说，书记已经内定副省长，市长准备接班，再过两个月，省委组织部就来考察了。小唐拍马屁，说一子动百子摇，吴秘书长是副市长人选，外面都传开了，我们灯下黑。

他们正说着这样的车轱辘话，小唐的手机响起来。小唐有点不耐烦地望了一下，却马上嘘了一声，说是岳市长。他们屏息凝神，望着小唐的嘴巴。小唐一个劲地说"好"。挂了电话,他就对吴秘书长说,市长让我转告各位领导,他就不过来了,叫我陪各位领导玩得尽兴一点儿。

吴秘书长问,市长不会喝多了吧?

小唐说不会。

吴秘书长有点发怔,嘴里嘀咕,说我们端壶,市长小杯,市长确实不多,可说好的打牌,怎么突然不来了?说着这话,眼睛有点迷惘地张望,这一张望就望见了独自坐在一边的盛玉柱。

"嗨,盛总,过来,过来。"吴秘书长招手喊。

盛玉柱走过去。吴秘书长问,你知不知道市长怎么不过来了?

盛玉柱说,吴秘书长都不知道,我哪知道?

其实盛玉柱知道,原因百分百因为瘦马。岳市长不来,吴秘书兴致全无,这牌看来打不起来了,既是这样,就有了空闲时间,盛玉柱想问一问吴秘书长运河集团的有关情况,但话还没出口,吴书长就突然问道:"盛总,下午在荣古斋你一点儿没看明白?"

"明白什么?"盛玉柱一怔。

吴秘书长说:"这趟来北京,我们里里外外忙着打点,等逛琉璃厂的时候,已经不剩几个钱了,这个你就没注意到?"

"哦,注意到了,是花了不少钱。"盛玉柱有点夸张地叹了口气,"说没想到跑批文比我们跑业务的开销还大。"

"你还是没明白。"吴秘书长一肚子火,却窝在肚子里发不出来。

吴秘书长没了情绪,大家各自回屋。盛玉柱躺在床上看着电视,脑子里却想着运河集团。躺了一会儿,他忍不住了,翻身下床,还是想请吴秘书长说一说运河集团的情况。

来到吴秘书长房间门外,门虚掩着,传出小唐的说话声。小唐说,秘书长放心,明天岳市长要单独去看老领导,我现在就打电话回去,叫办公室打钱过来,明天陪秘书长抽空去一趟琉璃厂。

盛玉柱怔了一下，悄悄退回自己的房间。

第二天早上，岳市长刚走，吴秘书长就叫上小唐欲离开驻京办。盛玉柱知道他们要去哪，却有意问，秘书长去好地方也不带我们。其他几人都望吴秘书长。吴秘书长想了想，说还真是去好地方呢，不知大家有无兴趣？有人问什么地方。吴秘书长说潭柘寺。小唐听吴秘书长说潭柘寺，就小声问，秘书长，不去琉璃厂了？

虽然声音小，盛玉柱还是听到了。吴秘书长却只当没听见，对大家说，潭柘寺确实是个好地方，寺后有龙潭，山上有柘树，素有"先有潭柘寺，后有北京城"的民谚，上到王公贵族下至平民百姓都热衷到这个地方祈福，香火一直很盛，据说是北京最灵验的千年古寺。今天难得自由活动，大家要是有兴趣，不如一起去开开眼界。

北京常来，都是匆匆忙忙，很少来这个潭柘寺，吴秘书长这么一说，大家就一起去了。果然如吴秘长所说，潭柘寺不仅规模宏大、殿宇巍峨，而且庭院清幽、假山叠翠、曲水流觞、古树名木遍布。这般景致吴秘书长却不留意欣赏，而是径直往门楼上挂着"莲界香林"匾额的大殿走去。殿前的大香炉围了许多点香的人，吴秘书长望了一眼就去旁边的请香处。后面的小唐紧走几步，抢在前面付了两炷香钱，一炷自己留着，一炷就往吴秘书长手上递。

吴秘书长却皱眉没接。小唐有点诧异，后面跟过来的人轻声说，秘书长是政府领导，怎么能烧香拜佛呢？

小唐没说话，努了努嘴。原来吴秘书长自己付钱请了一炷，已经一声不响地往大香炉走去。

大家见状都上前请香，然后转向殿前的大香炉。盛玉柱不太信这个，空着手跟过去。在袅袅上升变幻的青烟下面，围绕着大香炉，拥挤着的人群不停地蠕动，里面的出来，外面的进去，个个额头渗汗。吴秘书长人长得胖，又比较矜持，几次都没有挤进去。小唐看见出来的人手上的香都冒出青烟，就灵机一动，缩了身子三下两下挤了进去。到了大香炉前，他模仿别人的样子，伸手把两炷香送进大香炉里。香点着了，手臂却像被拔了汗毛，火辣辣的疼。他咻咻地倒吸着气钻出来，揩一把额头上的汗，走到吴秘书长跟前，笑着说，我人瘦，很容易挤进去的。秘书长，这炷香点好了，你拿去用。

吴秘书长不接，低头看自己手上的那炷香。小唐先是有点迷惘，突然就恍然大悟，说，秘书长，你手上那炷香给我，我进去点。果然吴秘书长有了笑意，点点头，把那炷香交给了小唐，还叮嘱一句，不要把香弄混呀。

小唐又猫腰挤进去，刚要把吴秘书长的那炷香往炉里送，手背上火辣辣的灼痛就马上袭来。他下意识地缩回手，扭头去看后面，拥着他的人挡住了吴秘书长他们的视线。他笑了笑，就把左右两只手上的香对接在一起，鼓起腮帮子吹了几口，吴秘书长的那炷香就冒出了红红的火星子。小唐心里很得意，很快就钻出人群把香递给吴秘书长。吴秘书长问是这炷香吗。小唐往外挤的时候三炷香在手上倒腾过，记得不是很清楚，但还是点了点头。吴秘书长就拿着那炷香走进大殿。

买香的几个跟着也进去了。小唐刚要跟进，见盛玉柱没有动弹，止步问道，盛总，不进去？盛玉柱双手一摊，笑笑，我在这等你们。

小唐说，你看你，老是跟大家不一样，其实，他们几个也不是都信，不也跟着秘书长进去了。说着就把手上的一炷香往盛玉柱手上递。

盛玉柱听得出来，小唐这是关心他，同时这话也让他看出，小唐不是糊涂人，就说恭敬不如从命，伸手接过那炷香。

走进大殿，盛玉柱在佛像前拜了几拜就退出来。等了很长时间，吴秘书长他们终于出来了。吴秘书长抬头望望天空，说，时间还早，这个地方我来过几次，你们怕是头一回吧，就在这个地方放开转转，小唐陪我办事，先走一步。

盛玉柱望眼小唐，小唐就朝他笑笑。

他就想，到底是秘书长，不声不响两不误。

再次去北京，岳市长只带了秘书小唐。

这已经是一个月后的事情了。一天早上，盛玉柱刚到办公室就接到小唐的电话，说岳市长找他，能不能来一趟。盛玉柱这段时间带工作组去了运河集团，一个月下来，有了不小收获，正打算找市长汇报。

赶到市政府，小唐在市长门口站着。小唐把盛玉柱带到自己办公室，说市长心情好得不得了，拿回了批文，现在正跟北京通话。小唐办公室已经坐了好几个领导，吴秘书长也在其中。小唐打了一个招呼又出去了。

盛玉柱望了一眼吴秘书长，吴秘书长也正望他。相视一笑，吴秘书长问，盛总，找市长汇报运河集团的事情？

盛玉柱比较谨慎，说岳市长找我的，不晓得什么事情。

吴秘书长说，我看盛总气色不太好，是不是因为运河集团？盛总，你不必过分烦恼，几年前我费了九牛二虎之力，运河集团才起死回生，这才几天工夫又重蹈覆辙。我看哪，这个企业已经病入膏肓，神仙也救不了，再拖下去，恐怕要引起大规模上访，当务之急还是抓紧想一想破产后怎么善后。

盛玉柱想了想，说我已经考虑了一个方案。

吴秘书长松了一口气，那就好，彻底解决，不能留后遗症。

这时小唐走进来，望着吴秘书长他们说，岳市长电话打完了，他叫盛总先谈，请各位领导稍候。

吴秘书长他们都望盛玉柱，盛玉柱抱了抱拳，说声得罪就去了岳市长办公室。岳市长下了飞机就奔办公室的，却没有一点儿倦态，满脸喜色地望着办公桌上的一幅国画。他望见盛玉柱，马上从桌子后边站起来说，盛总，有一阵子不见了。

盛玉柱瞥了一眼桌上的那幅画，看来这是岳市长跑北京的副产品了。岳市长小心拿起画走到沙发跟前，端端正正地放在茶几上，边欣赏边说，这次去北京，我得空又去了一趟琉璃厂，巧得很，还是在荣古斋，淘得了这幅画。没想到荣古斋的老板居然认识我，还提到你和那幅瘦马呢。这是一幅齐白石的草虾图，他说草虾跟瘦马一样，都是绝对的真品，如假包换，以一罚十。盛总，你帮我看看，鉴定一下这幅画的真伪。

盛玉柱有点纳闷，岳市长叫他来就为这事？

辨别了一会儿，盛玉柱说，岳市长，以我业余级的水平判断，这是齐白石晚年画的小品，跟那幅瘦马相当，虽不是精品力作，也有很高的收藏价值。

岳市长说，盛总这么说，我就放心了。岳市长把画卷起装进画筒，递给盛玉柱说，齐白石的虾我有一幅，几年前在夫子庙淘到的，这幅就送给你。

盛玉柱受了惊吓似的退后一步，说，市长，你这是？

岳市长说，上次瘦马你垫的钱，回来还钱你又不肯收，这样也好，我们既是藏友，交换字画也在情理之中。

盛玉柱霎时噎住，但不知为何心里就暖了一下，竟伸手拿过画筒，说岳市长放心，投资项目的事我一定办好。

岳市长笑道，看来你知道批文拿回来了。敛起笑意又说，不过，今天我跟你说的主要不是这事。你带工作组去运河集团快一个月了吧？我接到不少人民来信，一直没有时间找你，怎么样？我想听听你的看法。

这是正事，盛玉柱本来就准备汇报的，所以市长话一出口，马上就说，运河集团的问题基本弄清楚了，主要是有人釜底抽薪。

釜底抽薪？怎么个釜底抽薪？岳市长问。

盛玉柱正了正身子，就汇报说，去年初，吴秘书长的工作组撤出不久，运河集团董事长就搞转型升级，所谓转型升级就是用三千吨级驳船淘汰五百吨以下拖船。上面鼓励转型升级，省交通厅还按照政策奖励了两百万造船配套资金。这么做一点儿没错，问题是具体操作时，刚跟造船厂签订合同，他们就把二百多条五百吨以下的拖船报废处理了。

岳市长忍不住地问，三千吨驳船没造好，又突然没了二百条拖船，他们的运力不是成问题了？

盛玉柱说，市长问得一针见血，但当时问题并不明显，运力不足，他们就把业务转包出去，拿转包费，看上去还不错。但他们毕竟刚喘过气来，造船后续资金迟迟跟不上，船就一直趴在船台上。时间一长，温水煮青蛙，业务转包演变成了业务转让，这就出现了后来我们都知道的业务崩盘的局面。

岳市长说，这不是一般的决策失误。

盛玉柱点头，市长说得是，作为这么一个企业的董事长，这种失误是不能容忍的，可我们通过查账和人民来信提供的线索，发现这还不是简单的决策失误问题。

岳市长问，不是简单的决策失误？

盛玉柱说，多数业务最后都转让给了同一家企业，这家企业偏偏就是二百条报废旧船的买主。

岳市长沉吟片刻，自语了一句，这就对了，然后问盛玉柱，这个董事长就是前年工作组推荐上台的那个？

盛玉柱说是，这个董事长跟吴秘书长是老乡。又补充说，十年前他提拔做副总经理时，吴秘书长时任交通局长。

岳市长缄默不语，盛玉柱就知道，岳市长心里什么都明白了。

后来，盛玉柱做事就比较顺了。

财政上还一亿五，其他债主没有了托词，他一下子收回四五个亿。有了这个基础，很快就收购了计划中的那家企业，在盐化工园区的项目随后也破土动工。接着，他又不负众望，让运河集团来了个华丽转身。这个转身很突然，谁也没想到他居然用不知猴年马月才能收回的那一个亿作为股金，把运河集团变成了他的控股企业。

这一些岳市长都很满意。当然，岳市长不仅满意还很给力，为了运河集团的事情多次出面协调，没用多久，趴在造船厂的千吨级驳船就一艘一艘下水，丢掉的业务也一家一家恢复起来。

过了一些日子，省里换届考察组下来了。

谁也没想到，吴秘书长不在考察名单里，取而代之的居然是盛玉柱。企业领导作为副市长人选，这在本市还从未有过，盛玉柱就变得神秘起来，大家有事无事都要找他聊上几句。盛玉柱心里清楚，他们是想从他的言谈举止中嗅出一点儿什么。其实，他也不清楚省里为什么要把他作为副市长人选，自己也在找答案。

小唐也找过，说的却不是他。小唐说的是吴秘书长。小唐说，吴秘书长这些天很沮丧，一直猜测落选的原因，甚至把他找去，仔细寻问上次在潭柘寺礼佛进香的过程。他不经意间说了那炷香是用香对接着点燃的。吴秘书长不知为什么"哎呀"了一声，反复又问了几次，问得他心里直发毛。

小唐说，盛总，我都有点犯糊涂了，不就是香火对接了吗？犯得着这样？

盛玉柱想了想笑道，吴秘书长的那炷香一定要用香炉里的香火接，你为省事，却用你的那炷香给对接了。你接了，吴秘书长拜了那么长时间不是就为你拜了？他的好运气不就让你给接去了？

小唐想想说，我接过来了？那炷香说不定给了你盛总呢。话刚出口小唐就愣住，突然笑了起来，哦，对了对了，一定是给了盛总，难怪盛总运气好呢！

这话弄得盛玉柱也愣住，莫不是吴秘书长的运气被自己接过来了？又摇摇头，望着嘿嘿乐着的小唐调侃说，对对，唐秘书说得是，那是我的好运气呢。

小唐倏忽止住笑，说盛总最近要当心。

盛玉柱诧异，问当心什么？

小唐说当心就是。

有一天，考察组请盛玉柱去谈话。盛玉柱听说被考察人选都要跟考察组见面的，就准备了一些谦虚的话放在肚子里，准备谈话时感谢组织。但感谢的话还没来得及说，考察组的人就很严肃地问他，岳市长给没给他送过一幅齐白石的草虾图。

盛玉柱有点奇怪，说送过。考察组的人又问，你晓不晓得这幅草虾值多少钱？盛玉柱一般不打诳语，但突然就想起小唐叫他当心的话，警觉起来，说可以值十万，成交时也就在六万左右。

六万？考察组的人相互望了一眼，问盛玉柱这幅画现在放在哪。盛玉柱说在家。考察组的人就说，白石老人的画难得一见，我们跟你回去一趟，也欣赏欣赏，饱饱眼福。

盛玉柱没想到谈话变成了看画，虽然有点不悦，但也没放在心上，很快就淡忘了，直到半年后到北京开会，得空去琉璃厂时才又记起这事。这时候，岳市长已经是岳书记，他自己已经是副市长。作为分管工业的副市长，他请岳书记到北京参加本市盐化工业园区招商推介会。推介会比较成功，不少知名企业表达了投资意向。盛玉柱就乘岳书记高兴，提议去一趟琉璃厂。岳书记欣然应允，还说了句戏文，知我者玉柱也。

到了荣古斋，那个瘦高个子老板一眼就认出了他俩，又提起瘦马和草虾，说这两幅画可得好好珍藏，现在价格飙升，你俩发大了。

"现在涨了多少了?"盛玉柱问。

"你问哪一幅?"老板问。

盛玉柱说:"两幅都问。"

瘦高个子望了一眼岳书记,笑着说,草虾、瘦马一视同仁,都是六万。我没跟你们多要,一年不到,价钱就成倍涨了。瘦马是徐悲鸿早期的练习速写,还不算正儿八经的作品,但现在市场估价也在十五万左右,涨了近十万;草虾是齐白石晚期创作的小品,就那么一平尺,现在市场价值超过了二十万。

从荣古斋出来,岳书记指指盛玉柱,说,刚才你问两幅画涨了多少,其实是在了解草虾价格,对不对?

盛玉柱笑道,什么都瞒不了书记。

岳书记说,你一问价格,我就想起半年前省里换届考察组问过我的一个问题。

盛玉柱说,他们也问我了。

岳书记说,我知道。

盛玉柱问,哦,为什么?

岳书记说,有人举报,为了当副市长你拿瘦马行贿我。

盛玉柱说,这人无聊,谁?

岳书记笑说,你会不知道?这人被"双规"了。

老根的柳树湾

老根是柳树湾人。

柳树湾是黄河故道边上的一个村子。

柳树湾早先不叫柳树湾,叫革命村。因为弯弯的河滩上长了密密的柳树,不知从哪天起哪一个城里人说:你没去过柳树湾呀?那地方可美了!就这么一说,城里人就来柳树湾了。不仅来了,还就这么叫了,叫得村里人以为革命村原来就叫柳树湾。

革命村能够成为柳树湾,这就不得不说到柳树湾村民老根。

老根其实只能算半个柳树湾村民。老根在果林场上班,果林场离村子不远,站在村里开会的戏台上就能看见果林场那片办公用的屋子。虽近在咫尺,但果林场是场,柳树湾是村。果林场做的活儿跟柳树湾做的活儿没什么区别,却是按月拿工资的公家人。本来果林场职工跟柳树湾村民没什么联系,可果林场职工老根偏偏在柳树湾找了女人。

这个一根筋啊。果林场的男人私底下就发出一声感慨。

一根筋就是头脑整的意思。说到老根的一根筋,果林场职工如数家珍,可以一件一件地信手拈来。比如,老根还是二十几岁的时候,场长儿子跟一个小青年为了场部唱李铁梅的宣传队员动了拳脚,结果场长儿子断了一只胳膊。场长请了派出所的两个公安,要逮那个小青年。小青年紧张地躲在自己的屋子里,将一把砍伐果树的长柄刀明晃晃地摆在桌子上。两个公安到了场部办公室坐着不动，对场长说，你们去把凶手叫过来。公安都不去，谁又敢去？场长虽急却不好发火，就不停地敬烟，说这事还得劳驾公安同志。公安一根一根抽烟，就是不动身子。这么耗着的时候，窗外围观人群中忽然有人说我去叫人。这个说话的人就是老根。老根这么一说，所有的人就都看他。老根见状，就很有些宠辱不惊地笑，然后转身挤出人群。场长先是愣着，后来突然喊，快拦住他。可已经迟了，老根早已没了踪影。就在大家都为老根担心的时候，窗外人群一阵骚动，有人冲屋里喊，来了，来了。公安忙站起来跑到门口，还真看到了远处的老根和那个小青年。小青年居然目不斜视地跟着老根往场部办公室走过来，走近了，众人就屏住呼吸，闪开一条道。小青年走进屋子蒙了，还没看清楚里面的人，就被门后的两个公安摁倒在地。老根成了英雄，可后来这个英雄却又打了大大的折扣。公安审小青年，问你怎么就跟着老根来了呢？小青年后悔，说这个老根还就真话真说，说公安要逮捕我，问我敢不敢去。这个一根筋，我能被他吓住？还就是真的。

　　这话一传出，老根离英勇就相去甚远，相反果林场的人更笃信他就是十足的一根筋了。

　　老根是个一根筋，长得又老相，三十几的人有五十的样子，当年跟他一起进场的男人都已经是孩子他爸了，他却还是一个人在大通屋里望屋檐发呆。有人就动了怜悯之心，要说女人给老根认识。老根梗着脖子不见，说，你以为我找不着女人呀。

　　一次两次，老根都是这样梗着脖子，果林场职工就没人问他这事。可就在大家差不多忘了老根还是一个没有女人的老根时，老根居然就找到了女人。

　　老根拉住人家的手说，我结婚，请你喝喜酒呀。人家就说，好呀好呀，老根终于要搬出大通屋了。老根就笑，很满足的样子。等老根屁颠屁颠地一走，人家就相互看着憋不住地笑。

原来老根的女人是撞上的。夏天里，老根跟着人家跑到黄河里游泳，一个猛子下去居然摸到了一个白嫩白嫩的女人腿。老根抬起头挥手抹了一把脸，才发现自己这个猛子早就变了道，摸到岸边柳树湾女人淘洗衣服的地方了。女人先是有点惊慌地站起身来，后来看了老根一眼就红着脸收拾了衣服转身回村去了。众人都游了过来，看着女人走路时圆鼓鼓的屁股，就拿老根说笑，老根呀，摸着了？老根臊着脸说，摸着了。众人七嘴八舌，议论着那女人，说，看女人走路那腿收得紧紧的样子，就是一个黄花闺女，没想到人家却让你摸了，摸了什么感觉呀老根？老根实话实说，心里痒痒的。众人就都笑了起来，都说这女人水嫩水嫩的，便宜了革命村的男人。老根说，怎么就便宜了革命村的男人？怎么就便宜了？众人就激他说，这女人是革命村的女人，难道你老根有本事娶了这女人不成？

谁知老根却拗上了劲，找到一个在柳树湾住着的远房亲戚说这事。这事一说就成了，柳树湾的女人哪一个不想找按月拿工资的男人呢？果林场的人私底下说，我们果林场怎么就出了老根这样的男人？好话孬话都不会听，挖苦他的话就当了真，还真的娶了革命村的女人。脑子稍微转一个弯子就能想明白，娶了革命村的女人，等于把自己的后代户口由城市变成农村了。

老根却以为这事给自己争得了面子，就很幸福地跟自己的女人生活着，这是所有认识老根的人都能看出来的。女人很快就为老根生了大根和小根小哥俩，也说明了老根的幸福。可是女人在村人面前的那张笑脸上，总有一丝淡淡的忧愁。女人嫁到果林场，原来柳树湾属于她的那份一亩三分田被村里收了回去。可在果林场她却是一个黑户，没有田给自己种，更没有工资拿。转了几次户口，派出所都说这叫城乡逆向转移，政策上不允许。不得已，娘家人就在村子里给老根盖了屋子，老根就随了女人住进了柳树湾。为了盖屋子，娘家人贴了不少钱，可还都说是老根积攒的工资盖的屋子。女人和娘家人看的是往后的日子，老根毕竟每月还按时把工资往家拿。

在柳树湾落了户，老根家里就常有村里的人过来走动，家长里短说些村子里的事情。有时候村里人也问老根外面的事情，老根这时就皱着眉想一想，说一句两句在果林场里听来的一些事情给人家听。村子里拿公家工资的只有老根一人，老根在村人眼里就很有地位，所以不管老根讲得如何，人家都听得非常认真。老根开始也乐意别人过来走动，对村子里的一些事情也感兴趣，有一次说到村北边的黄河故道，还不停地追问人家一些河滩上的情况。

但过了一些日子，老根待在家里的时间却越来越少。女人以为老根嫌烦了。可一想不对呀，家里没有外人时他也很少待在家里呀。女人就注意起了老根。女人发现老根从果林场下班回来，得空就去黄河滩上溜达。这也罢了，老根后来还要带着小根一起去河滩，要不是大根上了中学住校，大根肯定也要被带去的。女人不知老根有些什么古怪的念头，就问小根。小根说，我爸在研究河滩呢。研究河滩做什么小根也说不清楚。女人在果林场住过几天，耳朵里也刮过几句老根的事情，知道老根有点一根筋，就想，随他去吧，只要那点工资能按时交到自己手上，这日子就过得去。

日子就这么不咸不淡地过着，女人不指望老根能有什么出息了，望着个头一天一天往上蹿的大根小根，女人就在心里有了盼头。这一年，大根读完高中想去部队当兵，就把想法说给老根。老根说，这事我看中，男人就是要走四方，想我当年，不走出来就成不了公家人，成不了公家人还能按月拿公家的工资吗？大根听了想笑，他知道老根这是跟自己摆谱。大根听妈说过，当年公家建果林场的时候，整村整村的招小青年进场，要是把革命村也拿进去招，妈也是公家的人了。

女人也支持大根去当兵。女人对老根说，这些年家里也没让你办什么大事,你是当家的,又在外面做事,总归知道得多一些,这一回你就张罗着一点,成与不成就看你了。老根倍受鼓舞,找支书开了证明,就屁颠屁颠地陪大根到乡里报名。过了两天,又屁颠屁颠地陪大根去县医院验身体。验下来了,说是都合格了,老根心里才石头落地。等了半个月,通知下来了,村部公示栏上横看竖瞧却没有了大根的名字。

女人说,看这事办的,大根身体又没问题。

大根也窝在家里唉声叹气。

老根忍不住去找村支书。支书说,这事你问何人武去。何人武是乡上的人武干事,管着当兵这事。老根就跑到乡上找何人武。何人武说你问部队去。老根问部队在哪呀?何人武说淮阴。老根就真的跑到淮阴,结果被当作盲流送回村里。大根兵没当上,还弄得丢人现眼,在村子里待不住,没几天就进城打工了。女人就怨自己男人一根筋,不知道人情世故。小根也埋怨老根,说人家当兵事先都到乡上活动,你不活动活动怎么中?

连小根都埋怨自己,老根在家里就突然矮了半截一样。

老根知道自己把事做砸了。老根说,我们还有小根呢,过几年小根肯定能当上。女人不理睬老根,老根就只有看女人的脸色。

过了些日子,老根终于有机会了。老根的丈母娘害了脑血栓卧床不起,女人急呀,三天两头去丈母娘家伺候。老根就跟着一起去,特别是丈母娘那口气喘得越来越紧的时候,天天都陪着女人守在丈母娘床前。女人虽然很少跟他说话,但偶尔望他却也有了一些满意。

可到了那一夜,丈母娘快咽气了,大家都忙前忙后准备后事了,老根却突然不见了踪影。

这个老根啊!一家子人都埋怨老根。女人当然生气得不行,说,这个一根筋不在也好,省得弄出什么事情来。可老根凌晨却回来了,看上去还是一脸的兴奋。女人没好气地问他死哪去了。他说做更重要的事情去了,什么事情到时候就知道了。这个老根!一大家子懒得再去理睬他,把他一个人晾在了一边。

天刚放亮,柳树湾的花圈店来了一拨一拨的外乡人。早起的村民好奇,问外乡人奔哪家子丧。这一问不得了了,原来是奔老根丈母娘的丧。人还没咽气呢,怎么就奔丧了呢?这不是诅咒老根丈母娘吗!奔丧的人就一个个转来花圈店退花圈。店主说,卖出去的死人花圈怎么好退呢?不得已,一拨一拨子奔丧的人拿着花圈在村子的巷道里转悠,相互碰上了就摇摇头相视而笑。好不容易挨到下午,终于传来老根丈母娘咽气的消息,大家才长吁了一口气,一窝蜂地往老根丈母娘家奔去。

女人知道这事的来龙去脉后,气得骂老根的劲都没有了。

这以后,老根没脸见人一样,从果林场一回来,除了吃饭睡觉就全待在村子北边的河滩上。小根这时也住校上高中,女人一气干脆住到娘家,不闻不问自己的男人了。可女人不问还不行,过了一些日子,老根居然不按时把工资交给女人,即使交到女人手上,工资也大打了折扣。

女人忍不住了,问老根工资是不是少发了。老根也不瞒女人,说工资没少发。女人问,那工资到哪去了?老根说,工资买了柳树苗栽到河滩上去了。

买柳树苗栽河滩上去?女人气得胸脯一起一伏,问老根这日子还过不过了。老根憋了一会儿,说,你没见村里人都在抱怨河水凶吗?

老根为什么总去河滩溜达,居然是惦着这事。

女人是柳树湾人,当然知道革命村没人不怕黄河水。这黄河故道从老远一路过来,到了革命村这个地方陡然拐弯,把还算温和的河水弄得突然激动,哗啦啦哗啦啦地一拨一拨扑向堤岸。长年累月的,堤岸一点一点地被河水吞噬,河道也渐渐变宽。村里人就烦就恼就怕，都说总是这样下去河水就得逼近他们住的屋子了。老根是革命村的女婿，又在公家做事，本来就有责任过问这事。特别是他感觉到自己在女人和村子里的地位岌岌可危后，就更有了治水的冲动。他跑去问支书，怎么就不组织村民加固河堤呢？支书说，那得多少钞票往上堆呀。他想想又问，乡里也不管？支书说，吃饱了撑的，谁有闲心问这事。支书说了又叹气，说谁要是治了这水，我就给他在河滩上塑雕像了。

女人既然问了这事，老根就把支书的话说给了女人。老根说，我能把这水治住。女人说，就靠你栽的柳树？老根说，柳树能固土，柳树成林了河堤就不怕黄河水了。女人说你真指望支书给你塑像呀？老根说，他是支书，还能说话当尿撒？

女人没有办法，就随老根自己去折腾。过了两年，老根提前退休，心思就全放在了河滩上。开始，村子里的人私底下都说，这个老根真是钱烧的，不就拿两个工资吗？时间一长，见老根这么天天上河滩侍候柳树，就对老根有了怜悯：这个傻帽呀，他以为他是雷锋？就他一个人也能把柳树林子造成？那点工资就往黄河里掷吧。

但是河滩上的柳树却越长越茂，看着看着就成片成林了。柳树林一长成，村里人就忘记了老根一样，不提老根造林这事了。村子里有人家牵着牛赶着羊去林子里放牧，城里也开始有人跑到林子里，或漫步林间，或躺在草地上休息，还有的地上挖了一个坑点火野炊。老根见着了，心里就乐，脸上就挂笑。回到家里，女人也主动跟他说话了。女人说，柳树林在河滩上扎根，黄河水就不凶了。过一天，女人又说，村里好多人家在河堤下面盖屋子，也不怕黄河水了。老根以为女人夸他，其实这是女人的铺垫，果然女人就问了，村里在黄河滩上给你塑像了？女人说了陈芝麻烂谷子，倒把老根说得醒悟过来，第二天就找了支书。支书蒙了，弄不懂老根在说什么。后来听懂了，就笑，还有这事呀？老根你就等着吧。

老根就等。女人知道自己男人又一根筋了，就说你真的想塑像呀，你梦里等着吧。还就被女人说中了。老根等了一段时间问支书，支书想了想，笑了，说老根你还记着这事？说完就忙别的去。老根这回看出了支书的笑意有点不对劲，就生气了，要跟支书理论。可支书是个大忙人，你不能总是跟着。回到家里，女人又不好说他犯傻，就说这个像不塑也罢，不过你倒是能跟支书说说，这些年你在河滩上用工不说，花去的钱也该由村里出吧。这事怎么好跟支书提呢？老根听了就跟女人生气。女人说，我不管你了，你爱怎么弄就怎么弄。老根说，支书不塑我自己塑。就把女人气乐了。

　　老根跑到城里雕塑厂一问，回来就不提塑像这事了。塑一尊雕像要花去老根十年退休的工资，这些年老根工资都花到柳树林上去了，哪来这么多的钱？老根还知道了，也不是什么人的像都可以塑的，得政府批准才行。老根到这时就明白了支书原来是在拿他老根开涮。

　　要不是因为小根，打死老根也不会再去找支书。这一年，小根高中毕业。小根跟大根一样，也想着去当兵，老根不得已，还得去找支书开证明。支书没事人一样，笑着给老根开了，还说老根呀，这回你家小根肯定能当上兵。老根看着支书不怀好意的笑，心里想我老根这回才不上你当呢。老根已经年过半百，又有了前几年大根的教训，就什么人也不告诉，悄悄地拎着两瓶五粮液去乡上找何人武。

　　活不活动还真不一样，小根这兵就当上了。

　　可老根把这事告诉女人，女人没有欢天喜地，居然还叹了一口气。

　　老根不知女人为什么叹气，但老根想，不管怎么说，小根还是当上了兵。

　　欢送新兵这天，老根送小根去乡里集中。到了乡政府大院里，小根发现村里新兵就自己一个人，轻声嘀咕，怎么就我一个？小根的嘀咕被老根听见，老根就想起那两瓶五粮液来，不觉笑了，谁叫他们不活动呢。

又是鞭炮又是锣鼓，新兵们就这么欢欢喜喜地离开了乡政府大院。

送走小根，老根心里有一点点酸，但也就酸了一下，心情马上就像挂在天上的太阳，暖和和，喜洋洋。走在村街上，一街的人也都望着他笑。

"老根，小根这就真的当兵去了？"

"可不是吗，当兵去了。"

老根乐意别人问他，可是很快，柳树湾的人就忘了这事，不要说问他话了，看见他都像没见着一样。老根嗓子眼就发梗，有几次都想拽住人家说说。可人家都忙得不行似的，来去匆匆，没有让他拽住说话的时间。老根没法子，就找自己的女人说话。女人在外忙活，回到家疲惫得不想搭他茬。老根就讨女人欢喜，说，还是你跟小根活得明白，我这回到乡上一活动，小根这兵就当上了。女人本来懒得跟男人说话，听男人这么一说，气就不打一处来，说你当是人家真的没去乡里活动呀？老根看女人生气的样子，反倒高兴起来。倒不是女人理睬自己了，而是因为女人说人家也去活动了。可活动了又能怎么样，还不是没当成兵吗？这说明我老根还是有面子的。想想原因，老根笑了，恐怕不仅仅因为那两瓶五粮液，要不是这几年自己植树治水治出名堂，何人武能给我老根的面子吗？

老根两腿一盘坐到床上，让女人弄两个下酒菜，说要喝两盅。女人知道老根的心思，白他一眼说，你晓得人家都去活动干吗了？人家活动是为了不去当兵！老根以为女人说气话，笑道，哪能呢？女人说，还哪能呢！现在又不是前些年，村子里的小青年哪个还想当兵？当几年兵还得回来，浪费几年时间，这不耽误事吗？老根问耽误什么事了？女人说都市场经济了，谁不想赚钱。

市场经济什么的，这两年老根也听别人说起过。几年前进城打工的大根就常来信，说现在市场经济了，大家都忙着挣钱，他不敢闲下来，所以不能回家看二老，就寄点钱孝敬二老吧。老根去信问大根，你在公家做事，拿公家工资了？大根说不在公家做事，自己开公司，他给别人发工资。自己开公司是什么意思？大根说就是自己做生意。自己做生意，这不跟街上摆小摊子做买卖的一样了吗？老根想了这些，不想拿话刺激女人，就说村里小青年又没几个进城去，怎么就耽误赚钱了？女人说，你没见村子里的小青年眼睛都盯哪了吗？都跑到北边的河滩上去了。

老根突然想起来，女人整天也是到河滩上去忙活的。

也不知从什么候开始，城里人兴旅游，柳树湾就成了一处旅游景区。吊脚楼在河滩上盖起来了，柳树林子里也造了石板路、亭子和长廊。河道拐弯的水面上还并排漂着许多木筏，过一会儿就有一只木筏载着城里人顺流而下。据说这叫黄河漂流，老根看着心里说，真是吃饱了撑的，这些城里人脑子里肯定进水了。老根不屑一顾，村民们却很兴奋，一个一个往河滩跑，先是看稀奇，后来就去做城里人的生意，一些小青年还被雇了做木筏工、救生员，连老根的女人都套起红袖标，做了清洁卫生的保洁员。

想是想明白了，但老根心里还是肯定自己的做法，特别是小根写信说，他当的是特种兵。老根寻思，大家都不去当兵，小根去，就有希望。支书家的二小子去年从部队转业，一下子就成了公家人，现在已经在淮阴政府里当干部了。二小子是普通兵，小根是特种兵，小根还能输给支书家的二小子？

老根就把对小根的希望藏在心底。但过了一段时间，老根还是忍不住告诉别人，我家小根当的是特种兵呢。

听的人就笑。

别人一笑，老根就急，我家小根真是特种兵呢！

听的人问，什么特种兵呀老根？

老根就语塞。

小根当的什么特种兵，老根也不清楚。老根就写信问小根。小根不说，只告诉他当的这个特种兵跟老根的柳树林有缘，等干出成绩来，再写信告诉老根。

老根就等着这一天，一等就等了一年多，把老根的腰都等佝偻了。

这一天支书告诉老根，说小根回来了，叫老根和女人赶紧去乡里。老根一下子就乐了，心想小根呀，这回见了面该告诉我了吧。走进乡里会议室时，老根看见里面有不少人，正一句一句说话，就眯起眼睛一个一个望。老根只认识何人武，其他的都面生。老根特别留意几个穿军装的，可一个都不是小根。老根就有点着急，拿手去拽支书。支书摆摆手，说不急，就向那些说话的人走过去。支书说了一句什么，说话的人就戛然而止，一起转过脸来。何人武向老根和女人走过来，说老根呀，我先给你介绍一下领导。老根听了介绍，就知道了屋子里除了部队上的首长，还有不少县里市里的领导。

这都是干吗呢？老根纳闷地望着领导们。领导们也不吭声，目光躲着老根和女人，一起去看部队的那个矮个子首长。

首长就咳了一下，清清嗓子，告诉老根和女人：你们的儿子是英雄呢，他是一个真正合格的森林警察呢。

老根听得一脑子懵懂。他不知道这个森林警察到底是做什么的，但一想到小根当兵出去也快两年了，就忽然想起支书家的二小子，不禁轻声嘀咕：森林警察是公家人吗？

首长没想到老根问这个，想了想就点点头。

那就是了，老根仍在嘀咕，森林警察到底是做什么的呢？

支书赶紧拽老根衣袖，小声说，森林警察就是守护林子的。

守护林子的？这就是小根说的那个特种兵？

老根有点发怔，不过这不影响老根的情绪，他在听完首长的话后，已经有点佝偻的腰反倒挺直了。

但一直没有吱声的女人却晕倒在地。

女人醒来时大根已经赶回来了。领导问老根和女人有什么要求，女人只是淌眼泪，老根也不说话。大根就代表父母，跟领导一一说了想法。

不久，大根的公司就在河滩上建起了一个度假村。

与此同时，一尊军人塑像也在柳树林中立了起来。

老根就相伴着塑像，一起久久遥望远方。

担 当

1

岳市长话没说完就挂了电话。

岳市长说得比较急,一定有要紧的事情,但他刚说到"运河集团"几个字,电话里就传来嘈杂的说话声。有人高声喊着岳市长,岳市长就给盛玉柱丢下一句:"盛总,我在办公室,等你来了再说。"

难道运河集团真的又出情况了?盛玉柱怔怔地望着手机屏。

论企业规模,运河集团不比他盛玉柱领导下的宏业集团小,是一家万名职工的大型企业;论企业效益,运河集团每年只有三四千万的利润,比不上宏业集团的零头,却一直在全省同行业中位居老大。内河航运竞争激烈,做到这种程度实属不易,不过,这与市里做大做强的愿望仍有不小差距。为什么不能有所突破再上台阶?市里曾经开过研讨会,时任运河集团董事长的任光明认为,原因主要有两点:一是国有企业人人都是主人,七洋腔八洋调,机制活不起来;二是国有企业婆婆多,企业就是唐僧肉,哪个都想吃上一口。

任光明的话有些道理,当时市里正在学习外地经验,就忍痛割爱,将运河集团由国有改为民营,旨在从根本上减负松绑。本以为如此一来，运河集团就会一飞冲天，但结果恰恰相反。谁也没想到运河集团竟一天不如一天，改制两年后，不仅三四千万利润没有保住，还出现了严重亏损。更糟糕的是，到了第二年的年底，资金链断裂，连续两个月发不出工资，市政府大门被黑压压的职工围堵得水泄不通。一个全省行业老大，两年不到就陷入如此困境，不要说书记、市长，哪个遇上了能不心急如焚？对于这件事的严重性，书记、市长的认识高度一致。处理稍有不慎，职工就会到省政府越级上访。很快，市里就派出一个工作组，由市政府吴秘书长带队进驻运河集团。这一整顿，就把元老派任光明整回家颐养天年，运河集团改由少壮派副总经理梁寿桐掌管。

　　运河集团起死回生，一年后就扭亏为盈。但就在前些日子，听说运河集团又出情况了。盛玉柱开始有点怀疑这一消息的真实性。这才几天工夫，工作组撤出还不到一年，但现在不由得不信，岳市长如此急着找他，说明情况已经很严重了。前几年，金融危机导致经济下行，运河集团出一点情况当在情理之中，但这两年开始复苏，尤其今年，许多企业都已触底，正呈反弹上升态势，此时出情况，岂非咄咄怪事。这个运河集团真是冤家，三年前工作组进驻运河集团，他就按市长要求，借一个亿为运河集团解困。宏业集团实力雄厚，在北江市多年位居老大，他因此被大家戏称为北江市的长子。掏点钱应该，但一分未还又要掏，这个运河集团岂不成了吞钱的老虎机？

　　盛玉柱的轿车驶进市政府大院时，门口井然有序，站岗的武警还冲他的轿车敬了礼，没有一点上访的迹象。他望了一眼敬礼的武警，暗自一笑，但愿自己神经过敏，刚才都是胡思乱想。来到岳市长办公室，门虚掩着，他抬手刚轻轻敲了一下，一个秘书就从对面的办公室里探出头来："是盛总？盛总，岳市长请你稍等片刻，他正在会议室接待客人。"

这个秘书姓唐，是给岳市长提包的，岳市长到哪他到哪，许多事情都知道。盛玉柱走进唐秘书办公室，笑着问："唐秘书，岳市长找我来不知什么事情？"

"好像是为运河集团的事情吧。"

"会是什么情况呢？"

"有人搞政变。"

"政变？"

"对，运河集团下面的人把董事长罢免了！"

就是说刚掌管运河集团不到两年的梁寿桐"被"下台了。盛玉柱吃了一惊，怎么还会出这种事？想了想就问道："什么人搞的政变？"

唐秘书说："邱笑。"

怎么会是邱笑？因为名字特别，虽然没什么接触，盛玉柱对这个邱笑还是有些印象。他听任光明说过，邱笑大学一毕业就分在运河集团，人比较老实，少有笑容，一副与世无争的样子。任光明说，邱笑原来不叫邱笑，小时候父母见他鲜有笑容，才在上小学时给他改了名字，但直到他年过四十做了集团副总，也没有什么变化。

就是这个邱笑也会搞政变？盛玉柱还想往下问，这时走廊上传来乱哄哄的说话声。唐秘书站起来边往外走边说："岳市长结束了。"

盛玉柱跟了出来。走廊上，有几个人跟着岳市长，喋喋不休地说着话。那个嗓门最大又面红耳赤的就是运河集团的梁寿桐。走到跟前，岳市长望见盛玉柱，对梁寿桐他们说："好了，我找盛总有事商量，你们先回去做职工思想稳定工作，过两天给你们说法。"

盛玉柱冲梁寿桐他们点了一下头，就跟着市长进了办公室。岳市长有点疲惫地往沙发上一坐，瞥眼门外说："盛总，你也看见运河集团的梁寿桐了。昨天，邱笑带着几个人已经来过了。"

盛玉柱望着岳市长。

岳市长见盛玉柱一声不吭，笑道："到底是我们的长子，就是沉得住气。好吧盛总，我就都跟你说了吧。现在运河集团又出了情况，比前几年还糟糕。按理说运河集团早就是民营企业了，出了问题应该找市场，而不是找市长，可一万多名职工要饭吃。不能不管呀！我想请我们北江的长子出一把力。"

岳市长此时称他长子，意在你不出力谁出力，刚才进市政府大门时的偶然幻想就立即化为泡影。他故意皱眉说："岳市长，哪次我没有出力？三年前运河集团借我的一个亿还没还，我的钱不能老是打水漂，有去无回呀。"

岳市长笑了起来："你这个盛玉柱，你以为找你来就是为了跟你要钱？"

盛玉柱挺了挺胸，一脸认真地说："岳市长大恩大德，只要不叫我掏钱，其他事情尽管吩咐！"

岳市长收回笑容："这个态表得好。盛总你也知道，三年前政府派过一个工作组进驻运河集团，但撤出来不到一年，运河集团就旧病复发。这一次当然还要派工作组进驻，但一定要得力，不能像上次，进去就要彻底解决问题，不留后遗症。考虑到工作组长是关键，我想来想去，这一次打破常规，派一位精通企业经营管理的领导担任组长，就是你。"

盛玉柱愣住了。他不在政府工作，但也知道市里的工作组长都是政府领导担任。

"怎么，有顾虑？"岳市长有点沉重，"盛总呀，运河集团问题不解决好，很可能影响到其他改制企业，这是全市的一个大局，牵一发而动全身。"

"既然市长这么决定，我哪有不从的道理？"

"盛总，不是你从不从的事情，现在要救这个运河集团，至少在我们北江市你最合适。说句心里话，这个企业改制是不成功的，但现在悔之已晚！能不能救活它就看你的了！"

这句话拨动了盛玉柱的某根神经，竟生出了一种神圣的感觉来。

2

盛玉柱担任工作组长，组员却迟迟定不下来。

按照三年前工作组人员构成，政府有关部门都要派人参加。这一次情况特殊，组长是盛玉柱，不是政府领导。吴秘书长就告诉盛玉柱，几个有关部门都说了，上次市里进驻运河集团工作组，他们派去的都是骨干，即使这样也没能彻底解决问题，这一次市领导决策英明，派企业领导担任组长，建议组员也从企业里选派。吴秘书长是上一次工作组的组长，盛玉柱看出他是在敷衍，但话说得却又无可挑剔。

组员没定下来，盛玉柱不能独自进驻运河集团。想到下一阶段主要精力不在宏业，盛玉柱就在这天早上，把几个副总和相关处长叫到办公室，开一个小会，梳理下一阶段的重点工作。几个副总一一汇报完，盛玉柱正做工作布置，办公桌上的座机突然响了起来。

座机很少有人打的，盛玉柱拿起电话，居然是门卫。

"盛总，有一个人非要见你。"门卫很小心。

盛玉柱有点不高兴："告诉他我正开会，没有要紧事就请他改一个时间。再有人找我，你都这样回答。"

过了一会儿，桌上的座机又响起来了。"盛总，"还是门卫，"这个人就是不走，说他有急事，见不到盛总耽误了事，叫我吃不了兜着走。"

盛玉柱问："急事？你没问他究竟是谁？"

门卫说："他说是运河集团的，姓梁。"

盛玉柱一怔，问道："是不是叫梁寿桐？"

"对对,他说他叫梁寿桐。"

"请他进来吧。"

盛玉柱放下电话说:"工作组还没进运河集团,他们的梁总就来了,看来真的是急了。还有什么要紧的事,请各位抓紧说。"

又说了几件需要盛玉柱定夺的事情,有人轻轻敲门。盛玉柱说声请进,门就被秘书轻轻推开,梁寿桐一头闯进来,不等盛玉柱开口就说:"盛总,见你比见市长还难。"

盛玉柱笑道:"早知是你梁总驾到,我这个会就不开了。"

众人都站了起来,一一与梁寿桐点头,有的还握了握手。资金处处长吕晓红给梁寿桐泡了一杯茶,走过来放在茶几上:"梁总,请喝茶。"

众人都走了,吕晓红还笑眯眯地站着不动弹。吕晓红是一个女同志,胆子虽然大一点儿,但懂得分寸,盛玉柱就有点诧异地问:"小吕,还有事?"

吕晓红敛起笑容,一本正经地说:"见到梁总不容易。"

梁寿桐苦笑:"美女哎,你这话还叫人活不活?不是见到我不容易,是我见到你们盛总不容易。"

吕晓红继续说:"我找梁总若干次,梁总都玩捉迷藏。"

梁寿桐笑着抱拳说:"得罪了美女,这大半年,我天天躲债,一般电话不接。"

"难怪。运河欠我们宏业一个亿,梁总还记得吧?"

"吕处长,你这是?"梁寿桐脸上笑容僵住。

"梁总,你把运河集团搞垮,一个亿是不是就赖掉了?"

吕晓红说完冲盛玉柱诡秘地一笑,盛玉柱就知道这个吕晓红使了小心眼,便用嗔怪的口吻说:"小吕,人家运河集团怎么会赖账?梁总你说呢?"

梁寿桐尴尬地说:"那是,那是。吕处长放心,不会再向你伸手要钱了。"

吕晓红笑得就灿烂了:"看梁总说的,你也不是要钱,是借钱。俗话说,好借好还,再借不难。"

吕晓红丢下这句话,一阵风似的飘走了。盛玉柱笑着请梁寿桐坐下:"小吕就这性格,口无遮拦,还请梁总见谅。"

梁寿桐说:"你们支不支持,我无所谓了,运河集团垮台,我顶多去给人家打工。"

盛玉柱说:"梁总不可气馁。市里既然决定成立工作组,说明市里不会见死不救。再说,我这个组长也会尽全力帮助你的。要是运河集团倒了,我不仅辜负了市委市政府,我们宏业的一个亿也泡汤了。"

梁寿桐说:"有盛总这话,我心里就踏实了。盛总,今天堵你门也是没有办法,真的是十万火急。"

盛玉柱问:"怎么就十万火急了?"

梁寿桐突然激动起来:"前一段时间,邱笑他们不经我同意,在董事会上临时动议,投票罢免了我这个董事长!"

这事盛玉柱已经听唐秘书说过,但梁寿桐再次说起,不免也有点激动:"他们合法?"

梁寿桐说:"合法?我责问过他们。他们搬出公司章程,说是按照章程开会选举,受法律保护。"

盛玉柱问:"那现在运河集团哪个当家?"

梁寿桐犹豫一下说:"邱笑当,我也当。"

盛玉柱有点诧异:"这话怎讲?"

"邱笑是董事长,我是党委书记。我们运河集团改制前,决策大事都开党政联席会议,这个传统一直坚持到邱笑政变前。邱笑虽然做了董事长,可他哪是搞经营的料?两三个月下来,效益直线下滑,重蹈前年的覆辙。按现在这个下滑速度,撑死了两三个月,资金链肯定断裂,运河集团离倒闭破产就不远了。广大干部职工看在眼里急呀,要我这个党委书记站出来。前些天,邱笑他们竟然恶人先告状,跑到岳市长那里,说我下台了还干扰他们工作。岳市长把我找了去,我凭数字说话,他邱笑才几个月,企业就变成这样,还有脸把责任往我身上推。岳市长让我回去做好职工思想稳定工作,是非功过等工作组进去再说。"

盛玉柱耐心听完,对还在激动中的梁寿桐说:"梁书记,眼下运河集团比较混乱,工作组没有进驻前,你就不要到处找领导了,按市长要求,集中精力做好职工稳定工作。"

梁寿桐一愣,脸就涨得通红:"盛总,我不是没有按照市长要求在做工作。可邱笑他们剥夺了我这个权力。"

盛玉柱愕然:"剥夺你这个权力?"

梁寿桐说:"昨天居然又背着我召开党委会,免了我这个党委书记。不是这事,我也不会急着找你盛总的!"

邱笑怎么是这样一个人?盛玉柱想了想就问:"他们这么做,企业工委批准了吗?"

梁寿桐气愤地说:"我得知被他们免了后,就去找市委企业工委。工委组织处的陈处长很震惊,明确告诉我,他们违背了党内规定,罢免无效。陈处长说,他要向工委葛书记汇报,工委会关注处理这件事的。"

听了梁寿桐的话,盛玉柱突然有了想法,就对梁寿桐说:"既然企业工委说你还是书记,你就马上回去,千方百计做好职工思想稳定工作。党组织没有国有、民营之分,再过几天,我们工作组就进驻运河集团。"

"谢谢盛总!谢谢盛总!"梁寿桐虔诚得直点头。

3

盛玉柱不指望吴秘书长给他抽调人了。

本来那几个政府相关部门就很忙,即使勉强抽调几个,也多是闲人。盛玉柱打电话告诉吴秘书长,不用他劳心费神了,工作组不从政府部门抽人。听口吻不像是不满,吴秘书长就很纳闷,问人从哪里抽。盛玉柱说他自己想办法。

人不在多,而在管用。正如岳市长所说,工作组长才是关键。括弧,就是他盛玉柱才是关键。所以盛玉柱决定只抽调两个人辅佐,工作组三人足也。

一个是吕晓红。吕晓红有几个优势:一是头脑灵活,悟性高,又比较细心;二是熟悉财务,业务精,又比较敬业;三是人长得漂亮,酒量大,又比较年轻。第三点看似无用,且易遭闲言碎语,但有时却十分管用。盛玉柱要的就是管用。另一个待定,但指向有了,就是市委企业工委。

盛玉柱非常重视这一待定人选,给吴秘书长挂了电话,就专门去了一趟企业工委。

他认识企业工委葛书记,但不太熟悉。葛书记曾参加过宏业集团民主生活会,会议因为有葛书记在场,开得十分认真,结束时天已黑了,他设宴招待,却怎么也没能将葛书记留下。后来听人说,葛书记这个人脾气特别,原则性很强,是个不苟言笑、城府很深的人。

"盛总是个大忙人,怎么有空来我这个清水衙门?"葛书记问。

"无事不登三宝殿,有一件事想请葛书记支持。"盛玉柱说得很诚恳。

"盛总请讲。"

"运河集团有了一点儿情况,葛书记可能也听说了。"

"不是一点儿情况,是情况严重!"

"葛书记说得是,情况严重。企业效益直线下滑,已经出现严重亏损,撑不了三个月,资金链就面临断裂危险。葛书记,这么下去后果不堪设想。"

"更严重的是,企业党组织软弱无力,跟企业生产经营不能同频共振。"

几句话下来,盛玉柱就知道葛书记对运河集团很在意,与政府的吴秘书长截然不同。有了这一判断,盛玉柱就说:"葛书记,市政府对运河集团出现的情况很重视,已经决定成立工作组,我做组长。"

"听说了,你担子不轻。"

"运河集团虽是民营企业,但党组织隶属企业工委,所以我想请葛书记支持一个人。"

"盛总说得对,不管民营还是国有,企业搞不好,党组织一般都是涣散的,这已经是规律。运河集团党组织出问题,我们企业工委也有责任,正考虑是不是派人去企业了解情况。三年前运河集团出问题时,工作组就该有我们的人,可能我们是党委部门,不是政府口子的原因。盛总不愧是行家里手,想到了我们企业工委,如此高看,我岂能不全力支持配合?"

葛书记说完摸起电话,把陈处长叫过来。陈处长个头不高,四十左右,长得很精干。进门时他冲盛玉柱点点头,就望着葛书记。

葛书记说:"盛总,陈处是我的左膀右臂,我把他交给你,怎么样?"

陈处长怔了一下,笑着对盛玉柱说:"盛总,看来我是躲不掉了。"

吕晓红是自己部下，陈处长敲定，工作组就算成立了。

这天一早，盛玉柱带着工作组进驻运河集团。车到运河大厦前，梁寿桐就领着几个人迎上前来。他握过盛玉柱的手，便一一介绍迎接的人。盛玉柱边听边纳闷，除了梁寿桐，领导一个没有。难道运河集团班子成员都站在邱笑一边？看来问题比想象的还要复杂。

来到会议室坐下，梁寿桐说："终于把盛总盼来了！盛总，前些天我从你那里回来，就耐心做职工思想工作，总算稳住了职工。不过，盛总要是再不来，我就失信于民了，保不准哪天职工就又跑到市政府门口上访了。"

坐在旁边的几人跟着点头，都是一副焦急的样子。

盛玉柱说："感谢梁书记所做的这些努力，为工作组开展工作打下了基础。不过，你们运河集团是民营企业，要解决问题，有些事情还得靠你们自己。"

梁寿桐怔了一下，急切地说："盛总，你可不能丢下我们不管呀。"

盛玉柱说："市里从来就没放弃你们，三年前如此，今天也是如此。但我不希望重蹈三年前的覆辙。帮得了一时，帮不了一世，要从根本上解决问题，不能用国有企业那一套。"

梁寿桐有点机械地点头。

"你们企业董事会、经理层有几个是党委委员？"盛玉柱问。

"董事会跟经理层人员重叠，除分管财务的是非党人士，其他都是党委委员。"梁寿桐眨巴着眼睛说。

盛玉柱说："都是党员，好。梁书记，不知邱笑他们在不在，我想找他们谈一谈。"

梁寿桐皱眉说："奇了怪了，昨天还看到的，今天工作组来，他们居然玩了集体失踪。"

盛玉柱望了一眼旁边的陈处长，说："他们莫非躲我们？这个不要紧，终归是要见面的。陈处，你是他们上级党委派来的，我想这两天开一个党委民主生活会，请邱笑他们都参加，这在民营企业可不可以？"

"可以，可以。这是我们党内正常的一项活动，没有国有、民营之分。"陈处长没料到盛玉柱的第一招是召开民主生活会。平时民营企业出了情况，特别是领导层出了问题，政府有关部门总是抱怨无法插手，盛玉柱把这个问题拿到党内来解决，还真是选了一个好的切入点。

梁寿桐有点懵懂，嘴巴动了动正要说话，盛玉柱的手机拼命叫了起来。

是吴秘书长打来的："盛总，你的工作组开没开始工作？"显然是在责怪。

"开始了。秘书长有什么指示？"

"指示不敢，你赶紧来市政府。"

"岳市长找？"

"不是岳市长就不能来吗？邱笑他们来市政府了，吵着要见岳市长。不知道他们要干什么！"

"岳市长被他们缠住了没有？"盛玉柱吃了一惊。

"岳市长到北京跑盐化工项目去了。"

岳市长跑的项目是以盐化工为主的工业园区项目。北江市地下盐岩储量丰富，但一直没有很好开发。去年换届，岳市长一上任就把建设盐化工园区作为头等大事，说是要把盐化工做成千亿级产业，助推北江跨越发展。为批这个项目，盛玉柱跟着岳市长已经跑过几次北京，能不能批下来，正在节骨眼上。

"盛总，你听着电话呢吧？"吴秘书长听不到盛玉柱说话，提高了嗓音，"请你抓紧过来把他们带回去。"

盛玉柱一个愣怔，站起来说："秘书长，我马上就到。"

梁寿桐不知何事，跟着站起来："盛总要走？"

盛玉柱说："邱笑他们不是失踪了吗？全失踪到市政府去了。"

"什么？"梁寿桐闻言，有点失声，"邱笑他们去了市政府？"

"是。"盛玉柱边点头边在想，邱笑他们为什么今天要去市政府？

"要不要我去领人？"梁寿桐很积极。

"你领人？"盛玉柱眉头微微皱起，"不用，邱笑他们不是普通职工。"

梁寿桐吸了口气，嘿嘿地笑道："对，对，怎么说他们也是领导。"

盛玉柱瞥一眼梁寿桐，口吻变得柔和了一些："梁书记，吴秘书长那边催得急，我先过去。请梁书记继续跟他俩介绍情况。"

"是吴秘书长？"梁寿桐似乎放心了不少，"那我就先向他们两位处长汇报。"

盛玉柱往外走时，回头对陈处长说："对了，民主生活会可不可以请那个党外副总列席？"

陈处长说："可以，特殊情况也可以请他发表意见。"

去市政府途中，司机小田问盛玉柱，工作组是不是整顿运河集团领导班子的？司机一般消息灵通，盛玉柱就问小田这话从哪听来的。小田说，刚才在运河大厦楼道里听到不少人议论，都说政府派来工作组，是专门整邱笑他们的。

运河大厦是运河集团的中枢神经，这里的人如果这么认为，工作组以后的工作就难做了。盛玉柱突然意识到，邱笑他们集体失踪，就是不信任工作组，他们去市政府是要讨说法。想到这一点，盛玉柱焦急起来，不由得催小田快一点儿，他要与邱笑他们见面，尽快解除误解。

来到市政府，吴秘书长还在会议室与邱笑他们对话。吴秘书长把盛玉柱拽到一边轻声说:"你懂企业,你该怎么说就怎么说,他们怕你。忙死了,我就把他们交给你了。"

吴秘书长居然不生怨了,反而对盛玉柱有所信任。这让盛玉柱觉得奇怪。走进会议室,他坐在刚才吴秘书长的椅子上,冲坐在椭圆会议桌对面的六七个人笑着点头:"自我介绍一下,我叫盛玉柱,在宏业集团任职,这次运河集团出了一点儿困难,市里派出一个工作组帮助运河集团,我是组长,愿倾我所能,与各位领导一起解决目前运河集团的困难。"

盛玉柱话刚说完,对面的一个人就接上话茬:"盛总大名哪个不知?北江的长子,红人。有盛总这样的大企业家帮助我们运河集团,求之不得。"

这话说得有点讥讽的味道,盛玉柱说:"邱总,你可能误解了。"

说话的人摆手:"我没误解,是盛总误解了。我不是邱总,我叫胡一平,党外人士,副总。"

盛玉柱有点尴尬,正酝酿如何说话,对面又有一人说:"刚才胡总说了,盛总是大企业家,来运河集团帮助工作,我们举双手欢迎。不过,我想提醒盛总的是,运河跟你们宏业不同,运河是民营企业,领导班子不是政府任命的,如果工作组来运河集团是为整顿领导班子,我们不欢迎,好像法律也不允许。今天我们来找市长,就是为这个讨说法的。"

盛玉柱望着说话的人。胡一平笑眯眯地介绍:"他叫花春雷,副总。他就是这个德性,说话口无遮拦,盛总不要见怪。"

又不是邱笑,盛玉柱就把目光停留在胡、花二人中间那个人的脸上。此人一脸冷峻,与盛玉柱对视,片刻后果然冷冷地说:"我是邱笑,承蒙他们抬举,几个月前,刚被选为董事长。我这个董事长与盛总你有天壤之别,没有多大本事,正举步维艰。今天盛总带工作组到我们运河集团,帮助工作?整顿班子?还是兼而有之?他们想弄明白，拽我一起来找市长。市长不在，吴秘书长也不清楚。吴秘书长叫我们问你盛总。盛总作为工作组长，又是做企业的，不会也推三阻四的吧？"

这人就是那个搞"政变"的邱笑？盛玉柱望着他认真地说："邱总，我负责任地说，工作组进驻运河集团，绝不搞所谓的领导班子整顿，是帮助工作，是与在座的各位领导以及运河集团一万多名职工同舟共济、共同努力，把运河集团尽快带出困境！"

邱笑居然笑了一声，是一声鼻音很重的笑。

盛玉柱当然听到了，喉结骨碌了一下又说："邱总，我这样说你们可能不相信，就再换一个角度说。如果工作组进驻你们运河集团是为了整顿领导班子，市里还会让我这个搞企业的人做工作组组长？而且这次工作组成员由我定，除我外只有两个人，其中一人是我们宏业集团的资金处长。邱总，你看像整顿的样子吗？"

邱笑沉默片刻说："信你一回。"

4

民主生活会就是批评与自我批评。这在正常运转的企业是一件正常的事情，批评与自我批评基本上是隔靴搔痒，甚至演绎成变相的表扬与自我表扬，所以会前没有几人当回事情；但在运转不正常的企业就是一件非常不一般的事情，尤其还有上级工作组参加。

果不其然，开会通知发出去的第二天一早，盛玉柱的轿车在运河大厦门前刚停稳，人未下车，吕晓红就跑到跟前。司机小田摁下车窗。吕晓红说："盛总，有人一早就到办公室找你反映情况。"

盛玉柱心有准备："梁寿桐、邱笑？还是其他哪位公司领导？"

"都不是，一个老先生。"

"老先生？"盛玉柱有点诧异。不是公司领导,这在他的意料之外。

吕晓红左右望望："盛总,见不见？"

吕晓红的机敏,盛玉柱比较满意。他招手叫吕晓红上车说话。吕晓红坐到副驾驶位置上,回头说:"盛总,我今天来得早,正打扫,一个老先生就一头闯了进来。"

"老先生要反映什么情况？"

"老先生说我是女同志,不管用,他一定要跟盛总反映。"

盛玉柱皱起眉头。

"盛总,要不就叫小田带你出去转一圈,我去跟老先生说,请他有什么想法能不能跟陈处长先说。"

盛玉柱推门下车。

吕晓红连忙跟下车来:"盛总,去见老先生？"

盛玉柱边走边说:"老先生要见我,一定有话要说。"

"老先生看上去七八十,他要反映的不外乎待遇、福利什么的。我怕他缠上盛总,影响盛总工作。"

"小吕,这个不要怕,接待老先生就是工作。"

吕晓红点着头跟在盛玉柱后面。办公室里,沙发上坐一位头发花白的老先生。盛玉柱刚要说话,老先生就站了起来:"盛总,没想到你会做这个工作组长！"

这位老先生认识自己？盛玉柱愣道:"请问您是？"

老先生说:"我是任光明呀,怎么盛总不认识了？"

盛玉柱仔细一看,果然就是任光明,不禁感叹说:"任总,这才几年工夫！"

任光明神色暗淡下去:"人一落伍,这头发就全白了。"

吕晓红听说眼前这位老先生居然是任光明,也好奇地问了一句:"任总,您不是退休了？是不是听说盛总来你们公司,过来跟盛总叙叙旧？"

任光明有点不满地说："我说你女同志吧，我没事跑来找盛总叙旧？"

吕晓红后悔说出这话，马上补救："哪能只是叙旧。我们盛总初来运河集团，情况不熟，任总一定是来面授机宜。"吕晓红聪明地叹了一口气，"当年运河集团在任总的领导下是何等威风，要不是到龄退休，运河集团也不会变成现在这样。"

没想到任光明变了脸色："我至今不到六十，哪是到龄退休？"

任光明这是生气了，盛玉柱故意哈哈笑道："小吕呀，任总是我们北江第一个吃螃蟹的人。任总是改革的探寻者，没有任总的探寻，我们北江国企改制哪会那么顺利？"

任光明被说得有点不好意思："盛总过奖。我这个人现在老是这样，怕人揭短。"说着自嘲地伸手捋了一把花白的头发，"要不这头发也不会白成这样。"

吕晓红感激地望了一眼盛玉柱，提起水瓶给任光明续水。

盛玉柱等吕晓红续好水，吩咐说："小吕，你去跟陈处长说，下面再有人来找我，你们先接待，我跟任总说话，没有特殊事情不要打扰。"

吕晓红走出去，随手轻轻将门关上。

任光明感激地说："盛总，我一个落魄之人还能被你如此礼遇，到底是我们北江的长子！"

盛玉柱摆手说："惭愧了，工作组进驻运河集团，本应去府上拜访你老任。"

任光明自责："盛总，运河集团变成如今这样，我任光明有推卸不了的责任！"

"老任，你都离开运河集团三年了，怎么能怪你？"

"这三年我一直在想，为什么改制后企业反倒走了下坡路。想来想去，还是私欲作怪，只是嘴上一直不愿承认。"

"老任，也不能这样说，运河集团改制在我们北江是第一家，没有经验，遇到一些挫折，做出一点儿牺牲，也是难免的。"

"我心里有数，就是这么回事。"任光明嘴角撇出一丝苦笑，"盛总，运河集团还是国有企业时，我任光明怎么样？那真是一心一意扑在企业的发展上。当初运河集团改制为民营企业，我虽说支持，其实心里还是依依不舍的。就这么一改，虽然婆婆没有了，企业松绑了，但我们这些为党工作了几十年的人却一下子从体制内改到了体制外，成了没娘的孩子。有人说我做了老板还得便宜卖乖，不错，大家人前人后称我老板，其实我算哪门子老板？盛总你是知道的，因为运河集团是北江第一家改制的，干部职工中很多人认为，企业发展到现在，大家都有贡献，国有资产不能贱卖给少数人，好处大家都得有份。所以职代会投票表决时，绝大多数干部职工都要求人人持股。职代会的意见受法律保护，市里也尊重职代会的投票结果。结果是，作为身份置换的企业净资产量化成了全体干部职工的股份。我这个董事长只占股份的千分之一，比普通职工多一个百分点。盛总你说，我这还能算是老板吗？还是我看得不准呀，后来的事实证明，运河集团还不如不改。"

任光明嘘了一口气，低下头去，有点不堪回首的样子。

对于当初运河集团改制的模式，盛玉柱并不认可，至少持观望态度。国有企业改制其实就是把企业产权从国有改为私有。运河集团改制的模式是，用企业资产折价作为补偿费分配给全体员工，把员工变为与国有企业没有关系的社会自由人，俗称买断身份。但这些补偿费并未真正分发给员工，而是又作为购买国有企业的资金成为企业股东。这么一来，就合法地将国有资产变成了企业全体员工所有。对于如此改制，盛玉柱有点不能理解，难道这个企业只属于这个企业的员工吗？也许只有这样，才叫给企业松绑，才能激发企业活力。但后来的情况并非如此。

"老任——"盛玉柱递了一支烟过去,"作为当初运河集团改制的亲历者,你一定会反思失败的原因。刚才你说了,当初改制你看得不准,如何不准,请不吝赐教。"

任光明慢慢抬头说:"承蒙抬举,我的话谁能信呢?都是不合时宜的话。"

盛玉柱说:"我知道运河集团对不住你,但我想,你不至于眼睁睁地望着运河集团破产倒闭吧?"

任光明吸了一口烟说:"盛总,运河集团就像我的心头肉,我怎么会看着它破产倒闭!本来我这个落伍之人是不会再抛头露面了,更不会到工作组找你盛总,但昨天有人告诉我,说你准备开党委民主生活会,叫大家批评与自我批评。三年前,我提前退休回家,下决心不再过问运河集团的事情,但这次运河集团又陷危机,我食不甘味。我想请问,民主生活会不知道盛总是准备整邱笑呢还是整梁寿桐?"

盛玉柱问:"老任听谁说了我要整人?"

任光明说:"这还要听谁说?几个月前,邱笑他们罢免了梁寿桐的董事长,最近又罢免了梁寿桐的党委书记。盛总,你们工作组不是为这事进驻运河集团的?"

盛玉柱说:"老任,企业工委态度十分明确,邱笑他们罢免梁寿桐党委书记是无效的,也就是说,梁寿桐现在还是党委书记。"

任光明说:"这不就是了吗?明眼人不用想就知道整哪个了。盛总,我还没老呢。"

盛玉柱一时不知如何应答,但有一点还是听出来了,任光明向着邱笑。三年前是梁寿桐代替的任光明,现在邱笑又代替了梁寿桐。向着邱笑,这个好理解。

任光明把烟蒂摁在烟灰缸里,又说:"盛总,三年前吴秘书长带着工作组把我整回了家，我没怨言，是我咎由自取，但也应该选一个靠得住的人呀。邱笑这个人有大局观，又有业务能力，但不喜欢出头露面，遇到闪光灯都躲着走；梁寿桐这个人业务也很熟悉，是一个经营能手，但脑子太活，胆子也大，得有人给他把着舵。吴秘书长弃邱用梁，说邱笑保守、没有开拓精神，民营企业需要梁寿桐这样的人，才能与民营企业的机制相适应，把企业迅速做大做强。吴秘书长人看得准不准，现在已经不用我说了。"

盛玉柱还没有摸清情况，比较谨慎，又递过去一支烟，说："企业弄到今天这个地步，不是一两个人的事情，就像三年前老任你一样。"

任光明说："对，不是一两个人的事情。当年运河集团改制，人人持股。我虽不是真正的老板，也能接受。当时我认为，企业本来就不是我的，是国家的，改制成为大家的也好，更能齐心协力。但事实恰恰相反，七嘴八舌，执行力远不如从前。细细琢磨，才明白过来。过去那些副总们，不管年长年少，都是我的助手，年长的平稳过渡准备退休，年轻的哪个不指望着提拔？虽然一把手只有一个，但副总出去做副县长、副局长的却有不少。企业改制后，不仅级别没有了，政治前途也化为乌有。剩下的还有什么？一定就是经济上的利益了。改制前，这种利益没有那么明显，甚至有的还处于一种潜伏状态。企业一改制，私欲就膨胀起来，特别是那些自以为有点能力的人。"

任光明说得有些道理，但未免绝对。

"盛总，你还别不信。"为了佐证自己的看法，任光明又说，"运河集团领导班子里，除了邱笑，其他的都有点背景。就说梁寿桐，也是吴秘书长做交通局长时打的招呼。邱笑不善跑官，是我看好他，一步一步提拔上来的。邱笑是多老实敦厚的一个人呀，也能政变把梁寿桐搞下台？你能想到吗？不过，这也证明了我的看法是对的。

我在位时,邱笑不争权夺利,不是没有私欲,只是还潜伏着。"

看来任光明并不是就向着邱笑的。盛玉柱纳闷,难道任光明今天跑来,就是想告诉他,运河集团无好人吗?

任光明好像看穿了盛玉柱,说:"其实我也有私心。当初运河集团改制后,企业生产经营还是正常的,只是没有市里预想的那样,通过改制使运河集团迅速做大做强。但企业也出现了不好的苗头,就是我刚才说的,我这个老总说话远不如从前管用。说话要想管用,就要做真老板,我就动起收购控股的心思。可哪个又会轻易放弃股份?没有办法,我只得有意放松管理,让他们自己瞎折腾去。盛总你还不要说,我的那些副总们,过去在国有企业吃大锅饭吃惯了,所有压力都是我一个扛着,一旦放手让他们去做,还真的不行,再加上我做了一些技术处理,一年后企业报表上就出现了亏损,而且亏损越来越严重。这时候我就从员工利益出发,收购了不少股份。这一收购不要紧,我的那些副总们,包括邱笑,都冷眼看我。后来他们也想收购,但已经没人肯转让了。"

任光明说到这里,猛吸了几口烟,继续说道:"我的股权增加到百分之十几,本以为腰杆可以挺直了。但事与愿违,不仅我的话越来越不管用,发展到最后,我都无法控制了。为什么?他们不能容忍我一个人讨便宜。就连邱笑都与我疏远了。我被赶下台的最后几个月,运河集团的管理出现了从未有过的混乱,企业效益直线下滑,居然发放工资都困难。要不是市里派工作组,恐怕三年前这个企业就关门倒闭了!但现在看来,工作组也不能真正解决问题,否则运河集团就不会再次发生问题。"

"是这样。看来企业好坏,关键还是在人。"盛玉柱感叹。

"对,关键在人。但有多少人能做到大公无私?"任光明眼睛盯着盛玉柱,"盛总,你是经营企业的行家,肯定比吴秘书长强,但你不解决人的问题,同样会重蹈覆辙。"

盛玉柱说:"我开民主生活会,就是要解决人的问题。"

任光明说:"邱笑和梁寿桐之间的矛盾,一定是利益之争。你怎么解决?批评与自我批评?我都预见到了,民主生活会不是冷场就是唇枪舌剑。"

盛玉柱说:"希望唇枪舌剑,这样我好辨别。"

任光明问:"辨别了又如何?难不成你能把二人捏合到一起?这你想都不要想,终了还不是像三年前,在邱、梁之间选择一个留在台上。"

盛玉柱一时语塞。他不知道这个任光明到底要说什么。

任光明说:"不管哪个留在台上,都没有从根本上解决问题。"

这个正是盛玉柱担心的,但运河集团是民营企业,也不能从外面派人,莫非任光明心中有人了。

"老任,既然你想到了这个问题,你说该怎么办?"

任光明抬手捋捋花白的头发,咳了一声说:"二次改制。"

"二次改制?"盛玉柱怔住。

"把民营改为国有控股。"

"这不又改回去了?"

"换句话说,就是改到你盛总的宏业集团旗下。"

"这个?"

"盛总,不是每个国企都适合一个模式改制。运河集团搞民营均股就不适合,搞成现在这个样子,是再次改制的最好时机,再不改就真的把老实巴交的运河集团毁了。宏业三年前借给运河集团一个亿,这一个亿现在的运河集团恐怕很难还了。与其如此,不如作为收购运河集团股份的资金,就目前这个境况,员工们巴不得有人收购他们的股份。只要你盛总的宏业控股,大家就有了主心骨,许多事情就迎刃而解。"

盛玉柱第一次听到如此见解,印象很深。

任光明一副如释重负的样子，望着盛玉柱说："我该说的都说了。盛总，你在我们企业界是老大，书记、市长都把你当作北江的长子，你说话管用，真的，运河集团的前途就系于你一人身上了！"

任光明见盛玉柱陷入沉思，知道盛玉柱很在意他的话，不觉面露笑意，有点夸张地抬腕看了眼手表，站起来说："盛总，今天占用你宝贵的时间了，告辞了。"

盛玉柱愣了一下。他注意到了任光明的笑，虽是不经意的，却流露出一丝狡黠，心里不禁生出异样的感觉。他跟着站起来握住任光明的手，问："老任，后天的民主生活你能不能参加？"

任光明说："我就不参加了，这几个人我都不想见到。"

送走任光明，已经快到下班时间了。盛玉柱来到隔壁办公室，陈处长和吕晓红都站起来。陈处长有点不满地说："这个下台领导还真能讲。好几个人来找盛总，都被他耗走了。"见盛玉柱眉头微皱了一下，又说，"谈了这么长时间，我怕他缠着盛总谈待遇问题。"

陈处长好像在解释，盛玉柱就笑着说："让陈处担心了，不过他没谈待遇问题。"然后话题一转问道，"陈处，你说有人找我，都是哪些人？"

"有分公司经理，也有集团机关处室干部。"陈处长望了眼吕晓红，"小吕是吧？"

吕晓红点头说："是。有的也简单说了一些情况。"

盛玉柱问："邱笑、梁寿桐来没来过？"

陈处长摇头："没有。"

"有没有公司领导？"

"也没有。"

盛玉柱自语："一个要紧的人都没来。"看了看表，对陈处长和吕晓红说，"时间不早了，下午早点来。"

三个人走到大厦门口，吕晓红回头望一眼大厅，说："盛总，上午找你的人生怕被人知道似的。我想这是有顾虑，不如在大厅里放一个信箱，便于他们书面反映情况。"

"陈处，你觉得呢？"盛玉柱征询陈处长。

"这个办法好。"陈处长说。

来信果然很多，但露面的人更少了，到了第二天早上，也不见一个"要紧"的人。过了十点钟，就在盛玉柱以为不会有人时，梁寿桐推门进来了。梁寿桐看上去有点疲惫，脸色也不好，一屁股坐在沙发上说："盛总，我这个人不打小报告，可有一件事不得不反映。"

盛玉柱倒了一杯水递过去："梁书记不急，慢慢说。"

梁寿桐喝了一大口，说："盛总，我是从船队赶来的。这两天走基层，我发现邱笑他们派人跟踪整我的黑材料。"

盛玉柱问："整你什么黑材料？"

梁寿桐说："我哪清楚？还不都是捕风捉影。盛总，下午开民主生活会，他们肯定放我的炮，到时候就知道了！"

盛玉柱说："民主生活会本来就是开展批评与自我批评，你大可不必如此紧张，有则改之，无则加勉。"

梁寿桐涨红了脸："盛总，班子几个人都跟着邱笑，不难想象下午会发生什么！"

盛玉柱安慰道："身正不怕影子歪嘛！再说，民主生活会我们工作组也在场。"

"有盛总这话，我就不担心了。"梁寿桐笑了一下，似乎放心了一些，想了想就眨巴着眼睛问，"盛总，下午的民主生活会谁主持？"

盛玉柱一时被问住，走到门口冲隔壁喊："陈处，你过来一下。"

陈处长应声过来，望着站在门口的盛玉柱："盛总？"

盛玉柱说："下午民主生活会，梁书记问谁主持？"

陈处长转向站在门里边的梁寿桐:"这是党委民主生活会,谁主持?当然是书记主持了。梁书记这个还需要问?"

梁寿桐忙说:"情况特殊,我不能擅自做主。"

陈处长说:"我们工作组只是参加会议。当然,工作组对会议有权进行监督,特别是我们盛总,最后是要对你们批评与自我批评做出评价并提出整改要求的。"

梁寿桐说:"清楚了,我就不耽误盛总时间了,下午会上见。"

梁寿桐冲盛玉柱、陈处长点点头就转身离去。陈处长望着梁寿桐的背影说:"盛总,你看他两条腿迈得多有劲。"

盛玉柱望去,果然跟来时判若两人。

陈处长说:"盛总,他问会议谁主持,是有意提醒我们的。他既然问这个问题,说明他懂。现在他的目的达到了。"

分析得有些道理,但陈处长的口吻,听上去对梁寿桐不是太友好。陈处长本来至少是同情梁寿桐的,现在为什么发生了变化?

陈处长接着说:"盛总,人民来信看得差不多了,基本上都是反映邱笑和梁寿桐的。邱笑主要是搞突然袭击,罢免梁寿桐,没有其他新内容;倒是梁寿桐叫我吃惊不小,担任董事长时,不仅不擅经营,还贪污受贿、损公肥私,被罢免后,又到处煽风点火,挑拨干群关系,干扰正常生产经营。"

盛玉柱笑笑,对陈处长说:"人民来信不能不信,也不能全信,要看写信人的动机。"

陈处长说:"盛总,你看了信就知道了,我这就拿信给你看。"

来到隔壁办公室,陈处长把自己办公桌上的一摞信拿给盛玉柱:"这里有十几封反映梁寿桐的,小吕手里还有不少。"

吕晓红说:"盛总,我这里有十几封,我看反映的内容很多,正摘抄整理,把反映的问题和线索归一归类,盛总看的时候节省时间。"

吕晓红一般不做无用功，她能摘抄整理，说明这些反映有价值。

盛玉柱对吕晓红的满意，陈处长看得出来，就说："小吕考虑周到，难怪盛总只带小吕一人来运河集团，不过盛总，下午就要开民主生活会了，从人民来信看，问题不少，会上弄不好会吵起来。我和小吕可以不说话，可盛总你不说不行，盛总要有心理准备。"

盛玉柱说："陈处提醒得对。陈处参加这样的会多，见多识广，你说应该怎么办？"

陈处长说："遇到这情况，我们葛书记一般不牵扯具体内容，都说比较原则性的话。"

盛玉柱笑了："要不要请葛书记下午一起参加？"

陈处长想了想，说："葛书记来最好了。"

5

盛玉柱下班没有回去，叫司机小田买了一份快餐送来，一个人在办公室边吃边看吕晓红整理的材料。吕晓红比较心细，材料整理得一目了然，每一条内容都做了概述，并在后面加了括弧，注上反映这一条内容的人数。看似不带个人观点，但每一个括弧却分明在提醒盛玉柱，哪一条重要，哪一条关键。其中有一条反映梁寿桐任董事长时，华能电厂这个重要客户的业务居然丢掉了。正是因为这个，才引发出邱笑他们的"政变"。但也有人反映，正是邱笑他们的不配合，才导致丢掉了华能电厂这样的重要客户。这一条既重要又被人看重，还是矛盾激化的导火索。

快到上班时间，吕晓红推门进来，说企业工委的葛书记来了。盛玉柱来到接待室，葛书记正与梁寿桐促膝谈心。两个人握了手，葛书记说："盛总，你开民主生活会，好。我跟梁书记商量，今天的民主生活要有主题，梁书记认为主题应该是党性、党纪。"

盛玉柱见梁寿桐望着他，微皱眉头说："应该有主题。不过，党性这个主题有点抽象，党纪这个主题又太窄，我看不如围绕企业生存发展这个主题来开展批评与自我批评。"

梁寿桐的眼睛又转向了葛书记。

葛书记说："梁书记，盛总跟你这是从不同角度看问题的。"

这时陈处长进来："人到齐了，两位领导是不是去会议室？"

盛、葛二人站起来往外走去。梁寿桐跟在后面，小声嘀咕："今天主题究竟是什么？"

两个人回过头来，望了梁寿桐一眼，继续往前走。走在后面的陈处长却说话了："主题？要我看，无所谓主题，敞开说，只要需要。"

来到会议室，陈处长、吕晓红挨着两位领导一边一个坐下，梁寿桐知道不好坐在这一边，走到了对面。中间坐满了，没有人挪屁股。他有点尴尬地在最边上的位置坐下，清清嗓子，望着盛玉柱和葛书记恭敬地请示："两位领导，我们现在开始？"见两位领导点头，就放开嗓门说，"今天，我们按照工作组和企业工委的要求，召开一次特殊的民主生活会。首先，我代表运河集团党委对盛总、葛书记百忙之中亲临会议，表示衷心的感谢！"说着举起双手就要鼓掌，瞥见邱笑他们面无表情，甚至还有鄙视他的味道，就放下手，继续说道，"今天民主生活会的主题，是党性党纪和企业的生存发展。希望大家本着对事业、对同志负责的态度，严肃认真地开展批评与自我批评。最后盛总和葛书记还要作重要讲话。"

葛书记客气地摆手打断说："今天我不讲话，只带耳朵。盛总是工作组的组长，他比我了解情况，就盛总讲吧。"

盛玉柱望着葛书记。刚才，他把吕晓红整理的材料递给葛书记，葛书记只象征性地翻了翻，就合起来摆在一边。他看在眼里，有点诧异。现在又听葛书记说只带耳朵，就接过话说："葛书记一向注重倾听意见,讲不讲,等大家发言完再请葛书记讲话不迟。"说到这里,盛玉柱转向葛书记,"葛书记,现在运河集团面临生存危机,我建议今天的民主生活会就不要定框框。刚才路上陈处长怎么说来着?对,无所谓主题,敞开谈。我看只要对事业、对同志负责任,什么都可以说。激烈一点儿也无妨,有则改之,无则加勉。"

葛书记轻轻点头。

盛玉柱见梁寿桐有点愣怔,提醒说:"梁书记,继续吧。"

"好,那我就先说。"梁寿桐一个激灵,咳了一声就开始自我批评。主要有两条:一是不善团结同志,没有调动一班人的积极性,导致企业经营管理混乱。二是不善捕捉市场信息,由于市场竞争激烈,不进则退,企业效益出现下滑趋势。说完这些,梁寿桐就展开批评了。他没有逐个批评,而是攻其一点,直指邱笑搞突然袭击,不惜违反党纪党规,擅自罢免党的书记。听上去,梁寿桐不是为的自己,很有正能量,尤其是最后几句:"各位领导,这个问题解决不好,党组织何来凝聚力?又何来战斗力?没有凝聚力、战斗力,企业谈何生存发展?当然我相信邱笑同志不是故意为之。所以,我希望邱笑同志认真反思,引以为鉴,重振运河集团昔日雄风。"

梁寿桐不是凡人,话说得犀利但又得体。盛玉柱注意到,连葛书记都盯着梁寿桐。梁寿桐喝了一口水,声音低了下去:"我现在不是董事长,其他就不多说了,说的不对,请领导和同志们批评指正。下面哪位领导说?"

几位副总剑拔弩张的样子,都去看邱笑。邱笑一脸冷峻,却不说话。

"哪位领导说呀?"梁寿桐又问。

副总花春雷忍不住了,说:"邱总,我先说了。"他摆正姿势,望着葛书记,"自我介绍一下,我叫花春雷,从任光明开始,就分管经营。首先我要说明的是,刚才梁书记批评邱总搞突然袭击,我更正一下,这与邱总无关,是我和几个副总搞突然袭击。至于罢免梁寿桐同志的书记,事后我们才知道是违反党的有关规定。不过,我们为什么这样做,这要问一问梁书记自己了。"

梁寿桐说:"花总,民主生活会是批评与自我批评,请你围绕这个发言。"

花春雷说:"好,就围绕这个发言。盛总、葛书记,我这个人一向不思进取,很少研究市场,更没有工作主动性。这么多年下来,对分管的工作,不论好坏,没有感觉,麻木,直到邱总做了一把手,放权给我,我才陡然感到了压力,好像也有了责任心。邱总这个人虽不太爱讲话,但业务透熟,做事实在。他一接手全面工作,就从业务抓起,我记得找我说的第一件事,就是问我华能电厂业务是怎么丢的。邱总这一问,把我问住了。真的惭愧,怎么丢的,我还真不清楚。"说到这里,花春雷望了一眼梁寿桐,"梁书记,华能怎么丢的你不该不知道吧?不用冲我急,业务大单都是你一手负责的,你要是也不知道,那就奇怪了。"花春雷说得漫不经心,但句句入骨,他望着梁寿桐,发言又跑题了,"梁书记,华能电厂是我们运河集团最大的业务伙伴,合作了近二十年,真的不该丢呀。现在想来,我们客户丢失早有迹象,只因丢失的客户业务量都不大,没有引起我的注意和重视,但积少成多,丢掉的业务其实也非常可观,这就像温水煮青蛙,到死都没有知觉。直到四个月前,突然失去华能这个业务大单,才发现局面已经发展到不可收拾的地步。不仅业务量陡然下滑,还产生了多米诺骨牌效应,不到两个月,业务单位接二连三终止跟我们的合作关系。"

梁寿桐抬手敲敲桌子:"花总,今天不是业务会议。"

花春雷说:"对,我知道,今天是民主生活会,我这是先说事情,再作自我批评,不然就无的放矢。各位领导知道,我们运河集团面临生存危机,作为分管领导,我负有不可推卸的责任。从思想上剖析原因，主要是我这个人长期工作在国有企业，养成了不思进取，凡事依赖一把手的毛病。盛总，现在面对这么一个烂摊子，要不是邱总把着舵，我真的束手无策了。梁书记，我这样说符不符合要求？就说这么多，水平有限，不对之处请各位领导批评指正。"

花春雷的发言，看似自我批评，但矛头却有所指向。盛玉柱听得很认真，感觉这个副总每一句话都筋拽拽的。但花春雷的发言却戛然而止。自称"只带耳朵"的葛书记说话了："花总，你只作了自我批评，还没对他人展开批评帮助呢？"

"不说了，再说就不是民主生活会的内容了。"花春雷瞥了一眼梁寿桐。

"花总，当着上级领导的面不说，你什么意思？"梁寿桐问。

"什么意思？民主生活会是党内批评，再说就超出党内批评的范围了。"

"言者无罪，闻者足戒。有话不当面说，暗里搞突然袭击，这就是你的做派？"

这话把花春雷说火了："梁寿桐同志，是你非要我说的哟。好，我要是说了，请不要跳。"

"你说，我没有什么可跳的。"

"那我就知无不言，言无不尽了。盛总、葛书记，最近这一阶段，邱总带着我下去组织营运自救，发现梁书记也常下去。梁书记是这么回事吧？"

"是，我下去做职工思想稳定工作。"

"我倒是听说，你下去总说运河集团快倒闭了。"

"我说了吗？就算说了，也是告诉职工，大家再不团结一心，运河集团就离倒闭不远了。花总，要不是我做思想工作，职工早就去堵政府大门了！"

花春雷笑了起来："梁书记倒成了有功之臣。本来我是不想在这个场合说的，不说上级领导还真的以为是梁书记做了工作，职工才没去政府堵大门。盛总、葛书记，我们下面不少船队说，他们拿到手的单子又被人家退了，原因是退单的单位资金紧张，要接单子就先垫付三成至五成不等的货物资金。眼下运河集团哪个分公司、哪个船队都资金紧缺，哪来钱垫付？邱总就带着我跑了一些退单的单位，这才发现人家哪是资金紧缺，是找的借口。盛总、葛书记，说了你们可能都不会相信，居然是我们集团个别领导，拿华能电厂说事，告诉人家华能电厂都撤单了，运河集团还能撑几天？"说到这里，花春雷停了一下，愤怒地说，"这是什么行为？说他吃里爬外是轻的，说得重一点儿，这是犯罪！"

梁寿桐坐不住了，有点激动地站起来，梗着脖子说："花总，你说清楚，是哪位个别领导？"

花春雷说："这还用我说吗？不过梁书记，这不要紧，现在那些退单的正一个一个跟我们恢复业务关系。"

听说正恢复业务关系，盛玉柱比较关心，插话问："你们是怎么努力的？"

花春雷突然有点动情，说："邱总怎么跟人家谈，人家都不相信，为了让他们相信我们的诚意，邱总决定用个人财产做抵押，贷款垫付货物资金。邱总带头了，我们几个副总都支持，一起用家庭财产抵押，一共贷了五百万。还真应了那句上行下效的老话，接到业务单子的分公司、船队领导，都跟着效仿，就这几天，累计贷了一千多万，解了资金短缺这个燃眉之急。"

梁寿桐听得吃惊，神情变得复杂起来，一会儿看邱笑，一会儿看盛玉柱、葛书记，一会儿又看大家。一直低头不语的邱笑这时抬起头来："感谢大家的支持，但杯水车薪，解决不了根本问题，说不定因为我还害了大家。"

众人不说话，都望邱笑，气氛就又沉重起来。

盛玉柱瞥一眼梁寿桐,梁寿桐这才想起自己是会议主持人,犹豫了一下,有点不情愿地说:"各位领导,邱总带领大家生产自救令人感动,我自愧不如。不过,今天是民主生活会,还望各位领导围绕民主生活会发言。"说着转向花春雷,"花总,你发言完了没有?"

花春雷说:"刚才我就说完了,是你非要我说的。完了,再说就更不是民主生活会的内容了。"

梁寿桐嘀咕:"想说就说,我没封你嘴。"

花春雷摆手:"不说了,打死也不在这个会上说了。"

"花总,你就歇歇吧。"副总胡一平说,"你要再说,一个下午被包了也说不完。我还有话要说呢。"

这等于给梁寿桐解围。梁寿桐马上笑着介绍:"盛总,葛书记,他叫胡一平,是分管财务、投资的副总,党外人士。"然后小心地说道,"胡总,今天开的是党内会议,其他人都没讲呢,你是不是……"

胡一平说:"我就几句话,用不了多长时间。先自我批评一下,一共三点:一是责任心不强,二是业务不精,三是遇事胆小如鼠。"

有人扑哧笑出了声。

胡一平摆摆手,一副认真的样子:"不笑不笑,我说的都真的。为什么说责任心不强?我虽然分管财务,却不太过问财务上的事情。为什么说业务不精?因为有时连账都看不懂,不知那些数字的来龙去脉。为什么说胆小如鼠?公司大宗财物属权变更、大笔资金调度,没见过大世面,我害怕,签字有时手都发抖。"

更多的人笑了起来。

胡一平继续说:"看看,我一说你们就笑。好,我不说了,按照要求再批评两句。一句是针对邱总的。四个月前,我们运河集团陷入困境,梁书记束手无策。梁书记你不要生气,你真的束手无策,但又无动于衷。我们几个副总一致认为,梁书记是有了出路才无动于衷。我们不行，我们没本事，运河集团倒下，饭碗就砸了。所以，我们几个副总就按照公司章程，请梁书记让贤。"

梁寿桐听不下去了，说："胡总，你不是说针对邱总的吗？"

胡一平马上说："对，对，是针对邱总的。前面做一些铺垫，好让领导知道来龙去脉。下面就说到邱总。邱总，我以下犯上了。当初，我们推你接手董事长，你说能力不够，拼命推辞。我看这不是谦虚，用现在时髦的话，就是不敢担当，把自己等同于我这个非党人士。邱总，现在你已经是董事长，既然黄袍加身，就不要再谦虚了，希望邱总顶住各种压力，有我们运河集团一万多名干部职工做你的后盾，你怕什么？"

胡一平停下来，去端桌上的茶杯。梁寿桐耐着性子听到这里，以为发言结束，说："胡总是党外人士，下面领导发言请尽量不跑题，针对性强一点。"

胡一平放下茶杯，打断说："梁书记，我两句话才说了一句，还有针对你的一句话没说呢，保证不跑题。"

梁寿桐胸中腾地升起一团火，望了望盛玉柱和葛书记，又不得不压住："胡总，不要再弯弯绕绕，有话直说，把握好时间。"

胡一平说："好，有话直说。梁书记，记得你刚上台时间不长，就把五百吨以下的拖船都当作废铁卖了。二百多只拖船呀，当作废铁卖才多少钱？这个且不说，一下子没了二百多只拖船，运力陡降，不少到手的业务单子只能转给其他航运企业。一来二去，业务就丢掉了。"

梁寿桐说："胡总，你知道这是省交通厅转型升级的要求，省里为此奖励运河集团一百多万。"

胡一平说："转型升级？升了没有？拖到今年初，才在江海船厂定做两艘三千吨驳船，但又因为资金问题，两艘驳船至今还在船厂里趴着。现在，即使这两艘驳船造好了，又有什么用？眼下大客户丧失殆尽,剩下的都是小客户,一二百吨的货物动用三千吨的驳船,岂不是大炮打蚊蝇,不亏死才怪!"

梁寿桐被说得一愣一愣的。

胡一平笑笑,望着梁寿桐:"说得对与不对,敬请原谅,有则改之,无则加勉。感谢让我这个非党同志有发言的机会!"

胡一平说完,其他几个副总又一个接着一个地发言。梁寿桐如坐针毡,几次想请盛总讲话结束会议,但副总们已经不把他当成主持会议的人了,彻底地晾在一边,自顾自地说着他们想说的话。

不觉天色已晚。只剩下邱笑还没有发言,但他却一声不吭。梁寿桐此时已经没兴致主持这个民主生活会了,也耷拉着脑袋,像一个旁观者。

葛书记说:"邱总好像还没说吧。"

邱笑看了看表说:"葛书记,我要说也是他们说过的,没有新内容。不耽误时间,还是请盛总、葛书记给我们作重要讲话吧。"

盛玉柱接过话来:"好吧,我就先说一说。"

作为领导先说,这是违反常规的。盛玉柱对邱笑已经有一个基本判断,尤其是花春雷说了邱笑带头用家产抵押贷款后,他透过邱笑冷漠的外表看到了他内心的强大,对邱笑的性格也有了进一步了解。但邱笑还不了解他。民主生活会前,邱笑就没找他谈过,现在又不想发言,说明对他和工作组还不是很信任。他轻轻咳嗽一声,望了一眼邱笑说:"今天这个民主生活会是我提议召开的。也许大家奇怪,为什么我一进运河集团就开这个会。现在,我就把我的真实想法说给大家,请大家甄别诚意。我曾经跟邱总说过,市里打破常规,派我这个搞企业的人做组长,目的就是帮助运河集团尽快走出困境。但运河集团的问题不仅仅是经营管理不善,还涉及领导班子,这个大家都是清楚的,从上一次工作组进运河集团到今天,只有三年时间,就重蹈覆辙。为什么?无须我赘述。所以从某种意义上讲,领导班子更为重要，但正如花总几天前所说，运河集团是民营企业，我们工作组无权指东说西，干涉运河集团领导班子的工作，更不可能越俎代庖，来运河集团整顿班子。为让大家能坐下来，面对面、脸对脸地各抒己见，充分发表意见和建议，我这才提出召开民主生活会。"说到这里，转向葛书记，"民主生活会是党内一项正常的政治生活，运河集团领导班子除胡一平同志，其他同志都是党委成员，参加生活会既是权利也有要求。"

葛书记点头："对，胡一平同志列席也是党内规定允许的。"

盛玉柱又面向邱笑他们："会前，我们工作组接待了不少来反映情况的同志。可在座的各位除个别领导，都没有找过我们，这说明我们工作不到位，没有得到大多数领导的信任。不过，听了刚才各位的发言，我却甚感欣慰。至少有三点收获：一是症结初步找到。各位的发言虽然有点浅尝辄止的感觉，但已经反映了不少有价值的情况，找到了一些经营管理上存在的漏洞。二是自救已有成效。这几个月，大家在邱笑同志的带领下，大客户、大单子虽未恢复，但停船吃饷、坐吃山空的现象已经得到遏制。三是很受感动。运河集团如此困难，大家没有退缩而是迎难而上，深入一线，帮助基层船队想方设法恢复业务，尤其资金链断裂时，邱笑同志带领大家拿家产抵押贷款，令人十分敬佩。这一举动不仅解决了生产经营中的具体问题，也是最好的思想政治工作，任何言语在这一举动面前，都是苍白无力的。我相信，在邱笑同志的带领下，运河集团一定能走出困境、重振昔日雄风！我们工作组一定尽心尽力地开展工作，为实现这一目标与运河集团全体干部职工共同努力。我就讲这些。谢谢大家。"

盛玉柱讲话不长，但态度却很鲜明，话音刚落地，就响起了一阵噼里啪啦的掌声。邱笑没有鼓掌，但脸上的表情不再是漠然置之，变得有点生动了。

掌声刚落下，葛书记就说："我说不讲话的，但忍不住还是要说一说。今天这个会开得很好，对我也是一种教育。我跟盛总一样，不仅了解到运河集团存在的问题，还被邱总带领大家生产自救的精神感动。都说典型不好树、不易树，其实典型就在身边，我们企业工委一定好好挖掘总结。至于如何帮助企业恢复生产经营，盛总是内行，我说不出一二三，就不多说了，但我跟盛总一样有信心，运河集团在邱笑同志的带领下，一定能很快走出困境。"

葛书记的这番话又引来一阵掌声。

盛玉柱注意到，这一次邱笑也鼓掌了，并且鼓掌时眼睛在他脸上停留了一会儿。

6

盛玉柱对民主生活会比较满意，第二天早早地来到运河大厦，想与邱笑他们做进一步沟通，一起研究解决问题的办法。但过了九点钟一个没见着，一问才知都出去跑业务了。他想起来，昨天会议结束后，梁寿桐要留与会人员吃饭，葛书记婉拒先走，他也说有事。邱笑送他和葛书记上车时，招呼几个副总去他办公室，说"有事商量"。原来"有事商量"就是商量跑业务。

盛玉柱又打电话找梁寿桐，梁寿桐说在外面有事，一时回不去。问他什么事，支吾着不说。盛玉柱坐不住了，来到隔壁办公室。只有吕晓红一人。吕晓红说，陈处长刚才来电话，葛书记让他抓紧下基层公司、船队调研，这几天没有特殊事情就不到办公室了。都动起来了。盛玉柱有所感触："小吕，我们不能光坐着不动。"

吕晓红说："不动也要动了，刚才他们财务部把账本送过来，我这几天得集中时间看账。"

盛玉柱望着桌上的一摞账本，想想问道："谁让送过来的？"

吕晓红说:"胡总。"

听说是胡总,盛玉柱又想到邱笑的"有事商量"。

吕晓红见盛玉柱不语,说:"前两天要看账,他们拖着不给,今天却主动送过来。盛总,你说怪不怪?"

听吕晓红这么说,盛玉柱就笑道:"你这是考我智商,昨天的民主生活会你也参加了,没觉得邱笑开始信任我们了?"

吕晓红不好意思地说:"盛总不点破,我还真的没弄明白。"

盛玉柱抬手点点吕晓红,敛起笑容:"小吕,账本既是主动送来,里面一定有内容,你要仔细查看。"

盛玉柱交代完就回到自己办公室。坐在桌前,他梳理这几天的所见所思。问题不少,找到了一些问题的症结,对邱笑、梁寿桐也有所了解,这对下一步开展工作打下了基础。下一步要解决两个问题:一是货运业务不足。这是短期必须解决的燃眉之急。货运业务上去了,一万多员工就能重拾信心。眼下邱笑他们恢复了不少业务,但大客户不解决,业务量就不会有质的突破。二是人的问题。这是关键,也是吴秘书长没有解决好的问题。

想到人的问题,不由得就想起昨天的民主生活会。应该说,邱笑、梁寿桐对他和葛书记的态度很清楚了。邱笑受到肯定表扬,却不与工作组接触,而与他的副总们"有事商量",出去跑业务,说明他知道什么是当务之急。梁寿桐没得到认可,本该找工作组解释沟通,却也有事在外。梁寿桐叫人捉摸不透。说他无能,这几天的接触,说话做事都透着精明;说他精明,不该发生的失误,在他身上却频频发生。一场民主生活会,他被众人说得体无完肤,就是一个导致运河集团陷入困境的罪魁祸首。想起民主生活会上的情景,盛玉柱都替他难受。

到底是能力问题还是另有原因?

快下班时,盛玉柱又给梁寿桐打了一个电话。梁寿桐说,盛总上午打两个电话了，下午就是有事也搁在一边，一定准时到盛总办公室。脑子里想着梁寿桐，回家路上就问起司机小田对他的印象。小田嘿嘿笑道："这人没接触，今天倒是在厕所照了面，没想到他居然给我让位。笑得谦恭，像欠别人什么，别的没印象。"

"上午梁书记在运河大厦？"盛玉柱问。

"在，我十点多钟看见他的小车。"小田又有点诧异，"听他的司机说，从外面赶回来，就是找盛总的，没找？"

盛玉柱没答，又问："从哪赶回的？"

小田想了想，说："我问了，好像是仁和货运公司。"

昨天开民主生活会，今天一早就去这家公司，梁寿桐一定有要紧事情，而且还赶回来要见盛玉柱，说明有话要说。赶回来又未找盛玉柱说，一定又有顾虑。

下午一到班上，梁寿桐已经坐在办公室里了。盛玉柱给梁寿桐续了水，就在旁边的沙发上坐下。梁寿桐不停地端杯呷茶，一时没有主动说话的意思，盛玉柱就面带微笑说："梁书记，今天请你来，我想跟你进一步沟通，商量下一步怎么办。"

"感谢盛总信任。"梁寿桐手上的杯子抖了一下。

"梁书记下一步有什么想法？"

"我有心理准备。"

"心理准备？"盛玉柱在点诧异。

"免书记，我能接受。昨天民主生活会上，盛总和葛书记的态度我心里清楚。这跟三年前没两样，总归要免一个人，这人就是我。"

"梁书记怎么想到这个？"

梁寿桐脸上就有点沉重："我不怨组织和领导，我的责任我承担。不过盛总，我也是受害者。"

"受害者？"盛玉柱想听，"说说看。"

"运河集团改制前，我是副县级，年薪又有二十几万，加上老婆在小学做老师，没有家庭负担，就送小孩去英国读大学。哪个想到，好好的企业非要改制，这一改不仅把我们政治前途改没了，二十几万的年薪也缩水到五六万。我们恨任光明不光明，玩阴的，哪个跟他干？不过现在想想，也不全怪他，我们跟他离心离德，也有责任。"说到这里，梁寿桐叹了一口气，"他也是受害者，干一辈子，没了政治待遇，钱再赚不到，到老了什么都没了，岂不亏死？"

盛玉柱想说做人不能这样自私，何况还受党培养了多年，但话到嘴边觉得不妥，略一停顿说道："梁书记，既有受害切肤之痛，你接任一把手后怎么也重蹈覆辙？"

"哪个想重蹈覆辙？"梁寿桐端起茶杯喝了一口，心有不甘地说，"要不是家庭发生特殊情况，企业不会是现在这个样子，至少不会濒临倒闭。"

听意思他是受家庭影响牵扯了精力，盛玉柱就问："不知梁书记家里发生了特殊情况？"

梁寿桐想想说："这事没跟人提过。盛总既问，我就说了。我老婆得了肌肉萎缩，靠进口药延缓恶化。"

盛玉柱有点吃惊："多长时间了？"

"改制那年发的病。"

"四五年了，现在病情怎么样？"

"不能断药。"

盛玉柱听说过这病，进口药很贵，一般家庭很难承受，就问费用如何支付。

这一问把梁寿桐眼睛问红了，沉默良久才说："本来以为改制后收入会提高，支付没问题，就没跟企业讲。可第二年，年薪不涨反降，幅度还很大。原来有点积蓄，基本用于买房、买车和家庭现代化建设上了。现在老婆看病吃药，加上小孩国外读书支出，一年要二十万，五六万年薪哪能承受得了？我有过找企业帮助的念头，可企业一盘散沙，不说都没人知道我老婆得这个病，大家各顾各的，互不关心，企业又每况愈下，还找企业干什么？"

盛玉柱心里不是滋味，说："梁书记，我想你是不愿看到企业陷入困境的，既然这样，我就不理解了，你做了一把手，为什么又不尽心尽力频频出错？"

梁寿桐沉默了一会儿说："本来我不奢望做一把手。邱笑是常务副总，资格、能力都在我之上。吴秘书长说，就是邱笑做一把手，企业也搞不好。这不是能力问题，任光明能力差了？是改制一开始就出了问题。"

岳市长说过，运河集团改制是不成功的，任光明前几天也说过跟吴秘书长一样的观点。看来运河集团当初改制真的哪里出了问题。盛玉柱想了想，问梁寿桐："梁书记，大家都知道，最后吴秘书长还是把你推上了一把手，这又是为什么？"

梁寿桐神情复杂，憋了一会儿才说："我有个人利益。"

说出这话是要有一点儿勇气的，盛玉柱就没有往下追问。

梁寿桐停顿了一下，继续说："所以就是把我书记免了，我也不怨。不过，我跟任光明不一样。他本来就快退了，还有百分之十几的股份，坐收红利。我才四十五六，我怎么办？"

梁寿桐目光里透着探寻，盛玉柱想了想说："梁书记，我不想刨根问底，只看现在和以后。说句实话，免不免你，至少到现在我还没想过，而且也不是我一个人说了算。不过，有一点我可以跟你承诺，不管你以后做不做书记，只要你为运河集团走出困境做努力，我盛玉柱就一定对你负责任！"

没想到盛玉柱会做出这样的承诺，梁寿桐愣怔了一会儿，长吁一口气，似乎在摇摆不定中做出了一个决定："谢谢盛总，我一定将功补过！"

7

　　岳市长从北京一回来就召集会议。

　　因为带回了园区批文，岳市长很高兴，会议整整开了一天。上午坐在会议室布置任务，下午到开发区看规划用地。盛玉柱参加了会议。接到会议通知时，他就知道华能电厂的姜总也参会，上午没机会接触说事，下午看现场时，与会人员比较散漫自由，他就把姜总拉一边，说起运河集团与华能电厂的业务合作，请姜总无论如何伸出援助之手。姜总性情比较温和，但提到与运河集团合作，也有点激动，说没想到合作十几年的运河集团，去年却突然提出运力不足，不再跟华能合作，弄得他措手不及，不得不在匆忙中找那些不知底细的中小航运企业合作，其中有一家叫仁和货运的水运公司，一下子就签了一年的大单。盛玉柱看出姜总憋着一口气，就替运河集团万名员工致歉。这一致歉，弄得姜总反倒不好意思了，脸红了一下说："盛总小看我姜某人了。我是心胸狭窄的人吗？邱笑之前也找过几次，我很想帮他，毕竟与运河集团合作了十几年。可我们几个副总对去年的事情至今还耿耿于怀，我又一时找不到恢复合作的由头，所以才一直没有答应邱笑。"

　　盛玉柱有点着急："姜总，运河集团是万人企业，不仅关系到他们的饭碗，更重要的是关系到全市的稳定大局。华能电厂是运河集团最大的客户，能不能跟华能恢复合作关系，不单影响运河集团的营运业务，还是风向标，会产生马太效应，所以姜总呀，这时候你如果伸手拽一把运河集团，就救了运河集团的一万多员工！"

　　姜总见盛玉柱动了感情，想了想说："盛总既然这么说，我哪有不帮之理？不过，我不是小看你盛总，你的面子还不够，压不住阵脚，得请岳市长出面。只要岳市长出面，我这个由头就有分量了。"

一天下来，与会人员在开发区喝酒。互敬酒时，盛玉柱拉着姜总一起来到岳市长跟前，借敬酒之机报告了运河集团与华能合作的事情。岳市长当然高兴，举杯说道："好，我敬你俩，以表祝贺。"

盛玉柱说："岳市长，这祝贺酒喝早了，成不成还得看市长您的。"

岳市长纳闷："还要看我的？"

盛玉柱说："我想请华能领导喝酒，到时候请市长出场。市长出场了，姜总也就好说话了。"

姜总点头："去年是运河集团提出终止合作的，现在突然恢复合作，没有由头，我没法跟班子成员说，也说不出口。"

岳市长笑了起来："拿我做挡箭牌？好，我认了。不过你盛玉柱，我有条件，你得答应在园区投资的项目，不低于五个亿。"

"没问题，保证投一个五亿以上的盐化工项目。"

"盛总，酒后无戏言。"岳市长指着盛玉柱笑道。

"愿立军令状！"盛玉柱说的是戏文，但十分认真。

喝了不少酒，盛玉柱第二天起床后还有点头痛，不过心情特别爽。一到办公室，他就想把华能的事情告诉吕晓红，还没开口，吕晓红就先说了："昨天我集中精力查看了运河集团的账目。盛总，他们做账水平不错，可要注意看账票，就能发现一些蹊跷。前天民主生活会上说到的，去年他们把二百多只拖船当作废铁处理。说是转型升级，可以理解，但既是当作废铁处理，就该处理给钢铁厂或者船舶拆卸公司。叫我想不通的是，他们偏偏处理给了一家内河货运企业。"

盛玉柱怔了一下，问："处理给什么企业了？"

吕晓红说："仁和货运公司。"

仁和？华能的姜总昨天提到过这家公司，这未免太巧合了。盛玉柱皱眉思忖片刻，摸出手机拨邱笑电话，拨了几次才接通。邱笑抱歉地说："刚才正谈一笔运单，对不起呀。盛总找我有事？是谈心还是了解情况？我在外地，这两天忙完，我主动找你。"

"邱总不用急，今天找你是商量一件事。"

"什么事？"

"宴请华能电厂领导班子，想请你出面。"

邱笑那边不吭声，盛玉柱就把昨天的事情简明扼要地说了。邱笑听完，语调就变了："谢谢！全听盛总安排。"

吕晓红一边听了，也跟着激动起来，盛玉柱一挂电话，就说："盛总厉害，这才几天，就拿下了华能这个大客户。"

盛玉柱说："话不能说满，还没拿下呢，到时候你得冲锋陷阵。"

吕晓红知道这是要她参加宴请，故作悲壮地说："指哪打哪，保证像黄继光一样，舍身堵枪眼。"

过了两天，岳市长有时间，盛玉柱马上敲定了宴请。

邱笑还没回来，盛玉柱打电话请他招呼各位副总，梁寿桐那边由盛玉柱自己去说。邱笑说这是经营上的事情，用不着都参加吧。盛玉柱知道邱笑这是对梁寿桐有点顾忌，就说了自己的想法：一是领导班子全体都去，表明运河集团对华能电厂的高度尊重；二是请梁寿桐参加，还有另一层意思，就是让他知道这是岳市长参加的宴请。邱笑一听明白了，心领神会地说，马上赶回来，一个不漏好，绝不耽误宴请。

宴席摆在花门楼山庄。这是北江最大的一个庭院式酒店，从雕花门楼进去，在林荫中绕过一片假山，跨过一座拱桥，听着潺潺的流水声，就见到一个皇家风格的回字形院落。院落中间有一座古色古香的二层小楼，楼下是一个中式茶坊，摆着各式茶具、茶叶，供客人饭前品茶，楼上也只摆一桌酒席，宽宽敞敞可坐二十人。

岳市长要出席这个宴席，大家早早地就来到这座小楼。都知这个宴席为的什么，宾主相见却不道明，只是相互寒暄，说些不着边际的话。陈处长是从船队直接赶过来的，一见面就把盛玉柱拽到外面的走廊上，好像离别多年，有一箩筐的话要说。

"盛总，这几天在下面调研，收获很大，活了四十岁，还是头一回碰到。"陈处长首先感慨。

盛玉柱说："看来陈处挖掘到不少值得宣传的事迹了。"

陈处长说："上次民主生活会后，葛书记交代我要深入挖掘典型，我第二天就下去了。这一下去，不仅挖掘到了鲜活的素材，还无意中发现了一个天大的秘密。"

盛玉柱问："什么秘密比天大？"

陈处长瞥一眼屋里面，说："昨天在三公司调研，小吕打电话告诉我运河集团要跟华能恢复合作关系，叫我今晚赶回来参加宴请。听到这个消息，我忍不住就跟三公司经理说了。没想到这一说，这个经理也忍不住了，痛骂自己不是个东西。我说你好好骂自己为哪门子？他犹豫了一会儿，就跟我说，他下来做分公司经理前是集团投资部长，从没做过对不起良心的事，但梁寿桐上台后，他经手的两件事一直像两块大石头压在心上。一件是按照梁寿桐的授意，由他出面把二百只拖船当作废铁卖给了仁和货运公司；还有一件是邱笑上台前两天，梁寿桐瞒着大家，带着他跟仁和公司草签了一个协议，要把趴在船厂里的两艘三千吨驳船转让出去。"

盛玉柱有点吃惊，两艘驳船一旦转让出去，运河集团的运力就真的成了问题，他不禁有点着急，问："为什么要转让，这不存心把运河集团往死里整吗？"

陈处长说："这个经理说，梁寿桐说他也是忍痛割爱，资金短缺，船下不了线，趴在船厂就是一堆废铁，还把前期投的钱焊上去了。梁寿桐关照这个经理，这只是草签，还未最后定论，为不引起混乱暂不外传。我问他为什么要告诉我，他就蹲在地上，抽泣着告诉我，邱笑上台后，他作为梁寿桐的人被撤换下来，但邱笑没有一棍子打死，让他到三公司做经理。到了三公司才发现，船队已经无米下锅。他去找梁寿桐。梁寿桐叫他放心，运河集团倒了，就介绍他去仁和。但后来他看到邱笑拿家产抵押贷款，和他们一起生产自救，很激动。所以听我说了要与华能电厂恢复合作业务关系后，他想到了运力不足问题，这才忍不住把两艘三千吨驳船的秘密捅破了。"

盛玉柱问："协议只是草签？"

陈处长点头："对，这个经理说得很肯定。"

盛玉柱就拍拍陈处长肩膀："难怪葛书记夸你是他的左膀右臂，你这么一下去，就把秘密揭开了，借今晚这酒，我要多敬你几杯。"

陈处长摆手："盛总过奖，盛总促成华能电厂跟运河集团合作，这才值得敬酒呢！"

盛玉柱说："能不能促成，还得看岳市长的。"

说着岳市长，岳市长的小车就到了。岳市长下车走过花门楼，盛玉柱马上迎上去。岳市长说让大家等了吧？盛玉柱连说没有，他们正打牌掼蛋呢。

市长一到，大家都跟着登上二楼。按序入席刚坐好，岳市长就开宗明义，让服务员并排倒了三杯酒，举杯说："今天运河集团宴请华能电厂是我的主意，看来我的面子还算不小，华能班子全来了。这第一杯酒，我敬华能领导班子，感谢华能多年来对北江经济和社会发展做出的积极贡献。"一口将酒喝了，又举起一杯，"第二杯我还是敬华能领导班子，感谢华能积极向上争取，准备在盐化工园区建厂，确保园区用电用气。"一口又将酒喝了，然后端起最后一杯酒，"这第三杯仍是敬华能领导班子，这杯酒意义不凡，关系到北江稳定大局，期盼华能电厂宽宏大量，与运河集团尽释前嫌，握手合作。"说完高高举起酒杯，仰起脖子，有点夸张地将酒倒进嘴中。

大家看得怔住了，直到岳市长喝完三杯，才一起举杯回敬。气氛霎时达到高潮。喝完门前三杯酒，华能、运河集团两家领导就轮番到岳市长跟前敬酒，然后又互捉对子开喝起来。盛玉柱敬了岳市长后，看到坐在桌边形影相吊的梁寿桐，就走过去说："梁书记，我们一起敬一下岳市长，感谢岳市长为两家合作牵线搭桥。"

两个人端着酒杯来到岳市长跟前。

岳市长笑着说："还有邱总、姜总呢？请他俩过来。"

盛玉柱就喊："邱总、姜总，市长请你俩过来。"

四个人站在岳市长周围，盛玉柱说："岳市长，我们四人一起敬酒，感谢市长关心，促成两家合作。"

岳市长斟满酒，举杯望着四人说："祝合作成功，干杯！"

这杯酒喝完，等于做了样子，两家领导成双成对来敬岳市长。

邱笑拉着盛玉柱到旁边说："谢谢盛总！"

"谢什么，我是工作组长。"盛玉柱摆摆手，然后就把梁寿桐喊过来，说，"梁书记，我敬你们二位一杯，希望以今天跟华能恢复合作为转折点，你们运河集团的路越走越宽，越走越好。"

邱笑嘴角掠过一丝微笑，与盛玉柱碰了一下酒杯。

盛玉柱望着梁寿桐，酒杯递过去："梁书记？"

梁寿桐就与盛玉柱碰了酒杯："谢谢盛总关心，谢谢盛总关心。"

几番下来，大家有了酒意。华能分管供应的副总拿来两只高脚杯，斟满红酒，说华能与运河重新合作，工作组功不可没，提出与工作组点球，一杯一万吨煤运量。点球就是宾主各派代表，一对一地喝酒。

这个副总跟盛玉柱说话，眼睛却瞥着吕晓红。果然，他就端着两只高脚杯走到吕晓红跟前，往桌上很有气势地一放："美女，请——"

胡一平笑鄙说："跟人家美女斗算不得英雄好汉，我来跟你点球。"

这个副总反唇相讥:"你是英雄救美呀?"

吕晓红伸手端起酒杯:"大哥,一杯两万我就接你这个点球。"

这个副总咧嘴笑了笑,望着姜总和华能的其他几位副总,见他们都笑着点头,就豪迈地一挥手:"行,两万吨!"然后端起另一杯酒,做了一个请的姿势,"美女,请——"

两个人面对面,一仰脖子酒下肚了。在大家一片叫好声中,两个人一连喝了十几杯。这个副总兴奋得说话都有点打哆嗦了,但还要继续点下去。姜总过来打断:"不能再喝,再喝人家小吕就栽了。"然后就转向盛玉柱,"已经有三十几万吨,不少了。盛总,运河集团货运能力已不如从前,慢慢来,一口吃不成胖子,再多怕就撑死了。"

盛玉柱对吕晓红有数,再喝十杯没问题,他望了一眼梁寿桐:"姜总,谁说运河集团运力不如从前?运河集团两艘三千吨驳船在江海船厂造着,一两个月就能投入使用,运你们华能的煤,那是多多益善。"

姜总一怔,有点惊异:"两艘三千吨驳船?这可是内河航母。"

盛玉柱说:"不信你问梁书记,是在梁书记手上造的。"

大家就望梁寿桐。

梁寿桐点头:"差不多造好了。"

岳市长听说要造好了,感慨地说:"梁书记,真是不敢想象,你能在运河集团困难的时候,逆势而动,打造两艘内河航母,有眼光,想得长远。前两年经济形势不好,一些企业生产吃不饱,干脆停掉部分生产线,进行技术改造,提升生产能力和质量,我现在理解了,这叫蓄势待发,一旦经济上行,就能抢得先机。"

盛玉柱见梁寿桐发愣,笑着提醒说:"岳市长在表扬你呢!"

梁寿桐感激地望一眼盛玉柱,忙说:"岳市长过奖,我哪有什么眼光,歪打正着,惭愧,惭愧。"

众人又吆喝着喝酒了。

盛玉柱把梁寿桐拽到一边,小声问:"梁书记,听说那两艘驳船准备转让,不会是真的吧?"

梁寿桐吃了一惊:"这个盛总知道?"

盛玉柱点头:"知道。"

梁寿桐像是被揭了遮羞布,脸微微地红了一下,说:"盛总你是行家,我只是草签了一个协议,民主生活会议的第二天我就找到仁和,签了一个补充协议,转与不转主动权在我们。"

船已经不成问题了,盛玉柱就不再往下问,他望见那个副总还在跟吕晓红点球,对梁寿桐道了声谢谢,就走过去说:"小吕,你行不行?不行换人。"

陈处长没喝多少,一直旁观,心里明明白白。盛玉柱这时提出点球换人,他也有了冲动,站起来说:"小吕,你歇歇,我来!"

那个点球的副总,已经耷拉着脑袋坐在椅子上了,听到这话居然抬起头来,醉眼蒙眬地说:"又……又一个……英雄救……救……美……"

吕晓红也略有了酒意,说话有点豪迈粗犷:"本姑娘用不着救,来,今日痛饮庆功酒,再干十杯!"

姜总说:"算了,算了,我看这球就不点了,华能电厂的煤尽运河集团运,按照盛总的意思,多多益善,多多益善。"

盛玉柱就望岳市长:"市长你说,你说不点,我们就不点。"

岳市长说:"就依姜总,来日方长。"

球不点,宴席很快就结束了。送走岳市长,众人各自上车。在一片"嘭嘭"的关车门声中,眨眼间花门楼前的一溜排轿车就跑得无影无踪。跑出不远,盛玉柱接到邱笑电话,问晚上有没有场子跑,如果没有,约一个茶馆,他有话要当面说。

盛玉柱赶到茶馆时，邱笑已经在一个包间等他了。邱笑问盛玉柱喝什么茶。盛玉柱说普洱解酒。邱笑就点了一壶极品普洱。

普洱上来了，邱笑端起小盅茶杯，低头喝茶，并不说话。盛玉柱知道他在酝酿，喝着茶耐心等待。邱笑喝了几盅，终于抬头说："盛总，国联集团聘我做总经理。"

盛玉柱端着茶盅怔住了。这个国联集团主营煤炭，知名度较高，是总部在省城的一家民营企业。盛玉柱之所以怔住，不是因为国联集团为何要选中一个濒临倒闭的企业的老总，而是因为突然听到邱笑选择离开，这与自己之前的判断有点南辕北辙、相去甚远。

"邱总，你决定了？"盛玉柱放下茶盅问道。

"嗯，决定了。"

"为什么？"

"因为盛总你。盛总，其实国联集团早就邀我加入他们管理团队了，本来我还犹豫不决，是盛总帮我下了决心。"

"我帮你下的决心？"盛玉柱不解。

"几个月前，花总他们把我推举为一把手，难得他们信任，我就把国联集团邀我去的事情搁在一边，想努力一下，把运河集团带出困境后再说。通过这几个月的努力，各个分公司、基层船队有了好转，但起色不大，走还是不走，一直犹豫。非常感谢盛总，帮助运河集团跟华能电厂再度携手合作。华能这个大户拿下，我的心就放下了一半。这几天，国联集团一直催我，我想此时不走，以后恐怕就没有机会了。"

"国联固然好，可运河更需要你，邱总！"盛玉柱真诚地望着邱笑。

邱笑苦笑道："盛总，你是好领导，对企业有一种特殊的感情，我虽不敢跟盛总比，但对运河集团我也是有感情的，毕竟是二十多年工作生活的地方，可是盛总，运河集团不是我待的地方，我也没有办法或者说没有能力把运河集团带得更远。"

"这话怎讲？"

邱笑低头喝茶。

"邱总不必顾虑，今天谈话仅你我二人知道，我用人格担保。"

"这个我相信。"邱笑沉吟片刻，突然问道，"盛总，如果我留下来，梁寿桐怎么办？"

"你是董事长，企业法人，这个企业你当家。"

"运河集团是老国有企业，虽然改制为民营，但党委地位很高。现在都讲正能量，梁寿桐是书记，如果他跟我尿不到一个壶里，这个企业能搞好吗？"

"我知道梁寿桐做了不少对不起企业、对不起你的事情，可他也是党培养多年的领导干部，几个月前被罢免董事长，有情绪、想不开，正常。上次民主生活会后，他变化不小，做了一些对运河集团有益的事情。"

"他人不坏，但他的事情不是他就能决定的。"邱笑长吁一口气，"我说一件事你就明白了。盛总，你知道去年二百只拖船处理给的那家公司，真正的出资人、老板是谁吗？"

盛玉柱预感到了什么，神经绷紧了，脱口而出："梁寿桐？"

邱笑说："不，他充其量就是一个高级打工的，真正老板是吴秘书长。"

盛玉柱惊愕地张大了嘴："吴秘书长？"

"没有不透风的墙，这就是梁寿桐说的，我整他黑材料的重要成果。"

盛玉柱什么都明白了，停顿片刻说："你们曾经罢免他的书记，现在我理解了。"

邱笑望着盛玉柱："我索性都说了吧！盛总，运河集团改制四五年就折腾了两次，为什么？运河集团的改制是夹生饭，说是改成民营,其实人人有股,是集体所有。改制后,企业松绑了,政府不干预了,但企业内部的凝聚力却下降了。这不是任总能力问题,实事求是地说,任光明能力很强,运河集团无人能比,但他失去国有身份后,思想却有了变化。我是他一手提拔的,算是心腹,有一次他跟几个民营企业老板喝酒,酒后对我说,他哪能跟人家老板相提并论,充其量就是一个伪老板,挣再多的钱也不是自己的,平时想花一点,还不如从前,个个看贼一样盯着。他问我为什么。我说过去钱是企业的,不在乎,现在钱是大家的,用一分钱都心疼。他说英雄所见略同。他说他过去好歹是一个县处级干部,现在既然被踢到体制外去了,就要做真老板,否则对不起几十年的付出。这番话后来他再也没有提过,但对企业从此不上心了,很快,企业就走了下坡路。"

盛玉柱叹气说:"老任不该灰心。"

邱笑轻轻哼了一声,说:"我也以为他灰心了,还劝过他,他无动于衷,没想到企业出现亏损了,干部职工失去信心了,他却收购起员工的股权来。起初大家纳闷,但等他收购了百分之十几的股权后,他就杀了个回马枪,亲自抓管理、跑业务,企业形势好转,逐步扭亏为盈。任总真是聪明。当初改制时,企业资产评估很低,干部职工坚持人人持股,有便宜大家讨。任总玩的这一招,我看到了,几个副总也看到了,一窝蜂地跟着收购起股权。但为时已晚,员工现在哪个不精明,他们见领导都在收购,就没人愿意转让了。我们班子里的几个副总觉得任总不该玩阴的,就一起抵制任总,不管任总做什么都难以执行下去。我也不屑任总的做法,看到他们相互争斗,企业遭殃,心里冰凉冰凉的。后来市里来了工作组,任总被迫提前退休回家。我是常务副总,改制前就是培养对象,本该接班,好几个副总也支持我,但不少中层干部联名推荐梁寿桐,工作组的吴秘书长也力主梁寿桐。我考虑到我接班任总一定会有误解,就避嫌主动退出竞争。"说到这里，邱笑叹了一口气，"任总是个聪明人，但聪明反被聪明误。梁寿桐也不是凡人，后来发现，联名推荐梁寿桐的幕后策划人就是他和工作组长吴秘书长。盛总，你说就现在这个状况，我怎么跟梁寿桐共事？这个不解决，眼下就是在工作组的帮助下走出困境，也难保以后不出问题。"

"不急不急。"盛玉柱宽慰邱笑，自己却很着急。邱笑说得有道理，梁寿桐是有变化，但扯上一个吴秘书长，事情就变得不可控了。看来只有免梁寿桐，但梁寿桐离退休年龄还早，免了怎么办？盛玉柱想到了对梁寿桐的承诺，又犹豫起来。

邱笑说："盛总，我知道你为难……"

盛玉柱心急，打断邱笑说："你再等两天，我去找葛书记商量，让你党政一肩挑，你看怎么样？"

"这……"邱笑望着盛玉柱，欲言又止。

8

第二天一早，盛玉柱就打电话给葛书记，说有事要当面商量。葛书记答应上午在办公室，哪里都不去。刚到上班时间，盛玉柱就来到企业工委。葛书记比他早到，已经在办公室等着他了。

盛玉柱开门见山："葛书记，梁寿桐这个人有点问题。"

葛书记点点头，并不吃惊。盛玉柱不禁想起民主生活会上，他把吕晓红整理的材料递给葛书记，葛书记只象征性地看了开头，然后就推到一边。"葛书记早就知道？"盛玉柱恍然大悟。

"从运河集团上次出问题开始，我就特别关注，一直跟踪了解。"葛书记说。

原来如此。盛玉柱心里有了底，就不绕弯子，直截了当地提出免梁寿桐的书记，让邱笑党政一肩挑。

"邱总是要走吧？"葛书记突然问。

"葛书记知道？"盛玉柱有点惊讶。

"国联集团派人到我这里了解过他。"

"葛书记，我找你就是想把他留下来。"

"有办法？"

"让他党政一肩挑。"

"我知道你迟早要提出让他一肩挑。其实，在民主生活会上我提出树邱总做典型，已经为这个做了铺垫。"

盛玉柱佩服葛书记的"城府"，笑着说："这么说，葛书记同意邱总一肩挑？"

"当然同意了。不过有一个问题，梁寿桐你考没考虑怎么办。"

"考虑过。他前两天表过态，做好了被免职的心理准备。我想他跟任光明不一样，还年轻，盐化工园区北京批下来了，市里决定宏业集团在园区投资一个盐化工项目，他要是愿意，我想调他过去做一些工作。"

葛书记说："这样也好。"

"我马上跟邱笑交底，让他放心大胆地干。"

葛书记摆手："盛总，我打一个预防针，即使一肩挑也未必能留住邱笑。"

"为什么？"盛玉柱心里"突"了一下。

"留在运河集团要吃苦受累，可待遇却远不如国联。"

"我看邱总不怕吃苦，他对运河集团感情很深。"对这一点盛玉柱倒不担心。

"要不是有这一点，他早就离开运河集团了。"葛书记给盛玉柱分析，"现在大家推举他，是因为运河集团危在旦夕，运河集团倒闭，等于砸了饭碗。可一旦走上正轨，问题就会出来。运河集团改制先天不足，人人参股，你不多他不少，均股。既然大家断了政治前途，又不像过去有上级管束，免不了争话语权，发展到最后就可能变成争权夺利，极有可能重蹈过去的覆辙。"

盛玉柱的心又悬了起来，突然他想到任光明提出的二次改制，自言自语："要是我有话语权……葛书记，我要是出资收购股权，把运河集团变成混合所有制，宏业集团控股，会怎么样？"

葛书记怔了一下，片刻后有点兴奋地说："这倒是一个办法。记得宏业三年前借给运河一个亿，指望还，现在不可能。拿这一个亿收购股权，可以一试。"

盛玉柱站起来说："我找邱总去。"

"慢，慢。"葛书记忙摆手，等盛玉柱坐下，微皱眉头说，"我想起一个问题，任光明有百分之十几的股权，他是聪明人，要是不肯转让股份怎么办？企业走上正轨后，达到过去的盈利水平甚至更好，应该不成问题。这样一来，任光明一年就可坐收红利三四百万。想一想，到时候干部职工能让吗？这是一颗定时炸弹。"

难怪任光明要出这个主意，真是老谋深虑呀。葛书记这么一说，盛玉柱就把任光明看明白了，说："葛书记提醒得及时。要是等到定时炸弹爆炸，就不好收拾了。"盛玉柱想了想又说，"我们把事情做在前面，收购控股运河集团暂时保密，仅你、我和邱总知道。收购前，召开股东大会修改章程，个人持股最多不超过千分之一，与当初改制时一样。这样任光明也无话可说。等任光明把多余的股权转让出来后，我们宏业集团再用一个亿收购控股。"

葛书记兴奋地笑道："好办法！到底是我们的长子，办法就是管用。盛总，中午我们两个请邱总吃饭，就这样跟他说。"

盛玉柱问："这都几点了，临时请他好吗？"

葛书记说："一早我已经请好了。"

"一早？"

"一早你约我，我猜到了什么事情，就打电话请了他。"

"葛书记料事如神，佩服！"盛玉柱笑了。

"不可太乐观，他答应吃饭，未必答应不离开运河集团。"

"这……"

"他不答应，我们就不动筷子，为运河集团一万多名干部职工绝食。"

葛书记故作严肃，盛玉柱突然意识到了什么，放声笑了起来。